KB039865

수레바퀴 아래서

수레바퀴 아래서

초판 1쇄 발행 2023년 11월 30일
초판 2쇄 발행 2024년 3월 14일

지은이 헤르만 헤세
옮긴이 김영진
펴낸이 남기성

펴낸곳 주식회사 자화상
인쇄,제작 데이타링크
출판사등록 신고번호 제 2016-000312호
주소 서울특별시 마포구 월드컵북로 400 서울산업진흥원 201호
대표전화 (070) 7555-9653
이메일 sung0278@naver.com

ISBN 979-11-91200-90-4 00850

수레바퀴 아래서

헤르만 헤세 지음 | 김영진 옮김

자화
상

| 차례 |

1장

중개업과 대리업을 겸하고 있는 요제프 기벤라트는 특색이랄 게 그다지 없는 중년 남성이다. 여느 남자들처럼 어깨가 넓고 건강했으며 돈을 대단히 소중하게 여겼고 누구에게도 뒤지지 않을 만큼 장사 수완이 좋았다.

정원이 딸린 자그마한 집도 있었고, 조상들이 대대로 잠들어 있는 묘지도 있었다. 교회의 가르침을 지키는 태도로는 다소 속이 들여다보이고 보수적이기는 했지만, 그래도 신이나 손윗사람에게는 존경심을 품고 있었다. 특히 사회적 공중예절에 관련해서 그 규칙을 맹목적으로 준수했다. 술도 상당히 즐겼는데 결코 고주망태가 되지 않게

선을 지켰다. 부업으로 좀 수상쩍은 장사를 할 때도 있었지만 그 또한 공공연히 허가된 일 이상을 한 적은 없었다. 자기보다 가난한 사람은 '가난뱅이'라고, 자기보다 돈이 많은 사람은 '졸부'라고 욕했다. 그리고 시민 클럽의 일원으로 매주 금요일에는 '독수리 회관'에서 하는 체스 게임에 참석했고, 빵 굽는 날의 시식회나 수프 시음회 같은 모임에도 빠지지 않았다. 일을 할 때는 싸구려 잎담배를 피웠고 식사 후와 일요일에는 질 좋은 잎담배를 피웠다.

그의 내적 생활은 보통 사람의 그것과 다르지 않았다. 그의 내부에서 아주 작은 부분을 차지하고 있을지도 모를 정서 따위, 먼지 속에 파묻힌 지 오래다. 인습적이고 무뚝뚝한 가족 의식이라든가, 아들에 대한 자부심, 가난한 이들에 대해 때때로 드는 동정심 정도가 남아 있는 유일한 정서라고나 할까. 그의 사고력은 융통성 없는 잔꾀와 계산을 벗어나지 못했다. 책 읽기는 신문에 한정되어 있고, 예술 감상은 해마다 시민회에서 주최하는 소인극이나 서커스 등을 구경하는 정도에 그쳤다.

이웃의 이름과 주소를 그와 바꿔놓는다 하더라도 아무

런 변화도 일어나지 않을 것이다. 그의 마음속 가장 깊은 곳에는 언제나 일종의 시기심에서 비롯된 본능적인 적대 감이 도사리고 있었다. 그것은 남들의 뛰어난 능력과 인품에 대한 끊임없는 의문이나 온갖 비범한 것, 자유로운 것, 세련된 것, 정신적인 것에 대한 질투심을 비롯한 본능 적인 감정이었다. 이 또한 거리의 다른 사람들이 가지고 있는 감정과 다를 바 없다.

요제프 기벤라트에 관한 이야기는 이 정도로 그치자. 그 단조로운 생활과 그 속에서 살아가는 자신은 의식하지 못하는 비극을 서술하는 것은, 사려 깊은 비평가만이 할 수 있는 일인지도 모른다.

그에겐 아들이 하나 있는데, 그 소년에 대한 이야기를 하고자 한다.

한스 기벤라트는 틀림없는 재간둥이였다. 다른 아이들 틈에 끼어 뛰놀고 있을 때 그 영특하고 뛰어난 모습을 보 더라도 금세 알 수 있었다. 슈바르츠발트의 보잘것없는 마을에 이와 같은 인물이 태어난 것은 대단한 경사가 아 닐 수 없었다. 우물 안 개구리 신세를 자각하고 넓은 세상으로 눈을 돌려 활동 무대를 넓히려는 자가 그곳에서 태어난 일은 아직까지 없었다. 이 소년의 진지한 눈매, 총명한 이마, 점잖은 걸음걸이를 누구에게서 물려받았는지 아무도 알 수 없었다. 그의 어머니에게서? 하지만 소년의 어머니는 이미 몇 년 전에 세상을 떠났고, 생전의 그녀도 병고에 시달리는 몸을 이부자리에 파묻고 있던 모습 이외에는 별달리 눈에 띈 것이 없었다. 아버지 쪽은 고려의 대상도 되지 않았다. 그러니 과거 800~900년간 이곳 마을에서 유능한 시민은 많이 배출했지만 아직까지 천재나 귀재라 칭할 만한 사람은 한 번도 태어난 적이 없었던 만큼, 소년의 존재는 '신비스러운 불꽃이 하늘에서 떨어진 것'이라 표현할 만했다.

현대적으로 훈련된 예리한 관찰자라면, 병약한 어머니와 대대로 훌륭한 가문의 역사를 상기하며 지성이 조금씩 쇠퇴하는 징조라고 말할지도 모른다. 그러나 마을에는 그와 같이 예리한 사람이 살고 있지 않았다. 관리나 교사 중 젊고 능력 있는 이들만이 신문 논설을 통해 '현대적 인간'의 존재를 막연히 아는 데 불과했다. 이곳 마을에서는 차라투스트라의 명언을 몰라도 교양 있는 인간으로서 살아갈 수 있었다. 이곳 사람들의 부부생활은 대체로 견실하고 행복했지만, 생활 전체에 고치기 어려운 낡은 관습이 스며 있었다.

아무런 아쉬움 없이 편안히 살아갈 수 있는 시민들 중에는 최근 20년 사이에 직공에서 공장 주인이 된 사람도 적지 않았다. 그러나 그들은 관리 앞에서는 모자를 벗어 들고 그들과의 교제를 바라면서도, 자기들끼리는 관리를 가리켜 하급 서기니 가난한 녀석이니 하면서 빈정거렸다. 그러면서 우습게도, 자기들 자식들은 가능한 한 공부를 시켜 관리로 만들겠다는 꿈을 가지고 있었다. 그러나 애석하게도 그것은 거의 예외 없이 충족될 수 없는 꿈에 그쳤다. 그들의 자식들은 대개 중학교의 라틴어 기초 수업 때부터 헉헉대며 몇 번이나 낙제하기 일쑤였기 때문이다.

한스 기벤라트의 재능은 의심의 여지가 없었다. 담임교사, 교장, 이웃, 마을의 목사, 동급생 등 모두가, 소년이 비상한 두뇌의 소유자이고 특별한 존재라는 것을 인정했다. 그의 장래는 확실히 정해져 있는 것이나 마찬가지였다.

왜냐하면 슈바벤 지방에서는 부모가 부자가 아닌 이상 오직 하나의 좁은 길밖에 있었기 때문이다. 그 길은 '주(州) 시험'을 치르고 신학교에 들어간 다음, 튀빙겐 대학에 입학하여 목사가 되든가 가정교사가 되는 것이었다. 해마다 40~50명의 시골뜨기 소년들이 이런 조용하고 안전한 길을 밟아 나갔다. 갓 견신례(堅信禮)를 치른—과도한 공부에 시달려 몸이 몹시 야윈—소년들이 국비로 라틴어 학문의 다양한 분야를 배우고 나서, 8~9년 후에는 인생행로의 후반기—대개는 긴 세월이지만—에 들어서게 된다. 그리고 나서 국가에서 받은 은혜를 갚아 나가는 것이다.

몇 주 후에 주 시험이 있을 예정이었다. 해마다 국가에서 지방의 큰 수재를 뽑는 행사를 '주 시험'이라고 부른다. 이 기간에는 시험이 실시되는 주의 수도로, 주변 작은 마을의 수많은 가정에서 보내는 탄식과 기원과 소망이 집중되었다

한스 기벤라트는 이곳 작은 마을에서 고통스러운 경쟁의 장으로 가게 되는 단 한 명의 후보였다. 그 명예는 대단하지만 결코 공짜로 얻을 수 있는 것은 아니었다.

매일 오후 4시까지 계속되는 수업을 마치면 연이어서 교장의 자택에서 그리스어 보충 수업이 있었다. 그다음 오후 6시에는 목사가 라틴어와 종교 복습을 봐주었다. 거기에다 일주일에 두 번씩 저녁 식사가 끝난 이후에 수학 선생의 자택에서 지도를 받았다. 그리스어는 불규칙 동사 다음으로 무엇보다도 불변화사로 표현되는 문장 결합의 변화에 중점을 두었고, 라틴어는 문체를 간결하게 하는 법, 특히 시형학(詩形學)을 깊이 이해하는 데 초점을 두었다. 또 수학에서는 복잡한 비례법에 치중했다. 이것은 앞으로의 연구나 생활에는 아무런 가치가 없는 것처럼 보이지만 사실은—선생이 강조했듯이—대단히 중요한 것이었다. 논리력과 사고력의 기초로서 필수 과목보다 중요했다.

　한편 사고력 연마로 정신적 부담이 커지고 정서를 등한시하는 일을 막기 위해, 한스는 매일 아침마다 수업 한 시간 전에 견진성사(가톨릭 교회의 일곱 성사 가운데 하나. 세례성사를 받은 그리스도인에게 신앙을 성숙시키고 나아가 자기 신앙을 증언하게 하는 성사)를 들어도 좋다는 허락을 받았다. 견진성사에서는 브렌츠의 종교문답서를 사용하여 감격적인 문답을 암송함으로써 젊은이들의 마음속에 종교적인 생명의 입김을 불어넣었다.

그런데 유감스럽게도 한스는 이 휴식 시간을 스스로 단축시켜 모처럼의 축복을 망쳐놓고 말았다. 그는 그리스어나 라틴어 단어의 연습 문제를 적어놓은 단어장을 몰래 문답서 가운데 끼워 놓고는 견진성사 내내, 거의 한 시간 동안 세속적인 학문에 몰두했다.

그러나 그에게도 일말의 양심은 남아 있었기에, 몰래 공부하면서도 언제나 안절부절못하며 불안해했다. 목사가 가까이 다가오거나 이름이라도 부를라치면 겁을 잔뜩 먹고서 몸을 부르르 떨었다. 그러다 질문이라도 받으면 이마에 땀방울이 송골송골 맺히고 가슴이 방망이질했다. 그러나 한스의 대답은 발음까지도 나무랄 데 없이 정확해서 목사는 매번 감탄을 금치 못했다

쓰기나 외우기, 복습이나 예습 같은 숙제는 수업 시간마다 쌓이기 때문에, 밤늦게까지 희미한 등잔불 밑에서 집중하지 않으면 안 되었다. 가정의 평화롭고 고요한 분위기 속에서 공부하면 특히 머리에 잘 들어오고 진도도

잘 나간다고 선생은 항상 말했다. 그래서 한스는 화요일과 토요일에는 대개 10시까지, 다른 날은 11시나 12시까지, 때로는 더 늦게까지 공부했다. 아버지 요제프는 기름을 낭비한다며 불평을 늘어놓았지만, 속으로는 아들이 공부하는 모습을 기뻐하고 자랑스러워하는 듯 보였다. 시간이 있을 때나 우리 생애 7분의 1을 차지하는 일요일에는 학교에서 읽지 못한 책을 서너 권 읽든지 문법을 복습하라고 지도받았다.

"적당히 해야지. 일주일에 한두 번은 산책을 나가는 것도 필요해. 그편이 오히려 좋은 결과를 가져올 수도 있으니까. 날씨가 좋으면 책을 가지고 교외로 나가는 것도 괜찮아. 교외의 시원한 공기 속에서 얼마나 쉽고 즐겁게 암기할 수 있는지 알게 될 거야. 하여간 이상은 높이 두고 즐겁게 해야 돼."

한스는 그때부터 이상을 가능한 한 높이 두고 산책하는 시간도 공부하는 데 이용했다. 그리고 잠이 부족한 얼굴을 하고 푸르스름한 빛의 피곤한 눈으로 얼뜨기가 된 것처럼 소리 없이 걸어 다녔다.

"기벤라트는 어떻게 될까요? 합격하겠지요?"

어느 날 담임교사가 교감에게 말했다.

"그럼요. 합격하고말고요."

교장은 유쾌한 듯이 큰 소리로 대답했다.

"그 애만큼 영리한 아이는 없어요. 지켜보셨으니 알지 않습니까. 아이의 행동 하나하나가 정신적으로 충만해 보이잖아요?"

최후의 일주일간 이러한 정신화(情神化)는 한스의 신체에 뚜렷하게 나타났다. 귀엽고 고운 얼굴에는 불안에 못 이겨 쑥 들어간 눈동자가 흐린 빛을 띠며 타고 있었다. 아름다운 이마에는 바로 정신력, 그것을 생각나게 하는 가느다란 주름살이 꿈틀거렸다. 그렇지 않아도 가늘고 여윈 팔이, 보티첼리의 그림을 연상시킬 만큼 여신처럼 우아하게 늘어뜨려져 있었다.

드디어 시험 날이 다가왔다. 내일 아침에 한스는 아버지와 함께 슈투트가르트로 가서 주 시험을 치르고 신학교의 좁은 수도원 문으로 들어갈 자격이 있는지 여부를 판가름 받게 된다.

한스는 이제 막 교장의 자택에서 작별 인사를 마치고 나오는 길이었다. 마지막으로 몇 가지 주의할 점을 당부하면서 교장은 전에 없이 다정한 얼굴로 말했다.

"오늘 저녁에는 공부해서는 안 된다. 그러기로 약속하자. 내일은 슈투트가르트로 가야 하니까 지금부터 한 시간만 산책하고 자거라. 젊은 사람들은 일한 만큼 잠을 자야 해."

주의를 들을 줄 알고 겁먹었던 한스는 교장의 부드러운 조언에 깜짝 놀랐다. 그는 안도의 한숨을 내쉬며 교장의 자택에서 나왔다.

교회 동산에 있는 커다란 보리수 잎들 위로 늦은 오후의 따가운 햇빛이 비추고 있었다. 시청 앞 광장에 있는 커다란 분수 두 개에서 솟구치는 물줄기가 쏴 소리를 내며 반짝였다. 불규칙적인 선을 이루며 늘어서 있는 지붕들 위로 짙푸른 전나무 숲이 넘어다 보였다. 그 모든 풍경이 상당히 오랜만인 듯했다. 어느 것이나 굉장히 아름다워서 그의 마음을 사로잡았다. 두통으로 머리가 아팠지만 오늘은 공부를 하지 않아도 되니 괜찮았다.

그는 천천히 걸으면서 시청 앞 광장을 빠져나와 오래된 면사무소를 지나 시장 골목을 거쳐 대장간을 지나 낡은 다리까지 왔다. 거기서 잠시 서성이다가 마침내 폭이 넓은 난간에 자리를 잡았다. 몇 개월 동안 이곳을 지나치면서도 다리 근처에 있는 고딕식 예배낭, 강과 수문, 둑과 물레방아 등을 눈여겨본 일이 거의 없었다. 수영하는 강가의 풀밭도, 버드나무 가지가 우거진 강가도 보지 않고 지나쳤던 것이다. 둘러보니, 가죽을 말리는 집들이 늘어서 있고, 호수처럼 깊고 푸른 시내에는 활처럼 늘어진 가느다란 버들가지가 물속까지 늘어져 있었다.

한스는 반나절에서 온종일 이곳에서 보냈던 지난날을 생각해보았다. 또 자신이 여기서 얼마나 많이 헤엄치고 잠수하고 노를 젓고 낚싯대를 드리웠던가를 생각했다. 아, 낚시질! 그러나 그것을 지금은 거의 잊어버렸다. 지난번 시험 때문에 낚시질을 금지당했을 때 서러움에 북받쳐 울기까지 했으면서 말이다. 낚시! 그것은 기나긴 학창 시절의 아름다운 추억이었다.

희미하게 보이는 버들가지 그늘 밑에 서 있노라니 물레

방아 둑에 물 떨어지는 소리가 가까운 곳에서 들렸다. 그 깊고 고요한 물소리! 강물 위로 번지는 빛의 꿈틀거림, 산들바람에 흔들리는 긴 낚싯대, 고기가 미끼를 잡아챌 때의 흥분, 빠져나가려고 펄떡펄떡 꼬리치는 통통한 고기를 잡아 올렸을 때의 그 말할 수 없는 쾌감이 기억났다.

그는 몇 번이나 살찐 잉어를 잡은 적도 있었다. 쥐노래미와 은어, 맛있는 황어, 조그맣지만 빛깔이 예쁜 피라미도 낚았다. 그는 오랫동안 물을 응시했다.

푸른 강물을 바라보면서 그는 우울한 상념에 사로잡혔다. 아름답고 제 마음대로 뛰어놀던 어린 시절의 기쁨은 이제 먼 옛날의 일이 되어버렸다. 한스는 무심코 빵 한 조각을 호주머니에서 꺼내 조각조각 찢어 물에 던졌다. 그러고는 그것을 지켜보았다. 처음에는 작은 고기가 와서 작은 조각을 집어삼키고는, 큰 조각을 먹고 싶은 듯 조그만 주둥이로 툭툭 쳐대었다. 그다음에는 비교적 큰 잉어가 천천히 매우 조심스럽게 다가왔다. 잉어의 넓적하고 까만 등은 강바닥과 구분이 어려웠다. 이놈은 신중하게 빵 조각 주위를 돌더니 갑자기 크고 둥근 주둥이를 벌리고 삼켜버렸다. 느릿느릿 흘러가는 강물 위로 축축하고 미지근한 안개가 피어오르고 흰 구름 서너 조각이 희미하게 파란 수면에 비쳤다. 물방앗간에서 회전 톱니바퀴가 삐걱거리는 소리를 내고, 두 군데 둑에서 나온 물이 합쳐져 시원한 소리를 내며 흘러갔다.

한스는 일요일에 있었던 견진성사를 생각하고 있었다. 그날 식이 진행되고 모두가 마음속으로 감동하고 있을 때, 그는 그리스어 동사를 외우고 있는 자신에게 새삼 놀랐다. 요즘 머리가 복잡해서 수업 중인 과목이 아닌, 지나간 일이나 앞으로 하게 될 공부를 생각하는 일이 가끔 있었다. 그러나 어찌 되었건 시험은 잘 볼 수 있을 것이라고 믿었다.

얼빠진 사람처럼 자리에서 일어섰으나 어디로 가야 한다는 분명한 감각을 잃었다. 그때 억센 손이 어깨를 잡아와서 그는 깜짝 놀랐다. 거친 손길과 달리 어깨를 잡은 사람의 목소리는 부드러웠다.

"얘, 한스. 잠깐 같이 걸을까?"

그는 구둣방 주인 플라이크 씨였다. 예전에 한스는 저

녁때 한 시간 정도를 플라이크 씨의 집에서 보낸 일이 있었다. 하지만 그건 오래전 일이다. 한스는 그와 함께 걸으면서 이 신앙심 깊은 경건파 신자가 말하는 것을 그다지 주의 깊게 듣지 않았다. 플라이크 씨는 시험에 관해서 이야기하고 한스의 성공을 빌며 격려해주었다.

하지만 궁극적으로 플라이크 씨는, 그런 시험은 세속적인 것이며 그다지 신통치 않다고 말해주려고 했다. 낙방을 해도 부끄러울 것이 없고, 공부를 아무리 잘하는 놈이라도 떨어질 수 있다는 것이었다. 만약 한스에게 그런 일이 닥친다 해도, 모두에게 특별한 뜻을 가지고 저마다의 행로에 합당한 길을 걷게 하려는 하나님의 뜻으로 알아주었으면 좋겠다는 말도 했다.

한스는 플라이크 씨에 대해서 다소 의심스러운 점을 발견했다. 그의 사람됨과 확고하고 당당한 태도에 존경심을 품고 있었으나 그와 같이 기도드리는 신자에 대해 사람들이 하는 말을 듣고 무의식중에 덩달아 웃은 적이 가끔 있었다. 그 외에도 날카로운 질문을 피해 오래전부터 불안에 가깝게 그를 피해 온 자신의 비겁함을 부끄러워하고 있었다.

한스가 선생들의 자랑거리가 되고 자신도 어느 정도 자부심을 갖게 되자 플라이크 씨는 그를 가끔 쳐다보며 좀 겸손해지라고 타이르고는 했다. 그러나 그 때문에 소년의 마음은 기껏 호의를 가지고 이끌어주려는 사람에게서 다시 멀어지고 말았다. 한스가 소년다운 호기심이 강한 나이인 데다 자존심을 건드리는 말에 민감했기 때문이다. 그의 말을 들으면서 걷고 있는 지금도, 이 사람이 얼마나 자기를 염려하는지, 친절한 마음으로 바라보고 있는지 한스는 알지 못했다.

꽃집 골목에서 두 사람은 목사를 만났다. 구두장이는 지나치게 딱딱하고 냉정한 태도로 인사를 하고 서둘러 가버렸다. 그 이유는 이 신출내기 목사가 현대적이며 부활 같은 것은 결코 믿지 않는다는 평판이 돌고 있었기 때문이다.

목사는 소년을 데리고 걷기 시작했다.

"건강은 어떠냐? 물론 안심해도 되겠지?"

목사가 물었다.

"네. 좋아요."

"잘해봐! 모두가 네게 희망을 걸고 있으니까. 특히 라틴어에서 좋은 성적을 거둘 거라고 나는 기대하고 있다."

"그래도 떨어지면……."

한스는 수줍은 듯이 말했다.

"떨어져?"

목사가 깜짝 놀라며 걸음을 멈추었다.

"떨어지다니! 상상도 할 수 없는 일이다. 그건 쓸데없는 걱정이야."

"만일 어쩌다 그렇게 된다면 어쩌나 하고 생각했을 뿐이에요."

"그럴 일은 없어. 정말로 있을 수 없는 일이고말고. 그런 걱정은 정말 쓸데없는 거야. 자, 그럼 아버지께 안부 전해주고. 힘내라."

한스는 목사를 배웅했다. 그러고는 구두장이가 있는 쪽을 쳐다보았다.

저 사람이 대체 무슨 말을 하였나. 마음만 비뚤어지지 않고 하나님을 두려워하며 섬긴다면 라틴어 같은 건 중요하지 않다고? 뭐든 말은 쉽지. 그리고 이번에는 목사에 대해서 생각했다. 만약 시험에 떨어진다면 두 번 다시 목사 앞에 나설 수 없을 것 같았다.

지친 몸을 이끌고 집에 돌아와 경사가 급한 아담한 정원에 들어섰다. 거기에는 벌써 오래전부터 쓰지 않는 헐어빠진 헛간이 하나 있었다. 그는 전에 그 속에 판자로 집을 만들어 3년 동안이나 토끼를 기른 적이 있었다. 지난가을, 시험 공부 때문에 토끼는 빼앗기고 말았다. 여가 시간을 즐길 틈이 없었던 탓이다.

이 정원만 해도 벌써 오래전부터 발을 들여놓지 못했다. 텅 빈 칸막이는 손도 쓸 수 없게 낡았고, 벽 한 귀퉁이의 종유석 덩어리는 헐어 금방이라도 무너질 것만 같았다. 나무로 된 작은 물레바퀴가 수도관 옆에 찌그러져 뒹굴고 있었다. 그는 그 모든 것을 자르고 조립하는 데에 기쁨을 느꼈던 때를 생각해보았다. 그것도 2년 전의 일이었지만, 아주 먼 옛날의 일 같은 기분이 들었다. 그는 조그마한 물레바퀴를 들어 여기저기를 구부려 산산이 부순 다음 울타리 너머로 던져버렸다. 이런 것들은 없애버려야 해! 옛날에 벌써 끝나버린 일이니까.

그때 우연히 동창생 아우구스트가 머리에 떠올랐다. 그는 물레바퀴를 만들 때나 토끼집을 고칠 때나 언제나 도와주었다. 둘은 멀리 돌팔매질을 하고, 고양이를 쫓기도 하며, 천막을 치기도 하고, 오후의 간식으로 홍당무를 생으로 씹으며 여기서 놀았다. 그러나 그 후 자신은 열심히 공부해야 했고, 아우구스트는 1년 전에 학교를 그만두고 기계 견습공이 되었다. 그 뒤로는 두 번 정도 얼굴만 잠시 보았을 뿐이다. 물론 아우구스트도 지금 바쁠 것이다.

구름의 그림자가 다급하게 골짜기 위를 스치고 지나가자 태양은 벌써 산기슭으로 다가가고 있었다. 소년은 순간 큰 소리로 울고 싶은 심정에 사로잡혔다. 그러나 그러는 대신 마구간에서 손도끼를 가지고 나와 여위어빠진 팔을 쳐들어 토끼집을 산산이 부숴버렸다. 얇은 널빤지가 사방으로 흩어지고 못이 끼익 소리를 내면서 구부러졌다. 그리고 지난여름부터 있었던 약간 썩은 토끼밥이 튀어나왔다. 소년은 그 온갖 것을 산산이 조각내버렸다. 마치 그렇게 함으로써 아우구스트나 그 밖의 어린 시절에 같이 놀던 기억과 그리움을 없앨 수 있다는 듯이.

"얘야, 무슨 짓이냐? 거기서 뭘 하고 있는 거냐?"

창문에서 아버지가 소리쳤다.

"장작을 패는 거예요."

그 이상 아무런 대답도 하지 않고 소년은 도끼를 팽개친 다음 안뜰에서 골목길로 뛰쳐나갔다. 그런 다음에 그는 강 상류 쪽으로 걸어 올라갔다. 양조장 근처에 두 개의 뗏목이 매어져 있었다. 전에는 자주 그 뗏목을 타고 몇 시간 동안 강을 내려가고는 했다. 무더운 여름날 오후, 엮어놓은 나무 사이로 풀쩍풀쩍 물이 튀어 오르는 뗏목을 타고 물살을 가르노라면 통쾌하고 즐거웠다. 그는 흔들리는 뗏목에 뛰어올라 한가로이 누워 생각에 잠기고는 했다. 뗏목이 떠내려가고 있다. 초원, 밭, 마을, 시원한 숲을 지나고 다리와 수문 아래를 빠져나가 빠르게 혹은 느리게 물 위를 가고 있다. 그리고 자신은 그 위에 드러누워 있다. 모든 것이 옛날과 다름없다. 카프베르크에 토끼 먹이를 얻으러 가고, 강기슭의 피혁 공장 앞에서 낚시를 하던 때처럼 두통도 없고 걱정도 없던 때를 그렸다.

피곤에 지친 얼굴을 하고 그는 저녁을 먹으러 집으로 갔다. 아버지는 내일로 다가온 슈투트가르트로의 시험 여행 때문에 쓸데없이 흥분하여 같은 말을 열두 번은 더 물었다. 책은 가방에 넣었느냐, 검은 옷은 준비했느냐, 가는 도중에 문법책을 읽어볼 생각은 없느냐 등등.

한스는 지친 얼굴로 짧게 대답했을 뿐 식사도 변변히 하지 않고 곧 잠자리에 들며 인사했다.

"자거라. 한스. 잘 자야 한다! 그럼 내일 아침 여섯 시에 깨워주마. 참, 너 사전은 잊지 않았지?"

"그럼요. 사전을 잊어버리다니요. 안녕히 주무세요."

작은 자기 방에 들어온 한스는 불도 켜지 않은 채 오랫동안 앉아 있었다. 오늘 이 시간까지 이 방은 그래도 유일하게 은혜를 받은 장소였다. 작지만 이 방의 주인은 자신이고, 이곳에 있으면 누구에게도 방해받지 않았다 여기서 그는 피로, 졸음, 두통과 싸우면서 밤늦게까지 시저, 크세노폰, 문법, 사전, 수학 문제에 골몰했다. 끈질기고 고집스럽게 공명심을 불태웠으나 절망적인 기분이 될 때도 가끔 있었다. 빼앗긴 장난감 이상으로 값진 시간을 보낸 때도 있었다. 그것은 승리의 기분이 넘쳐흐르는, 무어라고 표현할 수 없는 시간이었다.

그럴 때면 그는 이런 꿈결과도 같은 세계에서 학교도 시험도 모두 다 초월한 이상적인 세계를 꿈꾸었다. 그러면 그는 두 볼이 통통한 귀염성 있는 친구들과는 아주 다른 훌륭한 인간이 되어, 언젠가 반드시 아득히 높은 지위에서 유연히 그들을 내려다보게 되리라는 느낌이 들었다. 지금도 그는 방 안 가득히 자유롭고 시원한 바람이 충만해 있기나 한 듯이 숨을 깊이 들이마시고는 침대에 기대 앉아 희망과 예감에 사로잡혀 몇 시간이나 멍하니 보냈다. 밝은 눈빛은, 과도한 공부에 지쳐 흐리멍덩해져 소년의 눈꺼풀이 차츰 내려앉았다. 다시 한번 눈을 떴으나 몇 번 깜박이고는 이내 감기고 말았다. 창백해진 소년의 얼굴은 갸냘픈 어깨 위로 기울어지고 가느다란 두 팔은 맥없이 늘어졌다. 그는 옷을 입은 채 잠들었다. 어머니같이 부드러운 잠의 손길이 흥분한 소년의 심장을 진정시켜주고 예쁜 이마에 작은 주름을 만들었다.

지금까지 한 번도 없었던 일이다. 이른 아침인데도 교장이 몸소 정거장까지 배웅 나와 있었다. 요제프 기벤라트는 검은 프록코트를 입고 있었는데, 흥분과 기쁨과 자랑으로 조금도 침착하지 못했다. 그는 신경질적으로 교장이나 한스의 주의를 서성대며, 역장과 역원 모두에게서 무사한 여행과 아들의 시험 합격을 빈다는 인사를 받고 있었다.

　그는 조그맣고 딱딱한 가방을 오른손에 들었다 왼손에 들었다 했다. 우산을 팔 밑에 끼웠는가 하면 이번에는 또 무릎 사이에 끼우는 등 안절부절못하다가 몇 번이나 떨어뜨렸다. 그는 왕복 차표로 슈투트가르트에 가는 것이 아니라 미국에라도 가는 것처럼 법석을 떨었다. 한스는 매우 침착한 듯이 보였지만, 사실 그는 남모르는 불안에 숨이 턱턱 막히는 중이었다.

　기차가 와서 멈추자 사람들이 올라탔다. 교장이 손을 흔들었고 아버지는 담배에 불을 붙였다. 눈 아래로 내려다보이는 골짜기로 마을과 강 풍경이 사라졌다.

　두 사람에게 여행은 오히려 고통이었다.

슈투트가르트에 도착하자 아버지는 별안간 활기를 띤 즐거운 얼굴이 되어서 이 도시에 익숙한 사람처럼 보이려고 했다. 2, 3일간 예정으로 이 같은 도시에 온 것이 마냥 즐겁기만 한 것 같았다.

그러나 한스는 점점 말이 없어졌고 불안해했다. 도시에 도착한 순간 가슴이 눌리는 듯한 기분에 주눅이 들고 말았다. 낯선 얼굴들, 사람을 내려다보듯 높은 건물들, 멀미가 날 정도로 힘들었던 여정, 마차와 철도와 거리의 소음은 그를 위협하고 고통을 주었다.

두 사람은 아주머니 댁에 숙소를 정했다. 거기서도 낯선 방과 아주머니의 지나친 친절과 잔소리, 무료하게 오랫동안 앉아 있어야 하는 시간, 아버지의 쉴 새 없는 격려와 설교 때문에 소년은 완전히 녹초가 되어버렸다. 그는 객지로 와서 길을 잃은 나그네처럼 멍하니 방 안에 틀어박혀 있었다. 낯선 주위며, 아주머니의 도회풍 의상, 큰 무늬가 있는 양탄자, 앉은뱅이 시계, 벽에 걸린 그림을 보거나 창문을 통해 넘어오는 시끄러운 소리를 듣고 있노라면 그는 문득 자신이 버림받은 존재처럼 느껴졌다. 집을 떠난 지 벌써 오랜 시간이 흘러서, 애써 배운 것도 일시에 모두 잊어버린 기분이었다.

오후에 그는 한 번 더 그리스어의 불변화사를 복습할 작정이었는데 아주머니가 산책을 하자고 제의해 왔다. 순간 한스의 마음속에 초원의 푸릇함과 숲속의 잔잔한 바람 소리 같은 것이 불현듯 떠올랐다. 그래서 기꺼이 따라나섰다. 그러나 그는 곧 대도시에서의 산책은 시골에서와는 전혀 다른 오락이라는 것을 알게 되었다.

아버지는 아는 사람을 방문할 일이 있었기 때문에 한스는 아주머니와 단둘이서 나갔다. 그런데 계단 중간쯤에서 벌써 사고가 일어났다. 2층에서 거만하고 무섭게 생긴 부인이 내려왔는데, 아주머니가 그 부인에게 무릎을 구부리더니 인사를 하는 것이었다. 그 부인은 대뜸 대단한 능변으로 잔소리를 시작했는데 그것은 십오 분 이상이나 이어졌다. 한스는 그 옆의 층계난간에 몸을 기대고 서 있었다. 그러자 그 부인의 작은 개가 그의 발 아래로 다가와 냄새를 맡으며 짖어댔다. 또 뚱뚱한 여인이 몇 번이나 코

안경 너머로 그를 머리끝에서 발끝까지 뚫어지게 쳐다보았으므로 한스는 자기에 대한 이야기를 하는 것이라고 어렴풋이 짐작했다.

거리에 나오자 아주머니는 가게로 들어갔다. 그러고는 무슨 이야기가 그리도 많은지 좀처럼 나올 생각을 하지 않았다. 그동안 한스는 겁에 질린 표정으로 거리에 서서 지나가는 사람들에 의해 옆으로 밀리기도 하고, 골목의 짓궂은 아이들에 의해 놀림감이 되기도 했다. 이윽고 아주머니가 가게에서 나와 그에게 초콜릿 한 개를 주었다. 한스는 초콜릿을 좋아하지 않았지만 감사 인사를 드리고 공손하게 받았다. 그리고 거리에서 두 사람은 마차를 탔다.

손님들을 가득 태운 마차는 쉴 새 없이 방울을 울리며 몇 개나 되는 거리를 빠져나가 마침내 큰 가로수들이 늘어선 공원에 도착했다. 그곳에는 분수가 시원하게 물을 내뿜고 있었고, 목책을 둘러친 화단에는 꽃들이 피어 있었다. 그리고 조그만 연못에서는 금붕어들이 헤엄치고 있었다.

한스는 산책하는 사람들 사이를 아주머니와 함께 이리

저리 거닐었다. 수많은 얼굴과 우아한 분위기, 다양한 옷차림, 자전거, 환자용 휠체어, 유모차 등이 눈에 띄었다. 시끄러운 소음과 함께 공기는 미지근하고 먼지로 가득한 느낌이었다.

한참 후 둘은 다른 사람과 함께 벤치에 자리를 잡았다. 아까부터 줄곧 떠들어대던 아주머니는 자리에 앉자 깊은 숨을 내쉬고 한스에게 정답게 웃어주었다. 그리고 여기서 초콜릿을 먹으라고 권했으나 그는 별로 먹고 싶지 않았다.

"얘 봐, 너 설마 체면 차리는 건 아니지? 괜찮으니 먹어라. 자, 어서 먹어."

한스는 초콜릿을 꺼내 잠깐 동안 은종이를 만지작거리다가 결국 아주 조그맣게 한 조각 베어 먹었다. 그는 아무래도 초콜릿이 마음에 들지 않았지만, 그런 자기의 기호를 아주머니에게 말할 용기가 나지 않았다. 그가 초콜릿 조각을 입에 넣고 조금씩 녹여 먹고 있을 때 아주머니가 사람들 틈에서 아는 사람을 발견했다.

"여기 좀 앉아 있어. 곧 돌아올게."

한스는 안도의 한숨을 내쉬며 그 틈에 초콜릿을 잔디

035

밭 저쪽으로 던져 버렸다. 그런 뒤에 박자를 맞추어 발을 흔들며 지나는 사람들을 보고 있으려니까 어쩐지 자기가 불쌍하게 생각되었다. 결국 다시 불규칙 동사를 암송하기 시작했다. 그러나 기가 막히게도 그는 거의 아무것도 외울 수가 없었다. 머릿속이 텅 빈 느낌이 들었고, 모두 깨끗이 잊어버린 것 같았다. 내일이 시험인데 말이다.

아주머니는 곧 돌아왔다. 아주머니는 올해 시험 지원자가 118명이라는 소리를 듣고 왔다. 그중 합격할 수 있는 사람은 36명이라고 했다. 그 말을 듣고 낙담한 소년은 집으로 가는 도중에 한마디도 하지 않았다.

집에 돌아온 한스는 두통이 나서 아무것도 먹을 수 없었다. 아버지가 심하게 꾸중을 했다. 아주머니도 그를 형편없는 아이라고 생각하는 듯했다. 밤에는 뒤숭숭하고 무서운 꿈에 시달렸다. 그는 117명의 친구들과 함께 시험장에 앉아 있었다. 시험관은 고향의 목사를 닮은 것도 같고, 아주머니를 닮은 것도 같았다. 목사는 한스 앞에 초콜릿을 산더미처럼 쌓아놓고는 그것을 먹으라고 했다. 한스가 눈물을 흘리며 그것을 먹고 있는 동안 다른 친구들이 한 사람씩 일어서더니 조그만 문으로 사라졌다. 다른 친구들은 모두 초콜릿을 먹어 치웠지만, 그의 초콜릿은 눈앞에서 점점 커져서 책걸상까지 넘쳐나 그를 질식시킬 것만 같았다.

다음 날 아침, 한스가 시험에 늦지 않으려고 시계에서 눈을 떼지 않고 차를 마시는 동안, 그의 고향에 있는 사람들도 그를 생각하고 있었다. 맨 먼저 구두장이 플라이크 씨가 아침 식사를 하기 전에 기도를 드렸다. 직공들과 두 사람의 견습공과 함께 가족이 식탁에 둘러앉았다. 그는 여느 때의 아침 기도에다 다음과 같은 말을 덧붙였다.

"주여! 오늘 시험을 보는 한스 기벤라트 학생을 보호하사, 그를 축복하옵고, 힘을 북돋아주소서. 그가 신의 성스러움을 알리는 올바르고 용감한 인간이 되게 하소서."

고향의 목사는 한스를 향해 기도드리지는 않았다. 그러나 아침 식사를 할 때 그는 아내에게 이렇게 말했다.

"이제 곧 기벤라트가 시험을 치겠군. 그놈은 언젠가 특출한 놈이 될 거야. 사람들이 분명히 그를 눈여겨보게 될 거라고. 그러면 라틴어를 봐준 게 손해는 아니겠지."

담임교사는 수업이 시작되기 전에 학생들에게 말했다.

"지금 슈투트가르트에서는 주 시험이 시작되고 있다. 그러니 우리는 기벤라트의 성공을 빌어주자. 물론 그럴 필요도 없겠지. 너희들 같은 게으름뱅이는 열 명을 모아 놓아도 그 애와 비교할 수 없을 테니까."

학생들 역시 거의 모두가 그 자리에 없는 한스를 생각했다. 그중에서도 한스가 합격하느냐 낙방하느냐를 놓고 내기를 건 학생들은 더욱 관심을 기울였다.

진심에서 우러나오는 기도나 관심은 공간을 초월하는 것이기에 한스도 고향에서 자기를 생각하고 있음을 충분히 알고 있었다.

아버지에게 이끌려 시험장에 들어섰을 때, 한스는 가슴이 두근거려 조교의 지시가 이어지는 와중에도 몸이 떨렸다. 얼굴에 핏기 없는 소년들이 가득 찬 커다란 교실을 둘러보며 한스는 고문실에 들어선 범죄자와 같은 기분에 사로잡혔다. 그러나 선생이 들어와서 정숙을 명하고 라틴어 문체 연습의 원본을 쓰게 했을 때, 이 정도는 누워서 떡 먹기라고 생각하며 안도의 한숨을 쉬었다.

기쁨을 감출 수 없었지만 천천히 작문을 끝낸 후에 다시 한번 신중하게 깨끗이 또박또박 적었다. 그는 가장 먼저 답안지를 제출한 학생들 중 하나였다.

　그러고 나서 아주머니 집으로 가는 길을 잘못 들어 뜨거운 도시의 거리를 두 시간 동안이나 헤맸지만 마음의 평정은 그다지 흐트러지지 않았다. 오히려 아주머니나 아버지에게서 잠깐 동안이나마 떨어져 있는 것이 기쁠 정도였다. 낯선 도시의 시끄러운 거리를 헤매고 있으려니 무모한 모험가가 된 기분이었다. 길을 물어물어 간신히 집에 돌아오자 질문이 빗발처럼 쏟아졌다.
　"어떻게 했니? 어떻더냐? 잘 봤니?"
　"쉬웠어요."
　그는 자랑스럽게 말했다.
　"그 정도는 5학년 때 벌써 해석할 수 있었는걸요."
　그는 몹시 배가 고팠으므로 가리지 않고 아무것이나 실컷 먹었다.
　오후는 한가했다. 아버지는 한스를 데리고 친척과 친구

들의 집을 돌아다녔다. 그중 한 집에서 수줍은 태도의 까만 옷을 입은 소년을 만났다. 그도 마찬가지로 주 시험을 치르기 위해 괴핑겐에서 이곳으로 왔다고 했다. 그들은 둘만 남게 되었을 때 부끄러워하면서도 호기심에 서로의 얼굴을 쳐다보며 대화했다.

"라틴어 문제 어땠어? 쉽지 않았니?"

한스가 물었다.

"아주 쉬웠지. 그러나 그게 함정이야. 쉬운 문제가 제일 틀리기 쉬우니까 말이야. 주의를 하지 않거든. 바로 그 속에 함정이 숨어 있으니까."

한스는 약간 놀라며 생각에 잠겼다. 그러고는 더듬거리며 물어보았다.

"너, 시험 문제 가지고 있니?"

소년이 수첩을 가지고 왔다. 둘은 문제들을 하나하나 빠짐없이 살펴보았다. 괴핑겐에서 온 소년은 꽤 세련된 라틴어를 구사하는 것 같았다. 그는 한스가 채 들어보지도 못한 문법 용어를 두 번이나 사용했다.

"내일은 무슨 시험을 볼까?"

"그리스어와 작문이야."

괴핑겐에서 온 소년이 한스의 학교에서는 수험생이 몇 명이나 왔느냐고 물었다.

"나 말고는 없어."

"뭐? 우리 괴핑겐에서는 열두 명이나 왔어. 아주 영리한 아이가 셋인데 그중에서 수석이 나올 거라고 모두 기대하고 있지 뭐야. 작년에도 수석은 괴핑겐 학생이었으니까. 만약에 떨어지면 넌 고등학교로 가니?"

한스는 그런 일에 대해서는 전혀 생각해본 적이 없었다.

"몰라. 아니, 그러진 않을 거야."

"그래? 난 이번에 낙방하든 말든 공부는 계속할 거야. 떨어지면 어머니가 울름에 보내주신대."

그의 말을 들으니 한스는 상대가 꽤 훌륭한 학생처럼 느껴졌다. 아주 영리한 세 학생을 비롯해 괴핑겐 학생 열두 명이 그를 불안하게 했다. 이래서는 아무래도 합격하기 힘들 것 같았다.

집에 돌아온 한스는 책상 앞에 앉아 'mi'로 끝나는 동사를 한 번 더 조사해보았다. 라틴어는 조금도 불안하지

041

않았다. 자신 있었다. 그러나 그리스어는 조금 달랐다. 그는 그리스어를 좋아할뿐더러 거기에 몰두했다. 하지만 그것은 읽기 위해서였다. 특히 크세노폰은 아주 아름답고 감동적이고 발랄하게 쓰여 있었다. 모두가 명랑하고 사랑스러운 선율이 힘차게 흐르고, 경쾌하고 자유로운 정신이 충만하여 쉽게 이해할 수 있었다. 그러나 문법 문제에 부딪히거나 독일어를 그리스어로 번역해야 할 때는 서로 모순되는 규칙과 그 형식의 미로 속에서 헤맸다. 그리스어 알파벳조차 읽지 못하고 처음 배우던 때와 거의 같은 불안과 두려움을 아직 느끼고 있었다.

이튿날, 그리스어와 독일어 작문 시험을 보았다. 그리스어는 문제가 상당히 길고 결코 난이도가 낮지 않았다. 독일어 작문 시험의 주제는 매우 까다로워서 자칫 잘못 생각하여 실수할 염려도 있었다.

오전 10시부터 넓은 교실 안은 찌는 듯이 무더웠다. 한스는 펜이 좋지 않아서 그리스어 답안지를 깨끗이 적어 내기까지 종이를 두 장이나 허비해야 했다.

독일어 작문 시험 때는 옆에 앉은 학생이 그의 옆구리

를 쿡쿡 찌르더니 질문을 쓴 종이를 한스에게 내밀며 답을 알려 달라고 하여 무척 난처했다. 같이 앉은 사람과 말하는 것은 엄격히 금지되어 있었다. 만일 규율을 어기면 가차 없이 시험장에서 쫓겨났다. 두려움에 식은땀을 흘리면서 한스는 그 종이에다 '방해하지 말아 줘.'라고 써서 보이고 그에게서 돌아앉았다.

아무튼 굉장한 더위였다. 감독관은 끈기 있게 규칙적으로 교실 안을 왔다 갔다 했다. 조금도 쉬지 않았으며, 얼굴을 타고 흐르는 땀을 손수건으로 몇 번이나 닦았다. 한스는 견진성사 때의 두꺼운 옷을 입고 있었으므로 땀이 차고 두통이 났다. 그래서 결국 자신 없이 작성한 답안지를, 이것이 끝일지도 모른다는 비장한 마음으로 제출했다.

집에 돌아온 한스는 식사 도중에 한마디도 하지 않았다. 무슨 말을 물어도 풀 죽은 얼굴로 어깨를 움츠릴 뿐이었다. 아주머니는 그를 달랬으나 아버지는 흥분하여 무뚝뚝하게 대했다. 식사 후 아버지가 소년을 옆방으로 데리고 가서 한 번 더 캐물었다.

"틀렸어요."

한스는 말했다.

"조심을 하지 그랬어? 침착하게 보라고 그랬잖니! 어쩔 수 없는 놈이구나."

한스는 아무 말 없이 잠자코 있었으나 아버지가 다그치자 얼굴이 상기되어 말했다.

"아버지는 그리스어 같은 건 전혀 모르시잖아요."

가장 두려운 일은 2시에 면접시험을 치르러 가야 하는 것이었다. 한스는 면접시험이 가장 겁이 났다. 찌는 듯이 무더운 거리를 걸어가는 도중에 그는 자신이 아주 불쌍하다는 생각이 들었다. 고통과 불안과 현기증 때문에 눈도 제대로 뜰 수 없을 정도였다.

맞은편 커다랗고 파란 책상에 앉은 세 사람의 면접관 앞에서 10분 동안 라틴어 문장을 서너 개 번역하고 제시된 질문에 대답했다. 그다음 또 10분 동안은 다른 세 사람의 면접관 앞에 앉아서 그리스어를 번역하고 여러 가지 질문을 받았다. 마지막 선생이 그리스어의 불규칙 과거형을 하나 물었다. 그러나 한스는 대답하지 못했다.

"가도 좋아요. 저기 오른쪽 문으로……."

그는 걸어갔다. 그런데 문 앞에서 갑자기 그리스어의 과거형이 생각났다. 그는 멈춰 섰다.

"나가요!"

시험관이 소리를 질렀다.

"왜 안 나가지? 어디 불편한 데라도 있나?"

"아닙니다. 아까 그 과거형이 이제 생각났습니다."

그는 방 안을 향해 큰 소리로 말했다. 그 순간 면접관들 중 한 사람이 웃는 것이 보였고, 한스는 달아오른 얼굴을 숙이고 밖으로 뛰어나왔다. 그러고는 질문과 자신이 말한 대답을 생각해내려고 애썼으나 모두 뒤죽박죽이 되고 말았다. 다만 커다랗고 파란 책상과 프록코트를 입은 엄숙하고 나이 많은 세 명의 면접관과 펼쳐놓은 책, 그 위에서 떨고 있는 자기의 손이 계속해서 눈에 어른거렸다. 아, 나는 도대체 뭐라고 대답을 한 것일까!

거리를 걷고 있으려니 이 도시에 온 지도 벌써 몇 주가 지났고, 이제 다시는 집으로 되돌아갈 수 없을 것만 같은 느낌에 사로잡혔다.

고향집 정원, 전나무로 뒤덮인 푸른 산과 들, 강가의 낚시터. 이 모든 것이 무척 멀리 떨어진 것 같고, 오래전에 한 번 본 적이 있을 뿐 지금은 사라져버린 것 같은 기분이 들었다. 아! 오늘이라도 집에 돌아갈 수만 있다면! 여기에 있어 보았자 아무 소용이 없어. 어차피 시험은 망쳐버리고 말았으니까.

그는 우유로 만든 빵을 샀다. 그리고 아버지에게 변명해야 하는 것이 싫어서 오후 내내 거리를 배회했다. 집에 돌아가니 모두 그를 걱정하고 있었다. 그는 너무나 지치고 애처롭게 보였기 때문에 달걀이 든 수프를 먹은 다음 잠자리로 들어갈 수 있었다.

내일은 또 수학과 종교 시험이 있다. 그것만 마치고 나면 집에 돌아갈 수 있다.

다음 날은 아주 잘 풀렸다 어제 중요한 과목을 실패하고 난 후 오늘은 모두 성공적인 것이 쓰디쓴 아이러니 같았다. 이젠 아무래도 좋았다. 이제 출발하는 일만 남았다. 집으로 갈 수 있는 것이다.

"시험은 끝났습니다. 이제 집으로 가도 좋습니다."

그는 집으로 돌아가자마자 아주머니에게 보고했다. 아

버지는 오늘 하루만 더 있자고 했다. 모두 칸슈타트로 가서 그곳 공원에서 커피를 마시자는 것이었다. 그러나 한스가 혼자서라도 좋으니 제발 오늘 떠나게 해 달라고 애원하는 바람에 요제프는 할 수 없이 허락했다.

한스는 기차역까지 배웅을 받았다. 차표를 손에 쥐고 아주머니에게 작별의 키스를 받고 먹을 것을 얻었다. 그리고 지칠 대로 지친 채 멍하니 흔들리는 기차에 몸을 싣고 푸른 구릉지대를 지나 고향으로 향했다. 짙푸른 전나무와 우거진 산과 들이 나타났을 때 소년은 비로소 구원받은 것과 같은 희열에 사로잡혔다. 나이 든 식모와 그의 조그만 방과 교장과 그 밖의 온갖 것이 기쁘게 기다려졌다.

다행히 호기심 많고 짓궂은 사람은 한 명도 기차역에 나와 있지 않았다. 덕분에 한스는 쥐도 새도 모르게 조그만 짐 보따리를 들고 집으로 곧장 올 수 있었다.

"슈투트가르트는 어떻더냐? 물론 좋았겠지?"

안나 할머니가 물었다.

"좋다니요? 시험이 좋은 거라고 생각해요? 돌아온 것이 그저 기쁠 뿐이지요. 아버지는 내일이나 돌아오세요."

그는 금방 짜온 우유를 한 컵 마시고는 창 밖에 걸려 있는 수영복을 집어 들고 밖으로 달려 나갔다. 그러나 공동 수영장이 있는 초원 쪽으로 가지는 않았다.

그는 더 달려서 마을의 변두리로 갔다. 그곳에는 높다란 덤불 사이로 바닥 깊이 천천히 물이 흐르고 있었다. 거기서 옷을 훌렁 벗은 한스는 먼저 손을, 그다음에 발을 적시곤, 차가운 물로 조심스럽게 들어갔다. 몸이 약간 떨렸으나 얼른 위로 솟구쳐 물속으로 뛰어들었다. 느린 물살을 거스르며 천천히 헤엄쳐 가며, 한스는 요 며칠 동안의 땀과 불안이 몸에서 떨어져 나가는 해방감을 느꼈다.

그의 가냘픈 몸뚱이가 물살에 안겨 식어 가는 동안 그의 마음은 이 아름다운 고향을 한결 새로운 기쁨으로 끌어안았다.

빨리 헤엄쳐 가다가 쉬면서, 또 은근히 스미는 한기와 피로함이 주는 쾌감을 만끽했다. 배영으로 황금빛 원을 그리며 희미하게 윙윙거리는 파리 떼 소리에 귀를 기울였다. 저녁노을이 내린 하늘을 조그만 제비가 재빠른 맵시로 가로지르는 것을 보았다. 벌써 산 뒤에 숨은 태양이 하늘을 장밋빛으로 물들이고 있었다. 옷을 주워 입고 꿈꾸듯이 집으로 어슬렁어슬렁 돌아갈 때 골짜기에는 벌써 땅거미가 드리워져 있었다.

집으로 갈 때 상인 자크만의 정원 앞을 지나게 되었다. 거기에서 한스는 아주 어렸을 때 아이들 서너 명과 함께 채 익지 않은 살구를 훔친 일이 있었다. 그리고 하얀 전나무 목재들이 흩어져 있는 키르히너 목공소 옆을 지나갔다. 그 목재 밑에서 예전에 낚시용으로 쓰는 지렁이를 잡고는 했다.

그다음에 검사관 게슬러의 조그마한 집 옆을 지나갔다. 2년 전 얼음을 지칠 때 그 집의 딸 엠마와 가까워지고 싶은 마음이 간절했더랬다. 엠마는 마을의 여학생들 중에서 제일 예쁘고 얌전했다. 나이는 한스와 같았다. 한동안 엠마와 말을 섞거나 악수라도 해보려는 욕망이 걷잡을 수 없이 솟았더랬다. 결국 그 일은 성공하지 못했다. 너무나 수줍었기 때문이다. 엠마는 학교 기숙사로 가버렸고, 이젠 그 얼굴조차 희미해졌다. 어린 시절의 일들이 마치 먼 세계의 일인 것처럼 한스의 머릿속을 누볐다. 그것은 여

태까지 경험한 어떤 것보다도 강한 색채를 띠고 이상하게
도 불안한 향기를 뿌려 갔다.

어렸을 땐 저녁에 나쇼르트 집안의 리제와 함께 대문 앞
에 앉아서 감자 껍질을 벗기며 여러 가지 이야기도 들었
다. 일요일이면 새벽부터 아랫마을 강둑에서 바지를 걷어
붙이고 새우나 고기를 잡았다가 나들이옷을 전부 적시는
통에 아버지에게 회초리로 맞았던 일도 있었다.

그때는 수수께끼 같은 이상한 사건이나 사람도 많았다.
그러한 것들을 그는 매우 오랫동안 까맣게 잊고 있었다.
목이 굽은 구두 수선공 슈트로마이어가 그의 부인을 독
살한 게 확실하다는 이야기 등등. 그리고 기괴한 베크 씨,
그 사람은 지팡이와 배낭을 갖고 각지를 떠돌아다녔지만
그래도 옛날에는 마차와 말 네 마리를 가진 부자였기 때
문에 그 사람에게 '씨'라는 존칭을 붙여주었다. 이제 그들
에 관해서는 이름밖에 기억나는 것이 없는 한스는, 이 작
고 어두운 골목길의 세계가 갑자기 멀어져버렸다는 것을
새삼 느꼈다.

그렇다고 생기가 돌 만한 다른 일이라든가 부딪쳐볼

만한 가치 있는 일이 생긴 것도 아니었다.

그는 다음 날도 휴가를 얻었기 때문에 대낮까지 늦잠을 자며 자유를 즐겼다. 점심때에는 아버지를 마중 나갔다. 아버지는 아직도 슈투트가르트에서 맛본 갖가지 즐거움에 취해 마냥 행복해했다.

"합격하면 네가 원하는 것을 뭐든지 말해도 좋다. 잘 생각해놓아라."

아버지는 기분이 좋아서 말했다.

"틀렸어요."

소년은 한숨을 쉬었다.

"떨어질 게 틀림없어요."

"바보 같은 녀석, 왜 그런 말을 해. 내 마음이 변하기 전에 뭐든지 원하는 것을 말해두는 것이 좋아."

"방학을 하면 또 낚시하러 가고 싶어요. 가도 되나요?"

"좋지. 시험에만 합격하면 가도 좋고말고."

다음 날인 일요일에는 소나기가 내리 퍼부었다. 한스는 몇 시간 동안이나 제 방에 틀어박혀서 책을 읽고 생각에 잠겼다. 다시 한번 슈투트가르트에서 본 시험에 관해 곰곰

이 생각해보았다. 그때마다 실망하고 후회하면서 더 훌륭한 답안지를 써낼 수 있었다는 결론에 도달했다. 절대로 합격할 가망성이 없을 것이다. 얼마나 두려운 일인가. 차츰 막연한 불안감이 밀려오면서 가슴이 답답해 견딜 수가 없었다. 걱정에 휩싸인 그는 아버지에게 달려갔다.

"저, 아버지!"

"왜 그래?"

"좀 물어볼 것이 있는데요. 뭐든 원하는 걸 말해도 좋다고 하셨잖아요. 낚시는 그만두겠어요."

"왜 그런 말을 하니?"

"저, 묻고 싶어요. 만약에……."

"어서 말해봐, 농담이라도! 도대체 뭐냐?"

"저…… 만약에 시험에 떨어진다면 고등학교에 가도 되는지……."

요제프는 어처구니없다는 얼굴이 되었다.

"뭐? 고등학교?"

그는 대뜸 고함을 질렀다.

"네가 고등학교? 누가 그런 데 가라고 했냐?"

"아무도 없어요. 제가 그렇게 생각했을 뿐이에요."

절망적인 고민의 흔적이 소년의 얼굴에 묻어났다. 하지만 아버지는 그것을 알아채지 못했다.

"그만 나가봐라. 가봐!"

아버지는 억지로 웃으며 말했다.

"당치도 않은 소리다. 고등학교라니!"

아버지가 강한 어조로 반대했기 때문에 한스는 단념하고 힘없이 걸어 나갔다.

"아주 형편없는 녀석이야. 도대체 말이나 돼?"

아버지는 아들의 뒤에 대고 못마땅하다는 듯이 말했다.

"그럴 수가 있나? 이제는 뭐 고등학교에 간다고? 바보같이, 어림도 없는 생각이야."

한스는 반시간 동안이나 창가에 앉아 깨끗이 닦은 마룻바닥을 내려다보며, 정말로 신학교든 고등학교든 학문을 배우지 못한다면 장차 어떻게 될 것인가 생각해보려고 애썼다. 아마 견습공 아니면 치즈 가게나 사무소에 들어가게 되겠지. 평생을 평범하고 보잘것없는 한 사람으로 생을 마치게 되겠지. 그런 인간을 한스는 멸시했다. 어떻게든 뛰어난 인물이 되려고 했다. 앳되고 영리해 보이는 얼굴이 분노와 슬픔에 찬 찌푸린 얼굴이 되었다. 그는 미친 듯이 자기 방으로 뛰어가서 침을 퉤퉤 뱉고는 라틴어 시 선집을 들어 벽에다 힘껏 내동댕이쳤다. 그러고는 빗속으로 뛰쳐나갔다.

월요일 아침, 그는 다시 학교로 갔다.

"어땠니?"

교장이 물어보면서 악수를 청했다

"어제 나한테 올 줄 알았는데……. 시험은 어떻더냐?"

한스는 머리를 숙였다.

"응? 왜 그래? 잘 못 봤니?"

"그런 것 같아요."

"조금만 기다려봐. 오늘 오전 중으로 슈투트가르트에서 소식이 오겠지."

오전 시간은 몹시 길었다. 그리고 아무런 소식도 오지 않았다. 점심시간에 한스는 치밀어 오르는 갑갑증 때문에 음식을 삼킬 수가 없었다.

오후 2시에 교실에 들어가니 담임교사가 벌써 와 있었다.

"한스 기벤라트!"

선생이 큰 소리로 그를 불렀다. 한스가 앞으로 나가자 담임교사가 손을 내밀었다.

"축하한다, 기벤라트. 네가 주 시험에 2등으로 합격했다."

교실 안에 축복의 침묵이 흘렀다. 문이 열리고 교장이 들어왔다.

"축하한다. 자, 소감이 어때?"

소년은 놀람과 기쁨에 가슴이 부풀었다.

"애, 무슨 말을 좀 해야지."

"이럴 줄 알았다면!"

그는 자기도 모르게 말했다.

"아주 1등을 해버릴걸."

"이제 집으로 가보거라."

교장이 말했다.

"아버지께 그렇게 말씀드려라. 그리고 이제는 학교에 나오지 않아도 좋다. 그렇잖아도 일주일만 있으면 방학이니까."

현기증을 느끼면서 소년은 거리로 나왔다. 늘어선 보리

수와 햇빛이 반사되고 있는 시청 광장이 눈에 띄었다. 온 갖 것이 보다 더 아름답고 의미 깊으며 즐거워 보였다. 합격을 하다니. 그것도 2등으로! 최초의 회오리 같은 기분이 사라지자 뜨거운 감사의 마음이 일었다. 이제는 목사를 피해 다닐 필요가 없다.

그리고 이제는 공부도 마음대로 할 수 있다. 치즈 가게나 사무실에 들어가는 것을 겁낼 필요도 없다. 또다시 낚시를 즐길 수도 있다.

집에 돌아오니 아버지가 문 앞에 서 있었다.

"무슨 일이냐?"

아버지가 퉁명스럽게 물었다.

"별것 아니에요. 이젠 학교에 나오지 않아도 좋대요."

"뭐라고? 도대체 왜?"

"이제 전 신학교 학생이니까요."

"아니, 그게 무슨 소리냐? 한스, 너 시험에 합격했구나?"

한스는 고개를 끄덕였다.

"좋은 성적으로?"

"2등이래요."

그것은 예기치 않았던 성과였다. 아버지는 무슨 말을 어떻게 해야 할지 몰라 몇 번이나 아들의 어깨를 두드리며 웃다가 머리를 흔들었다. 뭐라고 말하려고 입을 벌렸으나 아무 말도 못 한 채 머리만 또 흔들 뿐이었다.

"장하다!"

결국 이렇게 한마디 하고는 또 한 번 "장한 일이야."라고 말했다.

한스는 집 안으로 뛰어 들어가 계단을 올라가서 위층 다락방으로 들어갔다. 아무도 오지 않는 위층 다락문을 열고 안을 뒤적거려 여러 가지 상자와 끈, 코르크 등을 끄집어냈다. 그것은 낚시 도구였다. 이제 쓸 만한 낚싯대를 잘라야 했다. 그는 아버지에게 내려갔다.

"아버지 칼 좀 빌려주세요."

"뭘 하려고?"

"낚싯대를 잘라야 해요."

아버지가 호주머니에 손을 넣었다.

"자."

그가 눈을 반짝이면서 너그럽게 말했다.

"옜다. 2마르크다. 네 칼을 사도 좋다. 한프리트 씨에게 가지 말고 대장간에 가서 사야 한다."

한스는 급히 달려갔다. 대장간 주인도 시험에 대해서 물었다. 그리고 기쁜 소식을 듣자 특별히 좋은 칼을 골라 주었다. 아랫동네의 브뤼엘 다리 아래쪽에 아름다운 개암나무와 오리나무가 심겨 있었다. 거기에서 한스는 오랫동안 고른 끝에 강하고 탄력성이 있어 보이는 나뭇가지를 잘라서 집으로 돌아왔다.

빨갛게 상기된 얼굴로 그는 눈을 반짝이며 낚시 도구를 장만하는 즐거운 일에 착수했다. 그것은 낚시질 못지 않게 즐거운 일이었다. 오후 내내, 저녁때까지 2층에 틀어박혀 있었다.

하얀색 실, 갈색 실, 파란색 실을 골라 넣고 조심스럽게 살핀 뒤 실을 잇기도 하고 매듭을 풀기도 했다. 모양과 크기가 제각각인 코르크와 찌를 검사하고 새로 자르거나 조그만 납덩어리를 두들겨서 동그랗게 만들어 실에 매달았다. 낚싯바늘은 전에 남겨둔 것이 약간 있었다. 그것을 나누어 일부는 네 가닥 검은색 실에, 악기의 장선(腸線)으로 쓰다가 남은 몇 줄을 합쳐 꼰 말총에다 꼭 동여맸다. 늦은 저녁이 되어서야 일은 모두 끝났다.

이로써 한스는 7주 동안의 기나긴 방학을 지루하지 않게 보낼 수 있는 준비를 모두 마쳤다. 낚싯대만 있으면 그는 매일 아침부터 저녁까지 강가에서 혼자 시간을 보낼 수 있었다.

2장

여름방학이라면 이 정도는 되어야 했다. 산마다 용담
꽃처럼 파란 하늘이 내리덮고 있었고 벌써 몇 주일째 눈
부신 여름날이 계속되고 있었다. 때때로 빗줄기가 세차게
쏟아지는 소나기가 짧게 내릴 뿐이었다. 많은 사암(砂岩)
과 전나무 그늘 그리고 좁은 골짜기 사이로 강이 흘러가
고 있었는데, 물은 아주 따듯해서 저녁 늦게까지 헤엄을
칠 수 있었다. 조그만 마을 주변에는 건초(乾草)를 베어낸
그루에서 향긋한 풀잎 냄새가 풍겼고, 키 크고 가느다란
밀밭은 금갈색으로 변해 있었다. 여기저기 도랑가에는 하
얗게 꽃피는 독미나리 같은 풀이 사람 키보다 높이 자라

있었다. 그 우산 모양의 꽃에는 조그만 딱정벌레가 언제나 달라붙어 있었다. 속이 빈 그 줄기를 자르면 크고 작은 피리를 만들 수 있었다.

숲 모퉁이에는 부드러운 털이 있고 노란 꽃이 피는 할미꽃들이 줄을 지어 피어 있었고, 부처꽃과 바늘꽃이 날씬하고 강한 줄기 위에서 흔들리며 골짜기를 온통 주홍빛으로 물들였다. 전나무 밑에는 빨간 디기탈리스가 위엄 있게 서 있었다. 디기탈리스는 부드러운 은색 털이 있는 줄기와 든든한 꽃받침 위로 아름다운 분홍색 꽃이 나란히 피어 있었다. 그 옆에는 여러 종류의 꽃이 자라 있었다. 빨간 윤곽이 드러나는 파리잡이버섯, 넓고 도톰한 우산버섯, 이상한 선모, 빨갛고 가지 많은 싸리버섯, 별다른 색 없고 병적으로 두터운 석장초, 숲과 초원 사이의 잡초들이 우거진 경계선에는 가시금작화가 노란 불꽃처럼 빛나고 있었다. 연한 자주색 에리카가 피어 있고, 그 뒤로 초원이 펼쳐졌다.

거기에는 벌써 두 번째 풀베기를 앞두고 황새냉이, 원추리, 샐비어 등이 무성하게 자라고 있었다. 활엽수 숲에서는 방울새가 끊임없이 노래를 불렀다. 전나무 숲에서는 자색다람쥐가 나뭇가지 사이를 달렸다. 길이며 담장, 마른 도랑 할 것 없이 파란 도마뱀이 기분 좋게 숨을 쉬며 햇볕을 쬐고 있었다. 목초지 일대에서는 지칠 줄 모르게 드높은 매미 소리가 울려 퍼졌다.

마을은 이맘때쯤 되면 농촌다운 분위기를 진하게 풍겼다. 건초를 실은 마차와 건초 냄새와 낫 가는 소리가 거리에 가득했다. 두 군데 공장만 없었더라도 아주 시골 한구석에 파묻힌 느낌을 받았을 것이다.

방학 첫날 아침, 안나 할머니가 일어나기도 전에 한스는 일찌감치 부엌에 들어가 커피가 끓기를 기다렸다. 그는 방금 내린 커피를 서둘러 마신 후 빵을 호주머니에 집어넣고 밖으로 달려 나갔다. 윗마을 철길 둑에서 걸음을 멈추고 바지 주머니에서 둥근 통조림 깡통을 꺼내 부지런히 메뚜기를 잡아서 넣었다. 기차가 그 옆으로 지나갔다. 그러나 빠르게 달리지는 않았다. 선로가 급한 경사를 이루는 탓에 기차는 천천히 달렸다. 기차의 창문은 활짝 열려 있었다. 얼마 안 되는 승객을 태운 기차는 증기와 연기를 느릿하게 뒤로 보내면서 달려갔다. 한스는 하얀 연기가 소용돌이치며 이른 아침의 맑게 갠 하늘로 사라지는 것을 물끄러미 바라보았다. 얼마나 오랫동안 이 모든 것을 못 보고 살았던가. 그는 숨을 깊이 들이마셨다. 아름다운 시절을, 지금에야 곱절로 되새기며 아무런 거리낌도 불안함도 없이 다시 한번 어린 시절로 되돌아가려는 듯이.

메뚜기를 잡아넣은 깡통과 새로 만든 낚싯대를 들고 다리를 건넌 다음, 채소밭을 지나 제일 깊은 웅덩이 앞으로 걸어가는 동안 한스의 가슴은 은은한 환희와 낚시에 대한 기대감으로 두근거렸다. 그곳에서는 버드나무에 기대어 다른 어느 곳보다 편안하게 방해받지 않고 낚시를 할 수 있었다. 그는 실을 풀어 조그만 납덩어리를 달고 살찐 메뚜기를 모질게 바늘에 꿰어 강 한가운데로 힘껏 던졌다. 오래전부터 몸에 밴 익숙한 놀이가 시작되었다.

조그만 붕어 새끼들이 떼를 지어 미끼를 잡아채려고 했다. 미끼는 곧 다 먹히고 말았다. 두 번째 메뚜기가 매달렸다. 그다음 또 한 마리, 연이어 네 번째, 다섯 번째, 미끼를 다는 한스의 태도가 차츰 신중해졌다. 드디어 또 하나의 납덩어리를 실에 달아서 미끼를 무겁게 만들었다. 그러자 그제야 겨우 그럴듯한 놈이 미끼를 쫓았다.

그 물고기는 미끼를 살짝 물었다가 놓아버리고 다시 한번 시도하다 그것을 물어뜯었다. 낚시의 달인은 낚싯대를 거쳐서 손끝에 전해지는 움직임을 놓치지 않는 법이다. 한스는 일부러 한 번 늦추었다가는 조심조심 끌어당겼다. 물고기가 바늘을 물고 있었다. 그놈이 황어라는 사실을 곧바로 알아보았다. 담홍색으로 빛나는 넓은 몸뚱이와 삼각형의 머리, 특히 아름다운 빛깔을 띤 배를 보니 금방 알 수 있었다. 무게가 얼마나 될까? 그런데 미처 확인할 겨를도 없이 고기는 필사적으로 펄떡거리면서 몇 번 몸부림을 치다가 물속으로 달아나버렸다. 한스는 고기가 물속에서 서너 번 맴돌다가 은색 섬광과도 같이 사라지는 것을 지켜보았다. 낚싯바늘에 잘못 걸린 모양이었다.

낚시꾼은 드디어 흥분의 도가니 속으로 빠져들었다. 그의 눈은 날카롭게 빛나며 물에 잠긴 가느다란 갈색 실을 꼼짝 않고 주시했다. 뺨이 붉게 물든 그의 동작은 빈틈없이 빠르고 정확했다. 두 번째 황어가 물자마자 줄을 끌어당겼다. 그다음은 잉어였는데 작은 놈이어서 여간 섭섭한 게 아니었다. 이어서 연속적으로 모래무지 세 마리가 올라왔다. 아버지가 좋아하는 고기였기에 한스는 무척이나 기뻤다. 모래무지는 비늘이 작고 몸뚱이가 기름지며, 두툼한 머리에 익살맞은 하얀 수염이 있고, 눈은 작고 꼬리쪽은 날렵했다. 색깔은 녹색과 갈색의 중간이고, 땅 위에 올라오면 강철 빛깔을 띤다.

어느새 태양이 높이 떠올랐다. 윗마을 둑의 이슬방울은 눈처럼 하얗게 빛나고, 물결 위로 하얀 미풍이 떨고 있었다. 쳐다보니 무크베르크 산 위에 손바닥만 한 눈부신 구름이 서너 조각 떠 있었다. 몹시 무더운 날이었다.

한가운데 움직이지 않고 떠 있는 구름, 오래도록 바라보기 힘들 정도로 빛을 담뿍 머금고 있는 고요한 구름조각만큼 한여름의 무더위를 잘 표현하는 것은 없다. 그러한 구름이 없으면 얼마나 더운지 알아차리지 못할 때가 많다. 파란 하늘도 반짝이는 수면도 아니고, 대낮의 뭉게구름을 보면 별안간 태양이 이글이글 타오르는 것처럼 느껴져 그늘을 찾고 땀에 젖은 이마를 손으로 훔치는 것이다.

한스는 차츰 낚시가 시들해졌다. 약간 피곤하기도 했고, 점심때쯤에는 고기가 거의 잡히지 않는 것이 보통이었다. 은색 황어는 가장 성어인 큰 놈이라도 한낮에는 볕을 쬐기 위해 위쪽으로 떠오른다. 그놈들은 까만 줄을 지으면서 꿈꾸듯이 수면에 바싹 떠올라 상류로 헤엄쳐 간다. 그리고 때때로 이렇다 할 이유도 없이 갑자기 놀라곤 한다. 이런 시각에 그놈들은 낚시에 걸리지 않는다.

한스는 낚싯줄을 버드나무 사이의 물속에 드리운 채 땅바닥에 주저앉아 푸른 강을 내려다보았다. 고기가 떠올랐다. 까만 등이 차례로 수면에 나타났다. 따스함에 이끌려 넋이 나간 듯이 천천히 헤엄쳐 가는 고기 떼. 미지근한 물살이 기분 좋은 모양이었다. 한스는 장화를 벗어던지고 강물에 발을 담갔다. 물이 미지근했다. 그는 낚아 올린 고기를 내려다보았다. 고기들은 커다란 물뿌리개 안에서 간간이 파닥거릴 뿐이었다. 이 얼마나 아름다운 고기들인가. 흰색, 갈색, 유록색, 금색, 파란색, 은색, 그 밖의 여러 빛깔이 비늘과 지느러미 사이로 비쳤다.

주위는 정적에 싸여 있었다. 다리를 건너는 마차 소리마저 들리지 않았다. 덜그럭거리는 물방아 소리도 여기서는 가냘픈 숨소리로 들릴 뿐이었다. 둑에 부딪칠 때마다 부드럽게 일어나는 하얀 물거품 소리만이 고요하고 나른한 졸음을 가져다주듯 들려왔다. 뗏목들 사이로 부딪쳐서 빙빙 돌아가는 낮은 물소리가 들렸다.

그리스어와 라틴어, 문법과 문체론, 수학과 암기, 게다가 초조했던 1년간의 불안이 이제 하나 남김없이 나른하고 포근한 시간 속으로 고요히 사라지고 있었다.

한스는 두통을 약간 느꼈다. 이번에는 다른 때처럼 그렇게 심하지는 않았다. 지금은 옛날처럼 물가에 앉아 있을 수 있다. 그는 강둑에 부딪쳐 부서지는 물거품을 보다가 눈을 가늘게 뜨고 낚싯줄을 바라보았다. 물뿌리개 안에 낚은 고기들이 떠 있었다. 한량없는 기쁨이 온몸을 휘감았다 주 시험에 합격했다는, 더구나 2등으로 붙었다는 사실이 그의 머리를 스쳤다. 그럴 때면 이유 없이 맨발로 물을 휘정휘정 젓다가 바지 주머니에 두 손을 집어넣고 휘파람을 불곤 했다.

그러나 사실 그는 휘파람을 잘 불지 못했다. 그것은 예전부터 괴로운 일이었다. 그 때문에 친구들에게 놀림을 받기도 했다. 그는 치아 사이로 약간 소리를 낼 수 있었는데, 다른 사람에게 들려주려는 것이 아니므로 그 정도면 충분했다. 지금은 아무도 듣는 사람이 없다. 친구들은 지금 교실에 앉아 지리 수업을 듣고 있을 것이다. 자신만이 학교에 가지 않아도, 수업을 받지 않아도 괜찮은 것이다. 그는 다른 사람들을 앞질렀다. 다른 친구들은 지금 한스의 발아래에 있다. 그는 아우구스트 외에는 친구가 없고, 씨름이나 장난에 별로 흥미가 없어서 또래 친구들의 놀림감이 되기도 했다. 이제 그 얼간이들과 멍청이들이 자신을 부러워하고 있지 않은가. 별안간 그들에 대한 감정이 지나치게 경멸적인 듯해서 잠깐 휘파람을 멈췄다. 그리고 입술을 깨물었다.

낚싯줄을 감아올려 보니 미끼가 몽땅 사라지고 없었다. 그는 웃지 않을 수 없었다. 깡통에 남아 있는 메뚜기들을 놓아주었더니 얼떨떨한지 내키지 않는 듯 느릿느릿 풀 속

071

으로 기어갔다 그 옆의 피혁 공장은 벌써 점심시간이었다. 밥 먹으러 갈 시간이 다 된 것이다.

점심을 먹는 동안 그는 거의 한마디도 하지 않았다.

"몇 마리나 잡았니?"

아버지가 물었다.

"다섯 마리요."

"응, 그래. 큰 놈은 잡지 않도록 조심해라. 그러지 않으면 나중에 새끼가 없어질 테니까."

대화는 더 이상 하지 않았다.

날씨가 굉장히 더웠다. 식사를 하고 바로 수영하러 갈 수 없다는 것은 원통한 일이었다. 대체 왜 그럴까? 밥 먹고 바로 수영하면 몸에 해롭다고? 정말로 그럴까? 아버지가 못 하게 하는데도 한스는 몇 번인가 몰래 식후 곧바로 수영한 적이 있었다. 그러나 이제는 결코 그런 짓을 하지 않는다. 그런 어리석은 짓을 하기에는 너무 커버렸다. 놀라운 것은 시험을 칠 때 감독관들이 그를 '한스 씨'라고 불렀던 일이다.

밥 먹고 뜰의 전나무 밑에 한 시간 정도 드러누워 있는 것도 나쁘지는 않았다. 그늘은 충분했다. 책을 읽을 수도, 나비를 구경할 수도 있었다. 거기에서 2시까지 드러누워 있다가 하마터면 그대로 잠들어버릴 뻔했다. 이제부터는 수영이다! 수영하는 강가의 풀밭에는 꼬마들 서넛이 있을 뿐이었다. 큰 아이들은 다 학교에 있었다. 한스는 속으로 기뻐했다.

천천히 옷을 벗고 물에 들어갔다. 그는 더운물과 찬물을 번갈아 즐길 줄 알았다. 조금 헤엄쳐 나갔다가 자맥질하며 첨벙거리거나 물가로 나가 엎드리기도 했다. 그러고는 바싹 마른 피부에 태양볕이 내리쬐는 것을 즐겼다. 꼬마들이 존경하는 마음으로 몰래 그의 주위로 몰려들었다. 그는 벌써 유명 인물이 되어 있었다. 사실 그는 또래들과 다른 모습을 하고 있었다. 햇볕에 탄 가느다란 목덜미에 곧고 얇은 머리카락이 품위 있었다. 얼굴은 매우 이지적이고 눈은 밝게 빛났다. 그러나 몸이 아주 약해서 팔다리는 가늘고 보드라웠다. 가슴이나 등허리는 늑골을 완전히 셀 수 있을 정도로 말랐고, 종아리 같은 데는 살이 거의 없다고 해도 과언이 아니었다.

오후에는 줄곧 햇볕과 물 사이를 뛰어다녔다. 4시가 지나자 반의 친구들이 시끄럽게 떠들면서 그쪽으로 달려왔다.

"야, 기벤라트! 노는 게 좋아 보이는구나."

한스는 기분이 좋은 듯이 몸을 쭉 폈다.

"응, 나쁘지 않아."

"신학교엔 언제 가니?"

"9월에. 지금은 방학이야."

모두 그를 부러워했다. 뒤에서 욕하는 소리가 들리고 누군가 다음과 같은 노래를 불러도 한스는 조금도 개의치 않았다.

슐체 집안의 리자베트
나도 그녀처럼 되고 싶구나!
대낮에도 잠자리에 누워 있는데
내 팔자에는 어림도 없네

한스는 웃기만 했다. 그동안 소년들은 옷을 벗었다. 한 아이가 단숨에 물속으로 뛰어들었다. 다른 아이들은 조심스럽게 몸을 적셨다. 잠깐 동안 풀밭에 드러눕는 아이도 있었다. 잠수를 잘하는 아이는 경탄의 대상이 되었다. 아이들이 물속으로 떠밀리고, 쫓고, 헤엄쳤다. 물가에 나와 햇볕에 몸을 말리고 있는 아이에게 물벼락을 안기기도 했다. 주위는 물소리와 고함 소리로 대혼란이었다. 수면은 온통 하얗고 보드라운 몸뚱이들로 가득 차 햇빛에 반짝였다.

한 시간 후에 한스는 그곳을 떠났다. 따뜻한 저녁때가 되면서 물고기들이 또 입질을 시작했다. 저녁때까지 다리 위에서 낚시를 했지만 한 마리도 낚을 수가 없었다. 고기들이 주위에 모여들었지만 미끼만 먹을 뿐 한 마리도 걸려들지 않았다. 낚시에 매단 찌가 너무 크거나 약한 듯했다. 그는 나중에 한 번 더 도전해보기로 했다.

저녁때 집으로 돌아온 한스는 많은 친지가 축하하러 왔었다는 이야기를 들었다. 그리고 그날 나온 주간지를 받아 들었다. 거기에는 '공보'라는 제목 밑에 다음과 같은 기사가 실려 있었다.

초급 신학교 입학시험에 우리 마을의 한스 기벤라트 학생이 혼자 응시했다. 우리는 방금 그가 2등이라는 우수한 성적으로 합격했다는 영광스러운 소식을 접했다.

그는 주간지를 접어 호주머니에 집어넣은 채 아무 말도 하지 않았으나, 내심 긍지와 환희가 넘쳐 가슴이 터질 것처럼 기뻤다.

그는 다시 낚시터로 갔다. 이번에는 미끼로 치즈 조각 몇 개를 챙겨 갔다. 치즈는 고기들이 대단히 좋아하는 먹이로, 황혼이 질 무렵인데도 고기들의 눈에 잘 띄었다. 낚싯대는 두고 단출하게 낚시 도구만 챙겨 갔다. 그것은 그가 제일 좋아하는 낚시질이었다. 낚싯대도 찌도 없이 줄만 손에 들고 하므로 줄과 바늘이 낚시 도구의 전부인 셈이었다. 다소 힘들었지만 훨씬 즐거웠다. 미끼가 조금만 움직여도 마음대로 할 수 있었고, 고기가 조금만 툭툭 쳐도 곧바로 느낄 수 있었다. 간들간들 움직이는 줄 끝을 마치 눈앞에서 보는 듯이 지켜보았다. 물론 이런 방법은

숙련된 기술이 필요하고, 손가락을 잘 놀려야 하며, 탐정처럼 항상 신중하지 않으면 안 된다.

좁게 굽이쳐 들어간 골짜기에 황혼이 일찍 찾아들었다. 다리 밑을 흐르는 강물은 유난히 까맣고 은은했다. 아랫마을 물방앗간에서는 벌써 불빛이 새어 나오고 이야기 소리와 노랫소리가 다리와 골목길 쪽에서 들려왔다. 이상하게도 이런 밤에는 고기들이 흥분하여 지그재그로 쏜살같이 헤엄치거나, 물 위로 뛰어오르거나, 낚싯줄에 부딪치거나 하며 닥치는 대로 미끼를 향해 돌진한다. 덕분에 한스는 치즈 조각이 없어질 때까지 조그만 잉어를 네 마리나 낚을 수 있었다. 그것은 내일 목사에게 가져다주기로 마음먹었다.

미지근한 바람이 골짜기 밑에서 불었다. 주위가 상당히 어두워졌으나 하늘은 아직 밝았다. 어두워지는 작은 마을에 교회 탑과 성의 지붕만이 까맣고 선명하게 밝은 하늘에 솟아 있었다. 어딘가 먼 데서 소나기가 쏟아지는 듯 때때로 가느다란 천둥소리가 들려왔다.

한스는 10시에 잠자리에 들었다. 머릿속과 팔다리가

기분 좋을 만큼 피로했다 그는 오랫동안 맛보지 못했던 잠에 끌려 들어갔다.

오랫동안 계속되는 아름답고 자유로운 여름날이, 한가롭게 수영이나 낚시를 하고 몽상에 젖어 지내 마음을 안정시켜주는 하루하루가 유혹하듯 그를 기다리고 있었다. 그러나 단 하나, 1등을 하지 못한 것이 속상할 따름이었다.

아침 일찍 한스는 낚은 고기를 가져다주러 목사의 집에 찾아갔다. 그를 발견한 목사가 서재에서 나왔다.

"오, 한스 기벤라트, 반갑다! 축하한다! 진심으로 축하해. 거기 들고 있는 건 뭐니?"

"몇 마리 안 되지만 어제 제가 낚은 거예요."

"음, 그래. 어디 한번 보자. 정말 고마워. 그건 그렇고, 자, 어서 들어오너라."

한스는 몇 번이나 드나든 적이 있는 서재로 들어갔다. 그곳은 목사의 방처럼 여겨지지 않을 만큼 화분 향기도 담배 냄새도 나지 않았다. 훌륭한 장서들은 어느 것을 보나 새로 입힌 듯 금박 글씨가 깨끗이 박혀 있었다. 보통 목사들의 장서에 볼 수 있는 낡고 해지고 벌레 먹어 곰팡이 편 책들이 아니었다. 비교적 자세하게 살펴본 사람은 잘 정리된 책들의 제목에서 사멸해 가는 시대의 고전적인, 존경할 만한 사람들과는 다른 새로운 정신을 찾아낼 수 있을 것이다. 목사들의 명예가 되는 금박을 입힌 서적들 속에는 신학자 벵겔, 에딩거, 슈타인호퍼 등 서재에서 가장 중요한 것들은 빠져 있었으며, 메리케(19세기 독일의 시인, 작가)가 〈고탑(古塔)〉 속에서 그토록 아름답게 노래한 신앙심 깊은 글은 찾아볼 수 없었다. 그것은 헤아릴 수 없이 많은 현대 작가의 작품 속에서 자취를 감추었다.

잡지철이 있는 탁자, 종잇조각이 흩어져 있는 커다란 책상 등 모두가 엄숙하게 보였다. 목사가 여기서 상당히 오랜 시간 공부하는 듯했다. 실제로 그는 열심히 공부했다. 교리문답이나 성서 강의를 위해서라기보다는 학술지를 위한 연구나 논문 또는 저술에 필요한 예비연구가 대부분이었다. 몽상적인 신비주의나 예감적인 명상은 이곳에서 추방당하고 있었다. 과학의 심연을 훨씬 넘어서 사랑과 동정으로써 기갈에 허덕이며 민중의 마음에 영합하는 소박한 심정의 신학도 역시 추방당하고 있었다. 그 대신 여기서는 성서 비판에 주력해 '역사적인 그리스도'를 추구하고 있었다.

신학에 있어서도 다른 학문과 별다를 것이 없었다. 예술이라고 해도 좋을 만한 신학도 있고, 그렇지 않으면 적어도 그런 방향으로 나가는 신학도 있다. 그것은 옛날이나 지금이나 마찬가지이다. 과학적인 사람은 새 가죽 주머니 때문에 오래된 술을 잊어버리고, 예술적인 사람은 수많은 표변적인 과오를 범하면서도 많은 사람에게 위안과 기쁨을 안겨주었다. 그것은 비판과 창조, 과학과 예술, 이 양자 간의 오랜 투쟁이었다. 이 투쟁에서는 언제나 전자가 정당하면서도 이렇다 할 소용이 없었다. 그러나 후자는 언제나 신앙, 사랑, 위안, 아름다움 그리고 불멸의 씨를 뿌리고, 언제나 좋은 터전을 발견해 왔다. 생은 죽음보다 강하고 믿음은 회의보다 강하기 때문이다.

처음으로 한스는 탁자와 창 사이에 놓인 조그만 가죽 소파에 앉았다. 목사는 매우 친절했다. 마치 친한 동료라도 만난 것처럼 신학교라든지, 거기에서 어떻게 생활하고 공부할지에 대해서 이야기했다.

"거기서 맨 처음 경험하는 가장 중요한 것은 그리스어 신약성서를 배우는 것이란다. 그럼으로써 비로소 세계를 바라볼 수 있는 거지. 공부도 상당히 해야 하지만 기쁨 또한 클 것이다. 처음엔 그 말 때문에 상당한 노력이 필요할 게다. 그것은 아티카의 그리스어가 아니라 새로운 정신에 의해 만들어진 새롭고 특수한 어법이니까."

한스는 조용히 귀 기울이면서 참다운 학문에 접근하는 듯해 매우 자랑스럽고 벅찼다.

"형식에 사로잡힌 교육 방법 때문에 이 새로운 세계의 매력이 어느 정도 반감될지도 모른다. 신학교에서는 일방적으로 히브리어에 치중할 테니까 네가 마음만 먹으면 방학 중에 조금 시작해두면 좋을 거다. 그러면 개학을 하더라도 다른 과목에 시간과 노력을 투자할 수 있는 여유가 생길 거야. 〈누가복음〉을 서너 장 읽어도 좋다. 그러면 그리스어가 자연히 외워질 거야. 사전은 내가 빌려줄 테니까 내일부터라도 당장 매일 한두 시간 공부하는 게 어때? 물론 그 이상은 절대로 안 된다. 너는 지금 무엇보다도 충분히 휴식하지 않으면 안 되니까. 물론 이건 내 생각일 뿐

이다. 모처럼 얻은 즐거운 방학을 망치고 싶지는 않을 테
니 말이다."

한스는 그러기로 약속했다. 〈누가복음〉 공부는 자유롭
고 즐거운 푸른 하늘에 나타난 가벼운 구름 같았지만 그
것을 거절하는 것이 쑥스러웠다. 거기에다 방학 동안 새
로운 언어를 배운다는 것은 공부라기보다는 오히려 즐거
움이었다. 그렇지 않아도 한스는 신학교에서 배울 새로운
것에 대해서, 특히 히브리어에 대해서 약간의 불안감을
품고 있었다.

그는 유쾌한 기분으로 목사의 집에서 나와 낙엽송 길
을 따라 숲속으로 들어갔다. 약간의 불쾌감은 이미 사라
진 뒤였다. 목사의 제안은 생각하면 할수록 언짢은 일이
아니었다. 왜냐하면 신학교에서도 친구들보다 앞서 나가
려면 더욱더 야심차게 공부하지 않으면 안 된다는 것을
잘 알았기 때문이다.

그는 확실히 친구들을 누르고 싶었다. 도대체 왜 그런
것일까? 그것은 자신도 알 수 없는 일이었다. 3년 동안 그
는 주목의 대상이었다. 담임교사, 목사, 아버지 그리고 교

장까지 그를 격려하고 숨 쉴 틈 없이 몰아붙였다. 매 학년 그는 계속해서 월등한 성적으로 1등을 했다. 수석을 차지하면서 그는 누군가와 어깨를 나란히 하는 것조차 허용치 않음을 자랑으로 여겼다. 어리석은 시험 걱정도 이제는 사라졌다.

휴식 시간을 갖는 것은 즐거운 일이었다. 자기 말고는 아무도 산책하는 사람이 없는 아침 숲의 아름다움은 각별한 맛이 있었다. 전나무들이 한없이 넓은 곳에 청록색의 둥근 지붕을 만들었고 작은 잡목들은 별로 없었다. 다만 이곳저곳에 딸기나무 숲이 우거졌을 뿐이었다. 낮은 월귤나무와 에리카가 자라고 있는 곳에 부드러운 털과 같은 이끼동산이 자리해 있었다. 이슬은 벌써 말라버렸다. 곧은 줄기 사이로 아침 숲속에서만 맛볼 수 있는 독특한 무더위가 찾아들었다. 그것은 태양의 열기, 증발하는 이슬, 이끼의 향기, 나무 진, 전나무 잎, 버섯 등의 냄새가 뒤범벅이 된 것으로 오감에 스며들어 가벼운 마비 증세를 일으켰다.

한스는 이끼 위에 드러누워 무성하게 자란 까만 산딸

기를 먹었다. 여기저기서 딱따구리가 나무를 쪼고, 심술쟁이 두견새 우는 소리가 들려왔다. 어둠침침한 전나무 가지 사이로 구름 한 점 없는 코발트빛 하늘이 보였다. 멀리 곧은 나무들이 엄숙한 갈색의 벽을 이루고 있었다. 나무 사이로 노란 햇빛이 이끼 위에 따뜻한 빛을 점점이 던졌다.

한스는 적어도 리체리 호수나 사프란 평원까지 긴 산책을 할 작정이었다. 그러나 이끼 위에 드러누워 산딸기를 먹으며 세상사를 잊고 하늘을 쳐다보았다. 이처럼 피곤해진 것이 이상했다. 전에는 서너 시간을 걸어도 아무렇지도 않았다. 그는 힘을 내어 멀리까지 걸어보기로 마음먹었다. 다시 몇백 걸음을 옮겼다. 그러나 자신도 모르게 어느새 이끼 위에 드러눕고 말았다. 그는 드러누운 채 눈을 가늘게 뜨고 나뭇가지 사이와 푸른 지면을 멍하니 쳐다보았다. 이 공기는 왜 이렇게도 사람을 지치게 만드는 것일까?

점심때쯤에 집으로 돌아왔는데 또 두통이 나고 눈이 아파 왔다.

숲의 비탈길은 태양이 너무 눈부셨다. 오후의 서너 시

간을 유쾌하지 않은 기분으로 집에 틀어박혀 있던 그는 헤엄치러 가서야 겨우 상쾌한 기분이 되었다. 그때는 벌써 목사에게 갈 시간이었다. 도중에 구둣방주인 플라이크 씨를 만났다 그는 구둣방 창가의 삼각의자에 앉아 있었다. 그가 한스를 불러들였다.

"얘! 어디 가니? 너를 통 볼 수가 없구나."

"지금 목사님 댁에 가야 해요."

"또 가? 시험은 끝나지 않았니?"

"그렇죠. 하지만 지금은 다른 일로 가요. 신약성서는 그리스어로 쓰여 있는데 지금 그걸 배우러 가요."

구두장이는 모자를 깊숙이 눌러쓰고 넓은 이마에 두터운 주름살을 그리며 깊은 한숨을 쉬었다.

"한스."

그는 낮은 목소리로 말했다.

"네게 하고 싶은 말이 있다. 여태까지는 시험이라고 해서 침묵을 지켜 왔지만 이제는 참을 수가 없구나. 목사는 무신론자라는 것을 꼭 알아야 돼. 목사는 네게 성서는 틀린 데가 많고 거짓말을 하고 있다고 말하겠지. 또 그렇게 가르치겠지. 네가 만일 목사와 같이 신약성서를 읽는다면 너 자신도 모르는 사이에 너의 신앙을 잃고 말 거야."

"그렇지만 플라이크 아저씨! 저는 그리스어를 배우는 것뿐인걸요. 신학교에 가면 아무래도 배워야 하니까요."

"너까지 그렇게 말하니? 그러나 성서를 공부할 때도 경건하고 양심적인 선생에게서 배우는 것과 하나님을 믿지 않는 선생에게 배우는 것은 차이가 있단다."

"그건 그렇지만, 목사님이 정말로 하나님을 믿지 않는지는 알 수 없는걸요."

"믿지 않고말고, 한스! 섭섭하겠지만 그건 사실이야."

"그렇지만 어떡해요. 간다고 벌써 약속을 해버렸는걸요."

"그렇다면 물론 가야지. 그러나 만일 목사가 성서는 인간이 지어낸 거짓말이라는 둥, 성령의 암시가 아니라는 둥 성서에 대해 그런 이야기를 하면 내게 오너라. 같이 거기에 대해 토론해보자, 알겠지?"

"그럴게요 플라이크 아저씨! 하지만 그런 일은 없을걸요."

"곧 알게 될 테니 내 말을 명심해라."

목사 집에 가니 그는 아직 돌아오지 않았다. 한스는 그를 기다려야 했다. 금박의 책 제목을 보고 있으려니 자꾸 구두장이 아저씨의 말이 생각났다. 마을 목사나 새로운 시대의 목사에 대해서 그가 하던 말을 여태까지 몇 번이나 들었다. 지금 자신이 이런 일에 휩쓸리자 비로소 긴장감과 호기심이 들었다. 그러나 그에게는 구두장이 아저씨만큼 중요하지도, 무섭지도 않은 일이었다. 오히려 여기에는 옛날부터 커다란 비밀이 있어서 캐볼 만한 가치가 있을 것 같았다. 학교에 들어가서 처음 몇 년 동안은 신의 존재라든가 영혼의 소재, 악마와 지옥에 대한 의혹이 때때로 그를 환상적인 명상에 잠기게 했다. 그렇지만 최근 2, 3년간은 아주 엄격하게 열심히 공부하라는 채찍질을 받느라 다른 모든 잡념이 수그러들었다. 학교에서 배우는 기독교적 신앙은 구두장이 아저씨와의 대화에서 가끔 어느 정도 개인적인 삶을 각성시키는 데 지나지 않았다. 구두장이 아저씨와 목사를 비교하면서 한스는 웃지 않을 수 없었다.

고생 끝에 얻은 구두장이 아저씨의 확고한 신앙을 소년은 도저히 이해할 수가 없었다. 그뿐 아니라 플라이크 아저씨는 영리했으나 단순하고 편협한 신앙의 노예였기 때문에 많은 사람에게서 조소를 받고 있었다. 기도를 드리는 신자들의 보임에서 그는 엄격한 교리 심판관이자 권위 있는 성서 해설자로서의 역할을 다하고 있었다. 또 그는 여러 마을로 예배를 보러 다녔다. 그러나 그 외에는 보잘것없는 기술자에 지나지 않았고 대부분의 사람들처럼 무식했다. 반면에 목사는 인간으로서나 설교자로서 빈틈없는 능변가일 뿐만 아니라 그 이상으로 부지런하고 엄격한 학자였다. 한스는 두려운 마음으로 책장을 쳐다보았다.

목사는 금세 돌아왔다. 나들이옷을 벗고 까만 평상복으로 갈아입고 온 목사는 한스의 손에 〈누가복음〉 그리스어판을 쥐어주면서 읽으라고 했다. 라틴어를 공부할 때와는 아주 딴판이었다. 둘은 문장을 몇 줄 읽었다. 그것은 한 자 한 자 꼼꼼하게 번역되어 있었다.

목사는 자세한 예를 들어 설명했다. 아주 교묘하고 능변하여 마치 언어의 독특한 정신이 그 속에서 살아 움직이는 것 같았다. 그는 성서가 성립된 시대와 그때의 상황을 말해줌으로써 불과 한 시간 만에 소년에게 아주 새로운 관념을 알려주었다. 단어 하나하나에 어떤 수수께끼와 문제가 감춰져 있는가? 이 의문을 풀기 위해 옛날부터 수천 명의 학자와 명상가 그리고 연구자가 어떻게 노력해왔는가를 한스는 어렴풋이 느낄 수 있었다. 자신도 한 시간 만에 진리 탐구자의 대열에 들어간 것 같았다.

한스는 사전과 문법책을 빌려다 집에서 저녁 내내 공부했다. 얼마나 많은 공부와 지식의 산을 넘어야 참다운 연구의 길로 들어서는가를 실감했다. 어떻게 해서든지 뚫고 나가야지 결코 도중에 멈춰서는 안 된다고 각오까지 했다. 그러면서 구두장이 아저씨의 일은 까맣게 잊어버리고 말았다.

며칠 동안 그는 이 새로운 학문에 몰두했다. 매일 밤 목사의 집으로 갔다. 그런 날이 거듭될수록 이 참다운 학문은 참 어렵고 동시에 노력할 만한 가치가 있다고 느껴졌다. 이른 아침에는 낚시를 하고 오후에는 수영을 하러 갔다. 그 외에는 별로 외출하지 않았다.

시험에 따른 불안과 염려로 인해 그사이에 잠들었던

공명심이 또다시 눈을 떠 그에게 휴식을 허락하지 않았다. 최근 몇 개월 동안 그의 머릿속을 스쳐간 독특한 감정이 다시 머릿속에서 활동을 개시했다. 그것은 고통이 아니었으며 과격한 힘이 다급하게 개가를 올리며 맹렬히 전진해 나가려는 욕망이었다. 그 후에는 심한 두통이 일었다. 그러나 그 미묘한 일이 계속되고 있는 동안에도 독서와 학과는 마치 폭풍우와도 같은 속도로 진도가 나갔다. 전에는 보통 수십 분이 걸리던 크세노폰의 제일 어려운 문장도 쉽게 읽을 수 있었다. 그리고 사전을 거의 사용하지 않고 명석한 기억력만으로 어려운 문장을 줄줄 즐겁게 읽어 내려갈 수 있었다.

고조된 학구열과 지식욕에 자부심이 더해져 학교와 선생에게서 수학하던 시대가 조금씩 무너지고 있었다. 지식과 능력의 정상을 향하여 독특한 궤도를 밟고 있는 기분이었다.

그런 기분에 사로잡히는 것과 같은 동시에 묘하게도 명료한 꿈과 함께 가벼운 졸음이 엄습해 왔다. 밤중에 가벼운 두통을 느끼고 눈을 떴는데 다시 잠들 수가 없었다.

앞으로 나아가려는 초조함도 일었다. 한스는 자신이 다른 친구들보다 앞서 있고, 담임교사와 교장이 자기를 일종의 존경심, 아니 그 이상으로 경탄하는 마음으로 바라본다고 생각할 때 막연한 우월감에 사로잡히기도 했다.

　교장으로서는 자신이 일깨워준 아름다운 공명심을 이 끌고 나가거나, 또 그것이 자라는 것을 보는 것이 마음속의 기쁨일 수 있었다. 선생을 일컬어 무정하고 화석 같고, 흔해빠진 잔소리꾼이라고 말할 수는 없다. 선생들의 힘으로 아이들이 아무리 얻으려 해도 좀처럼 깨어나지 않던 재주가 피어난다. 아이들은 나무칼이나 돌팔매질이나 활 그리고 다른 장난감을 버리고 앞으로 나아가려는 노력을 한다. 또 열심히 공부함으로써 난폭한 골목대장이 점잖고 부지런하며 금욕적인 아이가 되고, 나이깨나 든 것처럼 정신적으로 성장한다. 또 그 눈초리가 깊어지며 목표하는 바가 분명해지고, 그 손이 점점 하얘지며 점잖아지는 것을 볼 때, 선생들은 기쁨과 자랑으로 웃음꽃이 핀다. 선생의 의무와 국가가 선생들에게 맡긴 책무는 어린 소년들의 내면에 있는 난폭한 힘과 자연적인 욕망을 제어하고 그

대신 국가가 인정하는 균형 잡힌 인성을 조용히 심어주는 것이다.

지금 행복한 시민이나 성실한 관리가 된 대다수 사람들도 그와 같은 학교의 노력이 아니었더라면 그렇게 될 수 없었을 것이다. 아마 난폭한 혁명가가 되었거나 자기의 견해는 전혀 없이 하잘것없는 생각이나 일삼는 공상가가 되었을 것이다. 소년들의 내면은 무뚝뚝하고 야만적이고 거친 데가 있다. 우선 그것을 깨뜨려야 한다. 또 내면에 피어오르는 위험한 불을 꺼야 한다. 자연이 만든 본연의 인간은 측량해볼 수도 없고 확실하지도 않으며 어딘가 불온한 데가 있다. 그것은 미지의 산에서 흘러내리는 거친 물살과도 같고, 길도 질서도 없는 원시림과도 같다. 원시림을 개척하여 힘으로 제어해야 하는 것처럼, 학교도 타고난 그대로의 인간을 무너뜨려 굴복시키고 힘으로 제어하지 않으면 안 된다. 학교의 사명은, 정부가 승인한 원칙에 따라서 자연 그대로의 인간을 사회의 유능한 일원으로 변화시켜 잠재된 개성을 일깨워주는 것이다. 결국 이는 빈틈없는 군대식 훈련을 통해 훌륭하게 완성된다.

어린 소년 기벤라트는 얼마나 훌륭하게 성장했는가! 그는 쓸데없이 거리를 돌아다닌다든지 장난을 친다든지 하는 행동을 스스로 삼가게 되었다. 수업 시간에 어리석게 웃어대는 버릇은 벌써 오래전에 사라졌다. 흙을 만지고 토끼를 기르는 일도 그만두었고 성가신 낚시질도 언젠가부터 포기했다.

어느 날 저녁, 교장이 친히 기벤라트의 집을 방문했다. 영광스러워 어찌할 바를 모르는 아버지를 겸손하게 밀어내고 교장은 한스의 방 안으로 들어갔다. 소년은 〈누가복음〉을 공부하고 있었다. 교장은 다정하게 인사했다.

"기벤라트! 벌써 공부를 시작하다니 좋은 일이다. 그런데 왜 도통 얼굴을 보여주지 않았니? 매일 기다렸는데."

"가려고 했습니다만……."

한스는 변명했다.

"멋진 고기를 가져가고 싶었거든요."

"고기? 무슨 고기?"

"네, 잉어라든지 뭐든지요."

"그래? 아직도 낚시를 다니는 거냐?"

"네, 가끔요. 아버지가 허락하셨어요."

"그래, 재미있니?"

"네, 아주 재미있어요."

"좋아, 아주 좋아. 방학 때 노는 거지. 웬만큼 노력도 했으니까. 그런데 틈틈이 공부하고 싶은 생각은 없니?"

"하고 싶어요. 선생님."

"네가 하고 싶은 생각이 없다면 억지로 시키기는 싫다."

"정말로 공부하고 싶어요."

교장은 두세 번 깊은 숨을 쉬고는 가느다란 수염을 쓰다듬으며 의자에 앉았다.

"한스!"

교장이 말했다.

"시험 성적이 썩 좋으면 후엔 빠르게 퇴보하는 법이란다. 신학교에 가면 새로운 과목을 많이 배우게 된다. 방학 때 미리 공부해 오는 학생들이 틀림없이 많을 거야. 특히 시험 성적이 좋지 않았던 학생들이 더 그러지. 그런 학생들이 별안간 위로 치고 올라와서는, 방학 때 영광에 도취해 편히 쉬었던 학생들을 떨어뜨린단다."

교장이 또 한숨을 쉬었다.

"우리 학교에서 너는 언제나 쉽게 1등을 했지. 그러나 신학교 학생들은 다르다. 그들은 천재 아니면 대단한 노력파다. 그런 학생들을 누워서 떡 먹듯이 앞지를 수는 없다. 절대로, 알겠니?"

"네."

"그래서 방학 중에 공부를 더 해두는 게 어떨까 한다. 물론 적당히 말이야. 너는 충분히 휴식을 취할 권리와 의무가 있다. 그러나 하루 한두 시간 정도 공부하는 것은 적당하다고 생각한다. 그러지 않으면 다시 궤도에 올라 평탄하게 나아가는 데 몇 주일은 걸릴 거다. 어떻게 생각하니?"

"저 벌써 마음의 준비가 되어 있어요. 선생님께서 봐주신다면⋯⋯."

"좋아. 히브리어 다음에 신학교에선 호머가 새로운 세계를 열어줄 거다. 착실히 기초를 닦아놓으면 호머를 읽어도 그 맛을 곱절은 느끼고 이해할 수 있을 거다. 호머의 글은 옛날 이오니아의 방언이다. 호머식 음률법과 함께 아주 독특한 데가 있단다. 이 문학을 제대로 음미하려면 철저하게 공부하지 않으면 안 된다."

한스는 이 새로운 세계에 기꺼이 뛰어들 작정이었으며, 최선을 다할 것을 약속했다. 그러나 그 뒤가 두려웠다. 교장은 기침을 하고는 다정하게 말을 이어 갔다.

"솔직히 말하자면 수학도 두세 시간 하는 것이 좋다고 생각한다. 물론 너는 성적이 나쁘지는 않지만 여태까지 수학을 별로 좋아하지 않았잖니. 신학교에서는 대수와 기하를 배우게 될 거다. 서너 과목을 미리 공부해두는 것이 좋을 거야."

"잘 알겠습니다. 선생님."

"우리 집에는 아무 때나 와도 좋다. 네가 훌륭하게 성장하는 것은 나의 명예이기도 하니까. 하지만 수학은 수학 선생에게 개인 지도를 받을 수 있도록 아버지께 여쭤봐야 할 것이다. 일주일에 서너 시간이면 좋겠지."

"잘 알겠습니다."

공부는 다시 순탄하게 진척되었다. 한스는 한 시간이라도 낚시질이나 산책을 하게 되면 마음이 편하지 않았다. 헌신적인 수학 선생은 한스의 일상이 된 수영 시간을 공부 시간으로 바꿔놓았다.

대수는 아무리 공부해도 흥미가 생기지 않았다. 한창 찌는 듯한 오후에 수영하러 가는 대신 선생의 무더운 방에 들어가, 모기가 윙윙거리는 탁한 공기 속에서 피곤한 머리와 쉰 목소리로 A 플러스 B, A 마이너스 B를 외운다는 것은 괴로운 일이었다. 그리하여 한스는 그 시간 동안, 몸을 마비시키고 극도로 내리누르는 것 같은 압박감을 느꼈다. 그것은 날씨가 나쁜 날에는 암담함과 절망으로 변했다.

도대체 수학이란 묘한 것이었다. 그는 수학을 이해하기에 결코 머리가 둔한 학생은 아니었다. 때때로 문제를 훌륭하게 풀이할 뿐만 아니라 독특한 풀이법을 알아내고 기뻐하기도 했다. 수학에는 변칙이라든가 속임수가 없고, 문제를 벗어나 불확실하게 옆길을 맴도는 점이 없는 것이 좋았다. 마찬가지로 라틴어도 분명하고 확실하여 애매한 데가 없었으므로 대단히 마음에 들었다.

그러나 수학에서는 가령 답이 모두 맞았다 해도 그 이상 아무것도 얻을 수가 없었다. 수학 공부는 평탄한 길을 걷는 것처럼 느껴졌다. 언제나 꾸준히 전진하여 어제까지도 이해하지 못했던 것을 오늘은 이해하게 되지만, 한꺼번에 넓은 경치가 펼쳐지는 산 정상을 정복하는 기분은 들지 않았다.

교장의 집에서 공부하는 것은 얼마간 활기가 있었다. 물론 목사는 신약성서의 변질된 그리스어로도 교장이 가르쳐주는 청신한 호머의 언어 이상으로 매력과 감동을 안겨주었다. 그러나 결국 호머는 호머였다. 최초의 장애를 넘어서자 바로 그 뒤에 뜻하지 않은 기쁨이 튀어나와 걷잡을 수 없는 힘으로 유혹해 나갔다.

한스는 가끔 신비롭고 아름다우며 난해한 시구를 앞에 두고 벅찬 초조와 긴장에 몸을 떨었다. 안타까운 마음으로 사전을 잡아 들면 고요하고 환한 꽃밭의 문을 열어주는 열쇠를 발견할 수 있었다.

어느새 숙제가 많아졌다. 한 문제에 매달려 저녁 늦게까지 책상 앞에 앉아 있는 것도 이제는 별로 이상한 일이 아니었다. 아버지는 한스의 열렬한 정성을 만족스럽게 지켜보았다. 요제프의 우둔한 머릿속에는 자기 자식이 존경심을 가지고 우러러보는 사람이 되기를 바라는, 자기의 줄기에서 뻗어나간 한 가지가 높이 자라는 것을 보고 싶은, 어리석고 평범한 인간들이 가지는 이상이 자리 잡고 있었다.

방학이 마지막 주로 접어들자 교장과 목사는 한스를 눈에 띌 정도로 부드럽게 대하며 염려해주는 태도를 보였다. 두 사람은 공부를 쉬고 한스를 산책 내보내는가 하면, 원기를 회복하여 기운차게 새로운 행로에 발을 들여놓는 것이 얼마나 중요한가를 역설했다.

한스는 두세 번 낚시를 하러 갔지만 두통을 느껴 강둑에 가만히 앉아 있기만 했다. 푸르른 초가을의 하늘이 강물 위에 떠 있었다. 예전에 여름방학을 그토록 가슴 설레며 기다렸던 것이 이상할 정도였다. 지금은 오히려 여름방학이 끝나서 개학을 하고 신학교에 다니는 것이 더 즐거울 것 같았다. 물고기 따위는 아무래도 좋았고, 거의 잡히지도 않았다. 아버지에게 그 일로 한번 놀림을 받고 나서 한스는 낚시질을 그만두고 낚싯줄을 2층 다락방의 상자 속에 집어넣었다.

마지막 며칠이 남았을 때 한스는 비로소 벌써 몇 주째 구두장이 플라이크 씨네 집에 들르지 않았다는 사실이 퍼뜩 머릿속에 떠올랐다. 지금 당장 방문하기에는 마음의 준비가 되어 있지 않았다. 저녁때가 되었다. 플라이크 씨는 어린아이 둘을 무릎에 각각 앉히고는 안방 창가에 앉아 있었다. 문이 열려 있었는데도 가죽 냄새와 구두약 냄새가 온 집 안에 풍기고 있었다. 한스는 머뭇거리며 아저씨의 딱딱하고 넓은 오른손 위에 자기 손을 얹었다.

"요새 어떠냐?"

아저씨가 물었다.

"목사님 댁에서 하는 공부가 재미있니?"

"네. 매일 거기 가서 공부해요."

"대체 뭘?"

"주로 그리스어를 공부했고 그 밖에도 여러 가지가 많아요."

"그래서 우리 집에 오는 게 내키지 않았던 거로구나."

"오고 싶었어요, 플라이크 아저씨! 그렇지만 생각처럼 되지 않았어요. 목사님 댁에서 매일 한 시간, 교장 선생님 댁에서 매일 두 시간 그리고 수학 선생님 댁에는 일주일에 네 번이나 가야 했거든요."

"지금 방학인데도? 너무한 것 같구나!"

"전 몰라요. 선생님들이 그렇게 하랬어요. 게다가 전 공부가 싫지 않으니까요."

"그건 그렇겠지."

플라이크 씨가 한스의 팔을 잡고 계속 이야기했다.

"공부도 좋지만 이 팔은 어떻게 된 거냐? 이봐, 얼마나 힘이 없니? 얼굴도 아주 핼쑥해졌다. 지금도 두통이 나니?"

"가끔 나요."

"바보 같은 소리다. 한스! 이건 죄악이야. 너 같은 나이에는 밖에 나가서 충분히 운동하고 휴식을 취하지 않으면 안 된다. 무엇을 위한 방학이냐? 방 안에 틀어박혀 공부하기 위한 방학이냐? 정말 너무 야위었구나!"

한스는 웃었다.

"너야 모르겠지. 그래도 이건 좀 너무하는구나. 목사님 댁에서 하는 공부는 어때? 무슨 말을 하더냐?"

"말씀을 많이 하셨지만 나쁜 말씀은 하시지 않았어요.

목사님은 굉장히 많이 알고 계시던데요."

"성서를 모독하지 않더냐?"

"아뇨. 한 번도 그런 일은 없었어요."

"다행이구나. 그래도 이 말만은 해주마. 영혼을 더럽히는 것보다는 육체를 열 번 더럽히는 것이 더 나아! 너는 이다음에 목사가 되고 싶어 하지만 그것은 힘들고 어려운 일이야. 그래서 너희 같은 젊은이들이 필요한 거야. 아마 너는 틀림없는 적임자로 언젠가는 영혼의 구원자이자 교목자가 될 것이다. 나는 그것을 진심으로 원하고 그것을 위해 기도드리겠다."

그는 일어서서 두 손을 힘 있게 소년의 어깨에 얹었다.

"잘 가거라, 한스! 바른길에서 벗어나지 않도록 주님이 너를 축복하고 보호해주시기를, 아멘!"

그 엄숙한 기도가 소년의 마음을 아프게 죄었다. 목사는 헤어질 때 그렇게 하지 않았다.

입학 준비와 작별 인사로 며칠이 숨 가쁘게 지나갔다. 이불, 옷, 내의 그리고 책들을 챙긴 상자는 벌써 부쳤고 여행 가방도 싸놓았다. 어느 시원한 아침에 한스는 마을

브론으로 떠났다. 아버지의 집과 고향을 떠나 낯선 학교
로 들어가는 것은 아무래도 이상하고 마음이 무거워지는
일이었다.

3장

주의 서북쪽 끝. 숲이 우거진 언덕과 조그맣고 고요한
호수 몇 개 사이에 마울브론 수도원이 자리 잡고 있었다.
중세 시대에 건축된 건물이 완벽하게 보존되어 있어 주변
경관이 훌륭했기 때문에, 그곳을 본 사람이라면 누구나
한번 살아보고 싶어 했다. 건물은 수백 년 동안 터전이 잡
혀 아름다웠고, 푸른 숲에 둘러싸인 주위와 고상하게 조
화를 이루었다.

수도원을 방문하는 사람들은 높은 벽 사이에 걸려 있
는 그림 같은 문을 지나 정적에 싸인 넓은 마당으로 들어
갔다. 거기에는 분수가 물을 뿜고 고목들이 엄숙하게 서

있었다.

또 양쪽에는 낡고 단단한 석조 건물이 자리해 있었다. 안에는 대사원의 정면이 보이고 후기 로마네스크식 현관은 무엇과도 비교할 수 없을 정도로 장엄했다. 사람의 마음을 끄는 아름다움을 지니고 있어서 파라다이스라고도 불렸다. 대사원의 당당한 지붕 위에는 바늘같이 뾰족뾰족한 조그만 탑이 우스꽝스럽게 세워져 있다. 이런 탑에 어떻게 종을 매단 건지 놀라울 뿐이다. 잘 보존된 회랑(回廊)은 그 자체로 아름답지만 훌륭한 분수가 달린 예배당은 주옥과도 같았다. 성직자들의 식당은 힘 있고 고상한 아치 천장을 하고 있다. 기도실, 담화실, 평신도 회당, 수도원장 저택 그리고 교회당 두 채가 마주 서 있다. 그림 같은 벽, 들창, 문, 작은 뜰, 물레방아, 주택들이 묵직하고 낡은 건축물을 보기 좋고 밝은 분위기로 장식했다.

넓은 앞뜰은 정적에 싸여 텅 비어 있고, 나른함 속에서 나무들이 그늘을 희롱했다. 점심 식사 후 한 시간 동안은 활기를 띠었다. 그 시각이 되면 한 무리의 학생들이 수도원에서 쏟아져 나왔다. 넓은 뜰에 흩어진 학생들로 인해 왁자지껄 떠드는 소리, 웃음소리가 잇따라 일어났다. 공차기를 하는 학생도 있었다. 그 시간이 지나면 순식간에 학생들이 벽 속으로 사라져버려 그림자 하나도 보이지 않았다. 이 앞뜰이야말로 생활과 기쁨을 만끽하고 생명이 있으며 축복을 가져오고 성장하게 하는 장소였다. 이곳이야말로 성숙하고 선량한 사람들이 즐겁게 사색하고, 아름답고 명랑한 작품을 만들어내는 곳임이 틀림없다고 생각한 사람들이 적지 않을 것이다.

정부는 오래전부터 언덕과 숲에 감춰져 속세를 떠난 듯한 이 훌륭한 수도원을 프로테스탄트 신학교 학생들에게 내주었다. 아름답고 고요한 환경을 쉽게 감동하는 젊은 마음의 소유자들에게 제공해주기 위해서였다. 여기에 있으면 학생들은 마음을 어지럽히는 도시와 가정의 영향에서 벗어나 유해한 환경에 노출되는 일 없이 보호를 받았다.

그리하여 젊은이들은 몇 년간 히브리어와 그리스어 연구를 다른 부과목과 함께 아주 성실하게 생활의 목표로 삼았고, 젊은 영혼의 갈망을 순수하고 이상적인 학문에 쏟았다. 기숙사 생활도 자아교육을 촉진하고, 단체 생활의 정서를 길러주는 중요한 요소가 된다. 신학교 학생들은 국비로 생활하고 공부한다. 그 대신 정부는 학생들이 특별한 정신을 갖도록 애쓰고 있다. 그 정신 때문에 나중에라도 그들이 신학교 학생이었다는 것을 알게 된다. 그것은 일종의 교묘하고 확실한 표지였다. 가끔 수도원을 탈출하는 거친 녀석들을 제외하면 슈바벤 신학교 학생은 한평생 그 면모를 확실히 간직하게 되는 것이다.

수도원 신학교에 입학할 때 어머니가 있는 학생은 그날을 감사하는 마음과 웃음 띤 감격으로 한평생 잊지 못한다. 한스 기벤라트는 그와 같은 경우가 아니었으므로 감동 없이 그 순간을 넘겨버렸지만 다른 많은 어머니를 바라보며 특별한 인상을 받았다.

큰 침실이라고 불리는, 벽장이 딸린 커다란 복도에 상자와 바구니들이 흩어져 있었다. 양친이 데리고 온 소년들은 아기자기한 물건들을 풀기도 하고, 고유번호가 붙은 벽장과 공부방에서 쓸 책꽂이를 배급받기도 했다. 소년들과 그 부모들은 마룻바닥에 쪼그려 앉아서 짐을 풀었다.

그 사이를 조교가 영주처럼 걸어 다니며 때때로 친절한 충고를 해주었다. 모두가 짐을 풀어 옷과 내의를 접어놓고, 책을 쌓아올리고, 신발과 실내화를 줄지어 놓았다. 준비물은 거의 비슷했다. 가지고 와야 할 내의를 포함해 학생 신분에 필요한 물품이 미리 지정되어 있었다. 이름을 새긴 양은 세숫대야도 나왔다. 이 세숫대야는 해면이나, 비눗갑, 칫솔 같은 것과 함께 화장실에 정돈해두었다. 그리고 각기 램프와 석유통 그리고 한 사람분의 식기를 가지고 왔다.

소년들은 모두 대단히 분주하고 약간 들떠 있었다. 아버지들은 웃음을 띤 채 도와주기도 하고 몇 번씩 회중시계를 들여다보기도 했는데, 상당히 피곤한 기색으로 몇 번이나 돌아가려고도 했다. 그러나 일의 중심엔 언제나 어머니들이 있었다. 옷이나 내의를 하나씩 들어 주름을 펴기도 하고, 허리띠를 바로잡고, 세심하게 살펴서 될 수 있으면 깨끗하고 쓸모 있게 옷장 안에 나누어 넣었다. 훈계와 주의 그리고 애정이 정리되는 짐들과 함께 흘러들어 갔다.

"새 내의는 특별히 아껴야 한다. 3마르크 50페니나 주고 샀으니까."

"빨랫감은 다달이 기차 편에 부치거라. 급할 때는 우편으로 보내고, 까만 모자는 일요일에만 써야 한다."

뚱뚱하고 인자하게 생긴 어머니가 높은 상자 위에 앉아서 아들에게 단추 다는 법을 가르쳐주고 있었다.

"집이 그리우면 언제든지 편지를 보내렴. 크리스마스까지 얼마 남지 않았으니까."

예쁘장하고 젊은 부인이 손수 가득 채운 아들의 옷장을 가리키며 하의와 상의를 사랑스런 손길로 만지작거렸다. 그러고는 어깨가 넓고 뺨이 토실토실한 아들을 어루만져주었다. 아들은 부끄러워 어찌할 바를 몰라 웃으면서 어머니의 손을 뿌리치고, 남들이 어리광을 부린다고 놀릴까 봐 두 손을 바지 주머니에 집어넣었다. 이별은 아들보다 그 어머니에게 더 괴로운 일인 듯했다.

다른 소년들은 이와 반대였다. 그들은 분주한 어머니들을 맥없이, 멍하니 쳐다보며 무엇보다도 함께 집으로 돌아가고 싶은 모양이었다. 어느 학생을 보아도 이별의 두려움과 북받쳐 오르는 애정과 그리움이, 다른 사람들에게 부끄럽지 않고 품위를 잃지 않으려는 사나이다운 자존심과 맹렬히 싸우고 있었다. 사실은 소리 높여 울고 싶은 심정인 소년들 중에는 일부러 아무렇지도 않다는 듯이 표정을 억지로 꾸미는 이도 있었다. 어머니들은 그런 아들을 보며 웃곤 했다.

거의 모든 소년이 상자 안에서 필수품 외에 조그만 자루에 든 사과라든가 통조림, 비스킷이 든 조그만 바구니 등 약간 사치스러운 기호품들을 꺼냈다. 스케이트를 가지고 온 학생도 많았다. 교활한 표정의 조그만 소년은 햄을 가지고 와서 그것을 좀처럼 감추려고 하지 않아 많은 사람의 시선을 끌었다.

어떤 아이가 집에서 바로 왔는지, 어떤 아이가 다른 학교나 기숙사에 있다 왔는지는 쉽사리 구별할 수 있었다. 후자의 학생들에게서는 흥분과 긴장을 엿볼 수 있었다.

요제프 기벤라트는 아들이 짐을 푸는 것을 요령과 솜씨를 부려 도와주었다. 다른 사람들보다 정리를 빨리 마친 그는 아들 한스와 함께 지루하게 큰 침실에 잠깐 동안

서 있었다. 어디를 보나 가르치고 훈계하는 아버지들, 위로와 함께 주의를 듣는 어머니들, 담담하게 듣고 있는 아들들이 눈에 띄었다.

요제프도 한스에게 명언을 들려주는 것이 당연하다고 생각했다. 그는 오랫동안 머리를 짜내며 말없이 서 있는 아들 옆을 번민하며 천천히 걸었다. 그러다가 별안간 장중한 문구로 된 명언을 쏟아냈다. 한스는 놀라워하며 조용히 들었다. 목사가 옆에 서서 아버지의 설교가 재미있다는 듯이 웃음을 띠고 바라보았다. 한스는 그만 부끄러워져서 아버지를 옆으로 끌어당겼다.

"자, 그러면 집안의 명예를 높일 수 있겠지? 그리고 어른들의 말씀을 잘 들을 수 있겠지?"

"네. 아무렴요."

아버지는 말을 마치고 안도의 한숨을 내쉬었다.

한스도 입을 다물었다. 가슴 두근거리는 호기심이 일어 창 너머로 조용한 회랑을 내려다보니, 그 고풍스러운 기품과 평온함이 시끌벅적한 위층의 젊은 분위기와 묘하게 대조를 이루고 있었다. 그는 바쁜 소년들을 수줍은 듯이 처다보았다. 그중에 안면 있는 학생은 하나도 없었다. 슈투트가르트에서 알게 된 괴팅겐 출신의 수험생은 라틴어 전문가였지만 시험에 떨어졌는지 보이지 않았다. 한스는 그것을 마음에 두지 않고 장래의 동급생들을 바라보았다.

소년들의 준비물은 그 종류와 수가 비슷했으나, 그래도 도회지 아이들의 것과 농촌 아이들의 것, 유복한 가정과 가난한 가정의 물건을 쉽사리 구별할 수 있었다. 물론 돈 많은 집 아이들이 이 신학교에 오는 일은 매우 드물었다. 이곳에 오는 아이들은, 양친의 자부심 또는 더 깊은 이유를 따르는 경우도 있지만 아이 본인의 재능에 따르는 경우도 있다. 그러나 선생이나 비교적 높은 직위에 있는 관리들이 자신의 수도원 시절을 잊지 못해 자기 자식들을 마울브론으로 보내는 경우도 적지 않았다. 그래서 40명의 소년들이 입고 있는 까만 웃옷의 천과 재단에서도 여러 가지 차이를 발견할 수 있었다.

그 이상으로 소년들은 버릇이나 사투리나 태도 전반이 서로 달랐다. 손발이 거칠고 깡마른 슈바르츠발트 출신과 옅은 금발에 입이 큰 다혈질적인 고지대 출신, 거친 데 없이 명랑하고 활동적인 저지대 출신, 끝이 뾰족한 신발을 신고 세련된 모습을 보이지만 사투리를 쓰는 맵시 있는 슈투트가르트 출신도 있었다.

한창 젊은 이 학생들의 약 5분의 1이 안경을 쓰고 있었다. 슈투트가르트 출신으로 짐작되는 아주 약해 보이는 소년 하나는 우아하다 해도 좋을 만한 어머니의 품속에서 자란 듯이 보였다. 그 소년은 엄숙한 모양의 펠트 모자를 쓰고 점잖게 졸고 있었다. 그 남다른 액세서리가 첫날부터 짓궂은 친구들에게 훗날의 조소와 시빗거리를 제공했음을 자신은 생각지도 못하고 있었다. 예리한 눈을 가진 사람이라면 부끄러움으로 상기된 이 한 무리의 소년들이 주(州) 시험으로 선발된 대단한 인재들이라는 것을 알아볼 것이다. 주입식 교육을 받아 왔음을 금방 알아차릴 수 있는 소년들과 비범하고 슬기로운 소년, 반발이 심하고 개성이 강한 소년들도 적지 않았다. 그들의 미끈한 이마 뒤에는 더 높은 삶에 대한 바람이 꿈속을 헤매고 있는 것 같았다.

그들 중 하나나 둘은 교활하고 빈틈없는 슈바벤형 두

뇌도 섞여 있었을 것이다. 이런 유형의 두뇌들은 시간이 흘러감에 따라 때때로 커다란 세계의 한복판으로 들어가, 다소 메마르고 완고한 사상을 새롭고 강력한 체계의 중심으로 만든다. 왜냐하면 슈바벤이라는 지역은 교양 있는 신학자를 세상에 내보낼 뿐만 아니라, 전통적으로 철학적 사색의 능력이 있다는 것을 자랑으로 삼았기 때문이다.

실제로 지금까지 슈바벤은 철학적 사색으로 명망이 높은 예언자 혹은 이단적인 학설을 주장하는 자를 배출했다. 이 풍요로운 지역은 정신적 전통은 많이 뒤떨어졌으나 적어도 신학과 철학이라는 정신적인 영역에서는 여전히 확고하고 커다란 영향력을 발휘하고 있었다. 이곳 출신 사람들에게는 옛날부터 아름다운 형식과 몽상적인 시를 즐기는 마음이 깃들어 있었다. 그 덕분에 걸출한 시인을 배출하기도 했다.

마울브론 신학교의 시설과 관습을 표면적으로 본다면 슈바벤다운 것은 아무것도 느낄 수 없었다. 오히려 수도원 시대부터 남아 있는 라틴어 명칭과 함께 여러 가지 고전적인 이름이 새로 추가되었다. 학생들이 배정받은 방은 각각 포럼, 헬라스, 아테네, 스파르타, 아크로폴리스 등으로 불렸다. 제일 작은 맨 끝방이 게르마니아라고 불린 것은 가능한 한 게르만적인 로마와 그리스에 대한 환상을 심어주려는 의도인 듯했다. 그러나 그것도 표면적인 것에 지나지 않았다. 실제로는 히브리어로 된 이름이 더 어울릴 것 같았다.

그래서 우연인지는 모르지만 아테네 방에는 도량이 넓고 웅변적인 학생이 아니라 보기 드물게 고루하고 느림뱅이 학생들이 배정되었다. 스파르타 방에는 군인의 기질을 가진 학생이나 금욕가가 아니라 인원수는 적지만 명랑하고 쾌활한 학생들이 들어가게 되었다. 한스 기벤라트는 아홉 명의 소년들과 함께 헬라스 방에 배정되었다.

그날 저녁, 처음으로 아홉 명의 소년들과 함께 시원하고 텅 빈 방 안에 들어가 조그만 침대에 드러누웠을 때 한스는 말로 표현할 수 없는 기분을 느꼈다. 천장에는 커다란 석유램프가 걸려 있었고 그 빨간 불빛 속에서 모두 옷을 벗었다. 램프는 10시 15분에 조교가 와서 껐다. 침대 사이에는 아침 종을 치는 끈이 늘어져 있었다. 몇몇 소년

들은 벌써 서로 낯이 익어서 어색해하면서도 몇 마디 이
야기를 주고받았지만 그것도 잠시였다. 다른 아이들은 서
먹서먹한 사이여서 약간씩 긴장한 기분으로 몸부림 한번
치지 않고 눈을 감고 있었다. 잠이 든 아이들은 깊은 숨소
리를 냈으나 자면서 팔을 움직이는 바람에 린넨 홑이불이
버석버석 소리를 냈다. 아직 잠들지 못한 학생은 눈 뜬 채
아무 말도 없이 누워 있었다.

한스는 오랫동안 잠들 수가 없었다. 옆에 누운 학생들
의 숨소리에 귀를 기울이고 있는데 잠시 후 하나 건너 옆
침대에서 불안한 소리가 들려왔다. 거기에 누워 있는 소
년이 홑이불을 뒤집어쓰고 울고 있었다. 멀리서 울려오는
듯한 가벼운 흐느낌이 이상하게 한스의 마음을 동요시켰
다. 그 자신은 향수를 느끼지 않았으나 그래도 고향의 고
요하고 작은 방이 그리웠다. 게다가 새로운 미래에 대한
불안감과 동료들에 대한 미약한 공포가 다가왔다. 밤이
깊어서까지 눈을 뜨고 있는 사람은 아무도 없었다. 알록
달록한 베갯잇에 뺨을 비비면서 소년들은 줄줄이 잠들었
다. 슬픔에 잠긴 아이도, 겁 많은 아이도 다 같이 달콤하

고 깊은 휴식의 포로가 되어 만사를 잊었다.

넓고 뾰족한 지붕과 탑과 들창, 고딕식 첨탑과 외벽, 뾰족한 아치 모양의 회랑 위에 파란 초승달이 떠오르고 있었다. 달빛은 처마와 문지방 위에 진을 치고, 고딕식 창과 로마네스크식 대문 위에 교교히 번져 회랑 분수의 커다랗고 우아한 수반 속에서 엷은 금빛으로 떨고 있었다. 누르스름한 달빛 서너 줄기와 빛의 반점이 세 개의 창문을 뚫고 헬라스 방에 스며들었다. 그 옛날 수도자들의 꿈을 지켰던 것과 같이 잠자는 소년들의 꿈을 정답게 지켜주었다.

그다음 날 기도실에서 입학식이 엄숙하게 거행되었다. 선생들은 예복을 입고 서 있었다. 교장이 식사(式辭)를 낭독했다. 학생들은 의자에 앉아 감개무량한 듯 허리를 굽히고 있었다. 때때로 뒤에 앉은 부모를 곁눈질로 보기도 했다. 어머니들은 생각에 잠겨 웃음 띤 얼굴로 아들들을 바라보았고, 아버지들은 똑바로 앉아 교장의 말에 귀를 기울이며 엄숙하고 단호한 태도를 유지하고 있었다. 자부심과 우쭐한 마음, 아름다운 희망에 그들은 가슴이 부풀어 있었다. 자기 아들을 금전적인 이익과 바꿔 나라에 팔

아먹었다고 생각하는 사람은 한 명도 없었다. 마지막으로 학생들은 한 명씩 호명되어 앞으로 나가 교장에게 맹세의 악수로 영접을 받으며 의무를 짊어지게 되었다. 이리하여 그들은 잘못을 저지르지 않는 한, 평생 국가의 보호를 받으며 직업을 제공받게 된다. 아마도 이 과정이 순조로울 것이라고 생각한 학생은 아버지들과 마찬가지로 한 사람도 없을 것이다.

부모에게 이별을 고해야만 하는 순간에는 더욱 엄숙하고 뼈저린 감동을 느꼈다. 부모들은 더러는 걸어서, 더러는 우편마차로, 더러는 급히 주선한 다른 탈것을 이용하여 남겨진 아이들의 시야에서 멀어져 갔다. 부드러운 9월의 바람에 손수건이 오랫동안 나부꼈다. 드디어 떠나가는 사람들의 모습이 숲속으로 사라졌다. 아들들은 고요히 명상에 잠긴 채 수도원으로 돌아왔다.

"자, 부모님들이 떠나셨구나."

조교가 말했다. 그러고 난 후 각방에 배정된 학생들끼리 서로 얼굴을 익히고 자연스럽게 친구가 되었다. 잉크병에는 잉크를, 램프에는 석유를 각각 넣고 책과 노트를 정리해서 새 방을 살기 좋게 꾸미려고 애썼다. 서로 호기심을 가지고 쳐다보며 많은 말을 나누었고, 고향이나 모교에 대해서 묻고, 진땀을 뺀 입학시험에 대해서 이야기했다. 책상 가에 이야기꾼 무리가 생기고 여기저기서 젊음이 넘치는 맑은 웃음소리가 들렸다. 저녁때가 되자 한방 학생들끼리는 항해가 끝난 뒤의 선객들보다 더 친해진 듯했다.

한스와 같이 헬라스 방에서 지내게 된 소년들 아홉 명 가운데 네 명은 개성 있는 인물이었고, 나머지는 보통을 좀 넘는 수준이었다. 우선 슈투트가르트 대학 교수의 아들 오토 하르트너는 타고난 재주가 있고 침착하고 주관이 뚜렷했으며 태도도 나무랄 데가 없었다. 그뿐만 아니라 어깨가 넓고 풍채가 좋았으며 옷차림도 단정했다. 든든하고 믿음직한 거동으로 친구들의 관심을 모았다.

그다음, 고지대의 보잘것없는 촌장의 아들인 카를 하멜이라는 학생이 있었다. 이 소년을 이해하는 데는 얼마간의 시간이 필요했다. 왜냐하면 말이 모순투성이인 데다 자기만의 세계에 틀어박혀 좀처럼 타협하지 않았기 때문이다. 때로는 거칠게 날뛰지만 그것도 오래가지 않고 이내 잠잠해졌다. 그래서 그가 조용한 관찰자인지 음흉한 위선자인지 도저히 짐작할 수 없었다.

슈바르츠발트의 좋은 집안 아들인 헤르만 하일러는 그렇게까지 복잡하지는 않았지만 눈에 띄는 인물이었다. 그가 시인이고 문예에 뛰어나다는 것은 첫날부터 알 수 있었다. 그가 주의 시험에서 작문을 육각운(六脚韻)으로 지었다는 소문까지 나돌았다. 그는 말수도 많고 말할 때도 활기가 넘쳤다. 또 아름다운 바이올린을 가지고 있었다. 감상적인 기질과 자유분방함이 미성숙한 채로 뒤섞여 있었으나, 그것을 겉으로 드러내지는 않았고 더 깊은 무엇을 가슴속에 감추고 있었다. 그는 몸과 마음이 실제 나이보다 성숙했고, 벌써 자신의 궤도를 모색하고 있었다.

헬라스 방에서 가장 변덕스러운 학생은 에밀 루치우스였다. 엷은 금발의 음흉한 이 소년은 늙은 농부와도 같이 끈질기고 부지런했다. 몸은 바짝 마르고 몸짓이나 얼굴 생김새에서 소년다운 인상은 전혀 찾아볼 수 없었다. 오히려 이제는 어떻게 해도 바꿀 수 없을 만큼 틀이 잡힌

123

모습이었다. 그는 여러 가지 면에서 어른 같은 티를 냈다. 다른 아이들이 첫날부터 지루해져서·이야기도 하고 이곳 생활에 익숙해지려 하고 있을 때, 그는 침착하게 문법책을 꺼내놓고 엄지손가락을 귓구멍에 쑤셔 넣은 채 마치 잃어버린 세월을 되찾으려는 것처럼 공부만 했다.

이 조용한 변덕쟁이의 꼬리를 하나씩 잡아보니 그는 꾀가 많은 구두쇠이자 이기주의자라는 것이 밝혀졌다. 그는 빈틈없는 악덕을 통해 일종의 존경심, 적어도 관용으로써 이익을 얻는 방법을 알고 있었다. 그의 술책은 차츰 친구들 사이에 알려져 경탄의 대상이 되었다.

최초의 사건은 아침 기상 시간에 일어났다. 루치우스는 화장실에 맨 먼저 가거나 맨 마지막에 나타나서 다른 사람의 수건을 사용했다. 가능하면 비누도 딴 사람의 것을 쓰고 제 것은 아꼈다. 그래서 그의 수건은 항상 2주 혹은 그 이상을 견뎠다. 원래 수건은 일주일마다 바꿔야 했다. 매주 월요일 오전에 조교가 그것을 검사했다. 루치우스는 월요일 아침에 새 수건을 제 번호의 것에 걸어놓았다가 점심시간이면 깨끗하게 접어서 상자 속에 도로 집어넣고

헌 수건을 그 자리에 걸었다. 그의 비누는 딱딱하여 거의 거품이 나지 않았다. 그 대신 몇 달이든 쓸 수 있었다.

그렇다고 해서 허술한 모습을 보이는 것은 아니었다. 언제나 말쑥한 옷차림에 엷은 금발을 잘 빗어서 곱게 가르마를 탔다. 내의나 겉옷도 가능한 한 아껴 입었다. 또 화장실에서 나와 곧장 식사를 하러 가기도 했다. 아침 식사로 나오는 것은 커피 한 잔과 사탕 한 개, 빵 한 개였다. 소년들은 대부분 그것만으로 배를 채울 수 없었다. 젊은 사람들은 여덟 시간을 자고 나면 배가 고파오는 것이 정상이다. 그러나 루치우스는 그것으로 만족하고 매일 사탕 한 개씩을 남겨두었다가 사탕 두 개에 1페니히, 사탕 스물다섯 개에 노트 한 권, 이런 식으로 구매자를 찾고는 했다. 밤에는 비싼 석유를 아끼기 위해 다른 사람의 램프 불빛으로 공부했다. 집이 가난한 것도 아니고, 오히려 부유한 환경에서 태어난 소년이었다. 원래 아주 가난한 집안 아이들은 돈을 쓰는 법이라든가 절약이라는 것을 아예 모르는 것이 보통이다. 언제나 가지고 있는 돈을 다 써버리고 저축이라는 것을 도무지 모른다.

그러나 에밀 루치우스는 그런 방법으로 물건을 소유하고 얻을 수 있는 것은 뭐든지 손을 벌렸다. 정신적인 영역에서도 될 수 있는 한 이득을 보려고 했다. 그는 아주 영리했으므로 정신적 소유라는 것은 모두가 상대적인 가치가 있다는 것을 결코 잊지 않았다. 그래서 미리 공부를 한다 해도, 시험에서 효과를 볼 수 있는 과목만을 골라서 공부하고, 다른 과목은 욕심내지 않고 중간 정도의 성적으로 만족했다. 배움과 할 일에 있어서도 언제나 동급생의 성적을 척도로 삼았다. 두 배의 지식으로 2등이 되기보다는 절반의 지식으로 1등이 되는 것을 원했다.

저녁에 친구들이 여러 가지 놀이나 독서에 몰두하고 있을 때 그만은 조용히 시험공부에 몰두하는 것을 볼 수 있었다. 다른 학생들이 시끄럽게 떠드는 것도 그에게는 아무런 문제가 되지 않았다. 오히려 시기심이 아닌 만족스러운 눈빛으로 떠들고 있는 반 친구들을 때때로 쳐다볼 뿐이었다. 만일 다른 친구들도 공부를 하고 있었더라면 그의 수고는 빛을 보지 못했을 테니까. 어쨌든 그는 부지런한 노력가였기 때문에 여러 가지 교활한 꾀를 부려도 나쁘게 생각하는 사람은 없었다.

그러나 그도 지나친 욕심 때문에 얼마 되지 않아서 바보 같은 행동을 하고 말았다. 수도원의 강의는 전부 무료로 진행되는데, 그는 이것을 이용해서 바이올린 수업을 받아볼 생각을 하고 있었다. 기초 지식이 있는 것도 아니고 타고난 재주가 있는 것도 아니며, 그렇다고 음악을 즐겨볼 무슨 근거가 있는 것도 아니었다. 그는 바이올린도 라틴어나 수학과 마찬가지로 결국에는 배울 수 있다고 생각했다. 음악이라는 것은 나중에 가서도 쓰일 때가 있고 사람들에게 감동과 즐거움을 남겨줄 수 있다고 들은 적이 있었던 것이다. 게다가 학교의 바이올린을 쓸 수 있으니 어쨌든 돈이 들지 않는 일이었다.

음악 선생 하스는 루치우스가 와서 바이올린을 배우고 싶다고 했을 때 화가 머리끝까지 치밀었다. 왜냐하면 그는 음악 수업 이후로 루치우스를 알고 있었기 때문이다. 음악 수업 때 루치우스의 노래는 동급생들을 매우 기쁘게 해주었지만, 교사인 그에겐 깊은 절망을 안겨주었다. 그는 루치우스를 단념시키려고 애썼다. 그러나 그 점에서는 선생이 잘못 보고 있었다. 루치우스는 점잖고 겸손하게 웃음을 띠고 재학생의 권리를 방패 삼아 음악에 대한 욕망을 억누를 수 없다고 설명했다. 그리하여 연습용 바이올린 중 나쁜 것을 빌려서 일주일에 두 번씩 교습을 받고 매일 30분씩 연습을 하게 되었다.

첫 번째 연습이 끝나자 친구들이 그 견딜 수 없는 신음 소리를 제발 내지 말아 달라고 부탁했다. 그때부터 루치우스는 온 수도원이 시끄러울 정도로 바이올린을 켜대면서 연습할 수 있는 조용한 구석 자리를 찾아다녔다. 거기서 또 직직거리며 묘한 소리를 내 주변 사람들을 괴롭혔다. 시인 하일러의 말을 빌리면, 괴롭힘을 당한 바이올린은 벌레 먹은 구멍에서 일제히 절망적인 비명을 올리며 용서해 달라고 애원하는 것 같았다.

루치우스가 조금도 발전이 없어서 골치를 앓고 있던 음악 선생은 화가 나서 무관심하게 내버려두었다. 루치우스는 더욱더 오기로 연습했다. 이제껏 자신만만한 구멍가게 주인 같던 그의 얼굴에도 보기 싫은 주름이 잡혔다. 드디어 선생은 전혀 가능성이 없다고 선언하며 수업을 거부했다.

루치우스는 무엇이든지 배우려고 혈안이 되어 헤매더니 이번에는 피아노를 택했다. 그러나 이것도 몇 달 고생한 보람도 없이 결국에는 풀이 죽어 점잖게 포기하고 말았다. 나중에 음악에 관한 이야기가 나오면 루치우스는, 자기도 예전에 피아노와 바이올린을 배웠는데 안타깝게도 사정이 생기는 바람에 그 아름다운 예술에서 차차 멀어졌다고 말하곤 했다.

이처럼 헬라스 방은 기묘한 룸메이트 때문에 재밌을 때가 많았다. 시인 하일러도 가끔 우스꽝스러운 장면을 연출했다. 카를 하멜은 유머와 풍자에 능숙한 관찰자의 역할을 맡았다. 그는 다른 학생들보다 한 살 위였기 때문에 약간 남다른 데가 있었지만 존경받을 만한 인물은 아니었다. 성질이 변덕스러워 거의 일주일에 한 번씩 싸움을 걸어 자신의 체력을 확인했기 때문이다. 그럴 때 그는 난폭하다 못해 잔인하기까지 했다.

한스 기벤라트는 놀라워하면서도 그것을 방관했고, 선량하고 착한 학생으로서 조용히 제 갈 길을 갔다. 그는 루치우스에 지지 않을 정도로 부지런했다. 그리고 하일러를 제외한 동급생들의 존경을 받았다. 하일러는 자유분방함을 내세우며 때때로 한스를 야심가라고 놀렸다.

저녁때 방에서 서로 붙들고 격투를 벌이는 것이 별로 진귀한 일은 아니었다. 급격히 성장하는 소년들은 곧잘 화해했다. 모두 애써서 어른스러운 티를 내려고 했다. 선생들이 귀에 익숙지 않은 '자네'라는 호칭으로 부르는 만큼 그에 걸맞게 학문적인 엄숙함과 점잖은 태도를 보여주려고 애썼다. 그리고 대학에 갓 입학한 신입생이 고등학교 시절을 되돌아보는 것처럼, 라틴어 학교 시절을 거만하게 동정심을 가지고 돌아보았다. 그러나 때때로 이 억지스런 품위를 뚫고 개구쟁이 기질이 튀어나와 감출 수 없는 본능을 주장하려 했다. 그럴 때면 독설과 소년들의 전매특허인 욕설이 큰 방 안의 천장을 진동시켰다.

학생들은 공동생활을 시작한 지 몇 주 후에 화학반응에서의 침전물과 비슷하게 변해 갔다. 이는 교장과 선생들에게 상당히 교훈적이고 귀중한 경험이었다. 마치 액체에서 부동하는 증기나 찌꺼기가 뭉쳐지다 다시 풀어져 다른 형태가 되고 나중에는 몇 가지 고체로 변하는 것과 같았다.

최초의 부끄러움을 극복하고 모두 서로를 잘 알게 되자 파도를 헤치는 것처럼 탐색이 시작되었다. 클럽이 생기고 우정과 반감이 뚜렷이 나타났다. 고향 친구나 출신 학교 동창들끼리 단결하는 일은 극히 드물고, 대개는 서로 통한 친구와 가까워졌다. 도회지 소년들은 농촌 소년들과, 산골 소년들은 저지대 소년들과 감춰진 충동에 따라 다양성과 자신에게 부족한 것들을 찾았다. 젊은 영혼들은 불안정한 기분으로 서로를 찾아 헤맸다. 그들 중에서 평등의식과 독립을 갈망하는 욕구가 나타났다. 비로소 많은 소년이 어린아이 같은 잠에서 깨어 개성이라는 싹을 틔우기 시작했다. 언어로 표현할 수 없는 우정과 질투의 사소한 장면이 연출되고, 그것이 발전하여 두터운 사이가 되든가 좋은 벗이 되든가 했다. 그러지 않으면 격렬한 싸움이나 격투가 벌어지기도 했다.

한스는 이러한 움직임에 아무런 관심이 없어 보였다.

131

카를 하멜이 과격하게 우정을 요구해 왔을 때는 놀라서 물러섰다. 그런 일이 있은 직후 하멜은 스파르타 방의 아이와 친해졌다. 한스는 혼자 남겨졌다. 강렬한 감정이 우정의 나라를 행복하고 그리운 색채로 물들이며 지평선에 나타났다. 그리고 보이지 않는 힘이 한스를 그곳으로 몰아갔다. 그러나 일종의 부끄러움이 그를 붙들고 놓지 않았다. 어머니가 없는 엄격한 소년 시절을 보냈기에 애착심이라는 천성이 짓밟히고 만 것이었다. 무엇보다도 표면적으로 그는 열정적인 것에 대해서 공포심이 있었다. 게다가 소년다운 자부심과 결국에는 쓸데없는 공명심까지 겹쳐 있었다.

그는 루치아스와는 달랐다. 그가 목표로 하는 것은 어디까지나 지식이었지만, 루치아스와 마찬가지로 한스 역시 공부를 방해하는 것은 모두 떨쳐버리려고 애썼다. 그래서 열심히 책을 붙들고 늘어졌다. 그러나 다른 학생들이 우정을 즐기고 있는 것을 볼 때면 시기와 질투심이 일어 견딜 수가 없었다. 카를 하멜은 그다지 신통한 친구가 못 되었지만 만일 누구든지 한스를 힘차게 끌어당기려고 애썼다면 기꺼이 따라갔을지도 모를 일이었다. 수줍어하는 소녀처럼 자기보다 강한 사람이나 용기가 있는 사람이 억지로 끌고 가 자신을 행복하게 해주기를 그는 사뭇 기다렸다.

히브리어 수업이 바빠지면서 시간이 무척이나 빨리 흘러갔다. 마울브론을 둘러싸고 있는 수많은 작은 호수와 연못이 퇴색해 가는 만추의 하늘과 시들어 가는 물푸레나무, 가죽나무, 측백나무 그리고 기나긴 황혼을 담고 있었다. 아름다운 숲속에서는 초겨울의 고목들이 울부짖기도 하고 환호성을 지르기도 하면서 날뛰었다. 벌써 몇 번이나 무서리가 내렸다.

서정적인 헤르만 하일러는 자신과 같은 성향을 가진 친구를 얻으려다 헛고생만 했다. 지금은 매일 외출 시간에 혼자서 숲속을 헤매었다. 그가 즐겨 찾아간 숲속의 호수는 시들어 가는 고목과 갈대가 둘러싸여 있고, 활엽수 잎으로 뒤덮인 우울한 갈색 늪이었다.

애수가 깃든 이 아름다운 숲속의 한 모퉁이가 몽상가 하일러를 강하게 끌어당겼다. 여기서 그는 꿈결처럼 고요한 물 위에 늘어진 나뭇가지를 꺾어 들고 원을 그리거나 레나우의 〈갈대의 노래〉를 읽었다. 그리고 낮에는 갈대숲에 드러누워 죽음이나 소멸 등 가을을 나타내는 제목들을 생각했다. 그럴 때면 가랑잎 떨어지는 소리나 나뭇가지들이 속삭이는 소리가 우울하게 화음을 맞춰주었다. 그는 때때로 조그맣고 까만 수첩을 호주머니에서 꺼내 연필로 한 구절씩 적어 넣었다.

10월 하순, 어느 흐린 날의 점심시간이었다. 혼자서 산책하고 있던 한스 기벤라트가 그곳에 이르렀을 때도 하일러는 시를 쓰고 있었다. 그는 소년 시인이 작은 수문의 널빤지 위에 앉아서 수첩을 무릎 위에 놓고 생각에 잠겨 뾰족한 연필을 입에 물고 있는 것을 보았다. 책 한 권이 펼쳐진 채로 옆에 나뒹굴고 있었다. 그는 조용히 그에게 다가갔다.

"어이, 하일러! 뭐 하고 있는 거니?"

"호머를 읽고 있었지. 기벤라트 너는?"

"난 네가 뭘 하고 있는지 벌써 알고 있었어."

"그래?"

"물론이지. 너 시를 쓰고 있었지?"

"그렇게 생각하니?"

"그럼."

"하여간 거기 앉아라."

한스는 하일러와 나란히 널빤지 위에 앉아서 두 발로 물 위를 차기 시작했다. 여기저기 갈색 잎들이 하나씩 차가운 하늘로 치솟았다가 소리도 없이 짙은 갈색 수면에 떨어지는 것을 바라보았다.

"여긴 어쩐지 음침하구나."

한스가 말했다.

"정말 그래."

두 사람은 반듯하게 드러누웠다. 깊은 가을을 느끼게 해주는 축 늘어진 가지조차 볼 수 없었다. 그 대신 고요한 섬 같은 구름이 떠 있는 푸르디푸른 하늘을 볼 수 있었다.

"정말 아름다운 구름이야!"

한스가 그리운 듯이 하늘을 쳐다보며 말했다.

"그렇구나. 기벤라트."

하일러가 한숨을 쉬었다.

"우리도 저런 구름이 될 수 있으면."

"왜?"

"그러면 하늘을 달릴 수 있겠지. 숲이나 마을, 국경을 마음대로 넘나들 수도 있고, 아름다운 배처럼. 기벤라트, 너 배를 본 적 있니?"

"없어. 하일러 넌?"

"있고말고. 넌 그런 건 전혀 모르는구나. 미련하게 공부만 할 줄 알지."

"날 바보로 아는 거니?"

"그런 뜻으로 말한 게 아냐."

"난 네가 생각하는 것처럼 바보는 아니야. 그렇지만 배이야기는 더 해봐."

그때 하일러가 몸부림을 쳐서 하마터면 물에 빠질 뻔했다. 그는 엎드려 팔꿈치를 세우고 양손으로 턱을 괴었다.

"라인강에서."

그가 말을 계속 이었다.

"방학 때 그런 배를 보았어. 한번은 일요일이었는데, 배 위에서 음악 소리가 들렸어. 밤이어서 갖가지로 채색된

등불이 물에 비치고 있었어. 우린 음악 소리를 좇아서 강 아래로 내려갔지. 모두 라인강의 포도주를 마시고 소녀들은 흰옷을 입고 있었어."

한스는 말없이 귀를 기울였다. 눈을 감으면 배가 빨간 등불을 밝히고 음악을 연주하면서 흰옷을 입은 소녀들을 태우고 여름밤을 달리고 있는 모습이 보였다. 하일러는 말을 계속하고 있었다.

"그렇지. 지금과는 아주 딴판이었어. 여기 있는 놈들 중에 그런 걸 아는 놈은 하나도 없지. 모두가 답답하고 비굴한 놈들뿐이니까. 다른 일은 아무것도 못하고 책만 판다니까. 그러니 히브리어 알파벳보다 고상한 건 하나도 몰라. 너도 그런 부류에서 벗어날 줄 아니?"

한스는 잠자코 그의 말을 듣고만 있었다. 이 하일러라는 친구는 아주 특별한 인간이자 몽상가요, 시인이었다. 한스는 하일러 때문에 몇 번이나 놀란 적이 있었다. 그는 모두가 알고 있듯이 그리 공부만 하는 편은 아니었다. 그런데도 만물박사처럼 멋진 대답을 곧잘 했다. 더욱이 그는 그런 지식을 경멸했다.

"가령 우리가 호머를 읽고 있지만."

그가 조롱 섞인 이야기를 계속했다.

"〈오디세이〉를 무슨 요리책처럼 읽고 있어. 한 시간에 두 줄을 읽고 한 자 한 자 되씹다가 구역질이 날 때까지 되풀이해. 그러고서는 마지막에 가서 언제나 '너희는 이 시인이 얼마나 미묘한 표현법을 쓰고 있는가를 알았을 것이다.'라고 말하지. 이건 불변화사나 과거형에 질식하지 않도록 양념을 친 것뿐이라고. 이런 식이라면 내겐 호머 전체도 아무런 가치가 없어. 도대체 고대 그리스의 작품이 우리와 무슨 상관이 있다는 거야? 우리 중에서 누구든 약간 그리스식으로 생활해보려고 시도한다면 금세 추방되고 말 거야. 그런 주제에 우리 방을 헬라스라고 이름 짓지 않나, 정말 우스운 일이야! 왜 쓰레기통이나 노예 감옥, 실크해트라고 부르지 않지? 고전적이라는 것은 모두 사기야."

하일러가 공중에 침을 뱉었다.

"너 아까 시를 쓰고 있었지?"

이번에는 한스가 물었다.

138

"응!"

"무엇에 대해서?"

"이 호수와 가을에 대해서."

"좀 보여줘."

"아냐. 아직 마무리하지 않았어."

"그럼 마무리하면."

"그래. 나중에 보여줄게."

두 사람은 일어서서 천천히 수도원으로 향했다.

"저것 봐. 너는 저 아름다움을 주의 깊게 본 적이 있니?"

두 사람이 파라다이스 옆을 지날 때 하일러가 물었다.

"홀 아치형 창문, 회당, 식당, 고딕식과 로마네스크식,
이 모든 풍부하고 정교한 건축물이 예술가들의 손끝에서
탄생했어. 하지만 이런 매력이 무슨 소용이 있겠나. 목사
가 되려는 불쌍한 소년들 서른여섯 명을 위해서 존재할
뿐이지. 나라에 돈이 넉넉한 모양이야."

한스는 오후에 줄곧 하일러를 생각하지 않을 수 없었
다. 무슨 인간이 그럴 수가 있을까. 한스가 알고 있는 걱
정이나 소망 같은 것은 하일러에게는 도무지 존재하지 않

139

는 듯했다. 그는 자신의 생각과 언어로 더 열정적이고 자유로운 생활을 하고 있었다. 하지만 번뇌에 시달리며 자기 주변 전체를 멸시하고 있는 것 같았다. 그는 낡은 기둥이나 벽의 아름다움을 이해하고 있었다. 또 자신의 영혼을 한 편의 시에 반영시키고, 공상의 힘으로 비현실적이고 독특한 생활을 만들어내는 신비롭고 교묘한 술책을 쓰고 있었다. 그리고 활동적이고 자유로워 한스가 1년 걸려야 할 수 있는 농담을 매일같이 지껄여댔다. 동시에 그는 자신의 슬픔을 진귀한 보물처럼 즐는 것 같기도 했다.

바로 그날 저녁, 하일러는 눈에 띄는 모난 성질의 일면을 모두에게 보여주었다. 학급 친구들 중에 한주먹도 되지 않을 오토 뱅어라는 허풍선이가 하일러에게 싸움을 걸었다. 하일러는 농담만 하고 가만있었으나 나중에는 약이 올라 따귀를 때리게 되었다. 둘은 엉겨 붙어 서로 물어뜯고 쥐어박으며 마치 키를 잃은 배처럼 부딪쳤다. 그러다가 멈칫 서기도 하고 벽을 방패로 싸우다 의자를 뛰어넘어 마룻바닥 위를 뒹굴기도 하며 헬라스 방을 뒤흔들었다. 둘 다 말도 없이 씩씩거리며 부글부글 거품을 물었다. 친구들은 비평가 같은 얼굴로 방관하고 있었다. 그리고 한 덩어리가 된 그들을 피해 자리를 옮기고 책상과 램프를 밀쳐놓은 다음 재미있다는 듯이 군침을 삼키며 결과를 기다렸다.

몇 분 후에 하일러가 간신히 일어나 몸을 털며 숨을 헐떡였다. 그의 몰골은 참담했다. 눈은 빨갛고 칼라는 찢어지고 바지 무릎은 구멍이 나 있었다. 상대편이 다시 덤비려고 하자 그는 팔짱을 낀 채 서서 말했다.

"난 이제 그만두겠어. 때리고 싶으면 때려!"

오토 뱅어는 욕설을 퍼부으며 나가버렸다. 하일러는 자신의 책상에 기대어 램프 스탠드를 돌려놓고 바지 주머니에 양손을 꽂은 채 무엇을 생각해내려고 애쓰는 것 같았다. 별안간 그의 두 눈에서 눈물이 한 방울 떨어지더니점점 많이 흘러내렸다. 그것은 여태까지 한 번도 없었던 일이었다. 눈물을 흘린다는 것은 신학교 학생이 할 수 있는 가장 치욕적인 행동이었다. 그렇지만 그는 그것을 전혀 숨기려고 하지 않았다. 그는 창백한 얼굴을 램프 쪽으로 돌리고 아무 말 없이 서 있었다. 흘러내리는 눈물을 닦기는커녕 두 손을 주머니에서 빼지도 않았다. 다른 학생들이 그의 주위에 빙 둘러서서 잔인한 호기심을 가지고 쳐다보았다. 드디어 하르트너가 그의 앞으로 나서며 말했다.

"이봐, 하일러, 부끄럽지도 않냐?"

울고 있던 하일러는 깊은 잠에서 막 깨어난 사람처럼 조용히 주위를 돌아보았다.

"아니, 부끄럽지 않아."

그는 눈물을 훔치고 화가 났으면서도 웃음을 띤 채 램프를 불어서 끄고 밖으로 나갔다.

한스 기벤라트는 끝까지 자리를 떠나지 않고 놀란 사슴처럼 하일러 쪽을 힐끗 곁눈질했다. 15분쯤 지나 한스는 큰마음을 먹고 모습을 감춘 친구의 뒤를 따랐다. 하일러는 차갑고 어두운 침실의 낮은 창가에 앉아 꼼짝도 않고 회랑을 내려다보고 있었다. 뒤에서 본 그의 어깨와 가날프고 뾰족한 머리가 이상하게 엄숙하여 소년답게 보이지 않았다. 조금 지나서야 한스 쪽으로 얼굴을 돌리지도 않은 채 낮은 목소리로 물었다.

"왜 그래?"

"나야."

한스가 수줍은 듯이 말했다.

"무슨 일이지?"

"아무 일도 아냐"

"그래? 그렇다면 나가줘."

한스는 화가 나서 정말로 나가려고 했다. 그러자 하일러가 그를 붙잡았다.

"잠깐만, 여기 있어 봐."

그가 일부러 농담조로 말했다.

"그런 뜻이 아니야."

둘은 얼굴을 마주 보았다. 아마 서로의 얼굴을 진정으로 마주 본 것은 그 순간이 처음이었을 것이다. 소년다운 미끈한 표정 뒤에 깃들어 있는 독특한 생명과 특징 있는 영혼을 서로의 마음속에 그려보려고 애썼다.

헤르만 하일러가 천천히 팔을 내밀어 한스의 어깨를 잡고 얼굴이 닿을 때까지 끌어당겼다. 한스는 별안간 상대편의 입술이 자기 입술에 와 닿는 감촉을 느꼈다. 한스는 뭐라고 말할 수 없을 정도로 놀랐다.

그의 심장은 여태 느껴보지 못했던 답답함으로 고동쳤다. 이처럼 어두운 침실에 같이 있는 것과 대뜸 키스 세례를 받은 것은 뭔가 모험적이고 신기하고 위험한 요소가 깃든 것이었다. 이 현장이 발각된다면 얼마나 무서운 일이 일어날까 생각했다. 조금 전에 하일러가 운 것보다 이 키스가 다른 학생들에게 훨씬 더 우스꽝스럽고 치욕적인 사실이라는 게 확실했다. 아무런 말도 할 수 없었다. 피가 세차게 머리로 솟구치는 느낌이었다. 당장 그 자리에서 도망치고 싶었다.

이 장면을 본 어른이 있다면 이 순결한 우정의 표시에 부끄러워 못 견디는 내성적인 두 소년의 사랑과 진심 어린 창백한 얼굴에서 조용한 기쁨을 맛보았을 것이다. 둘 다 귀엽고 전도유망한 소년으로, 아직 소년다운 부드러움과 청년기의 수줍음과 아름다운 강인함을 반반씩 지니고 있었다.

젊은이들은 차차 공동생활에 순응해 갔다. 제각기 서로에 대해서 어떤 확고한 지식과 관념을 얻게 되었고 수많

144

은 우정이 맺어졌다. 친구들 모임 중에는 히브리어 단어를 외는 모임도 있었고, 스케치를 가거나 실러를 읽는 모임도 있었다. 라틴어를 잘하는 반면 수학이 서투른 학생이 있으면, 라틴어가 서투른 대신 수학을 잘하는 학생과 협력해서 성적을 올려보려는 모임도 있었다.

또 계약과 물물교환에 우정의 기초를 두는 학생도 있었다. 하나 예를 들자면, 첫날에 주위의 부러움을 샀던 햄을 가진 아이가 슈탄하임 출신의 과수원집 아들이 자기와 통하는 상대라는 걸 발견하게 되었다. 그 소년은 상자 안에 좋은 사과를 잔뜩 저장해놓고 있었다. 햄을 가진 소년이 어느 날 햄을 먹다가 목이 말라서 그에게 사과를 하나 달라고 부탁했다. 그 대신 자기는 햄을 주겠다고 했다. 그리하여 둘이 신중하게 검토한 결과 햄은 없어지면 즉시 보충되며, 사과의 소유자 역시 봄이 지나고 얼마간은 아버지에게서 사과를 공급받을 수 있다는 사실이 명백하게 드러났다. 그것은 정열로 맺어진 숱한 이상적인 우정보다 더 오래 지속될 수 있었다.

외톨이를 고집하는 경우는 극히 드물었다. 루치우스는

그러한 소수 중 한 명이었다. 욕심에서 비롯된 예술을 향한 그의 사랑은 그때까지도 아직 절정에 있었다.

그리고 균형이 맞지 않는 만남도 있었다. 제일 어울리지 않는 우정은 헤르만 하일러와 한스 기벤라트였다. 그것은 반항적인 소년과 성실한 소년, 시인과 노력가의 만남이었다. 둘 다 가장 영리하고 뛰어난 소년으로 평가되고 있었으나 하일러는 천재라는 조롱 섞인 평판을 얻은 데 비해 한스는 모범생이라는 평판을 얻었다. 그러나 모두 두 사람에게 관심이 없었다. 서로 자기 친구와의 관계에 바빠서 자기 일에만 몰두했다.

그러나 이와 같은 개인적인 흥미나 경험으로 인하여 학교생활이 등한시되는 것은 아니었다. 학교는 오히려 커다란 악장이요, 리듬이었다. 그것에 비하면 루치우스의 음악도, 하일러의 시도, 모든 친구 관계나 싸움도, 가끔 일어나는 격투도 부수적인 연주나 사소한 유희에 지나지 않았다.

무엇보다 히브리어 때문에 모두가 애를 먹었다. 여호와의 오묘하고 고색창연한 말씀은 이미 메마르고 시들었지만, 그래도 신비롭게 생명을 이어 가는 나무와도 같이 천년 묵은 영혼이 끔찍하게 혹은 다정하게 자리 잡고 있었다. 이상한 그 나뭇가지는 뚜렷하게 사람의 관심을 끌었다. 진기한 빛깔과 향기를 가진 그 꽃은 사람을 놀라게 했다. 그 가지나 뿌리 속에는 기이하리만큼 무시무시한 용, 순진하고 사랑스런 동화와 아름다운 소년, 고요한 눈매를 가진 소녀, 용감한 부인, 주름살투성이의 메마른 노인의 머리 같은 영혼의 신비가 깃들어 있었다.

루서의 구약성서에서 꿈결처럼 몽롱했던 것이 지금은 생생하게 참다운 말 속에 피어나서 음성은 낡고 무딘 데가 있지만 강렬하고 끈질긴 생명력을 얻고 있었다. 적어도 하일러에게는 그렇게 느껴졌다. 그는 구약성서의 처음 다섯 권 전체를 매일매일 시간마다 저주했으나 단어를 죄다 읽어서 소년들의 눈에 수수께끼처럼 보였다. 그는 조금도 틀리지 않고 읽을 수 있는 학자보다도 그 속에서 더 많은 생명과 영혼을 발견하고 그것을 흡수했다.

신약성서는 한층 더 미묘하고 밝고 심오했다. 그 언어는 그다지 오래되지도 깊지도 풍부하지도 않았으나 한층 더 섬세하고 정열이 넘쳐흐르며 환상적인 정신이 충만했다.

그리고 〈오디세이〉, 그 힘찬 가락과 균형 잡힌 시구 속에서 몰락해버린 행복한 생활의 기록과 예감이 선명하게 떠올랐다. 때로는 선명하고 꾸밈없는 필치로 확실하게 나타나고, 때로는 시너 개의 단어나 시구 속에서 아름다운 꿈처럼 나타났다.

역사가 크세노폰이나 리비우스는 그것에 빛을 빼앗겼다. 아니 빼앗겼다고까지는 할 수 없어도 빛을 거의 잃고 옆에 희미하게 서 있었다.

한스는 친구 하일러에게는 모든 일이 자기와는 딴판으로 보이는 것을 알고 놀랐다. 하일러에게 추상적인 것은 존재하지 않았다. 그가 마음에 그려보고 공상의 색채로 그려볼 수 없는 것은 존재하지 않았다. 그럴 수 없을 때는 무엇도 내키지 않는 것처럼 방치했다. 수학은 하일러에게 음험한 수수께끼를 안고 있는 스핑크스였다. 그 냉정하고 심술궂은 시선은 산 제물을 꼼짝도 못 하게 묶어놓았다. 하일러는 이 괴물에게서 멀찍이 달아나버리곤 했다.

하일러와 한스의 우정은 색다른 데가 있었다. 하일러에게 그것은 오락이자 사치이며, 편리하고 좋은 것이었다. 그래서 간혹 변덕을 부리기도 했지만 한스에게는 적어도 한때의 자랑스런 보물이었으며, 때로는 견딜 수 없는 커다란 짐이기도 했다. 이때까지 한스는 저녁 시간에는 언제나 공부를 했다. 지금은 거의 매일같이 벼락공부에 지친 하일러가 달려와서 책을 빼앗고 자기와 놀아 달라고 요구했다. 한스는 이 친구를 대단히 사랑했으나 어떤 때는 혹시 그가 또 오면 어떡하나 하고 은연중에 걱정했다. 그리하여 매일 밤 가슴을 졸이며 규정된 공부 시간에 늦지 않으려고 서두르다가 갑절로 공부하기도 했다. 하일러가 이론적으로 자신의 성실함을 공격하는 것이 한스에겐 한층 더 큰 고통이었다. 하일러는 이렇게 말했다.

"그거야 품팔이꾼이나 할 짓이지. 너는 어떤 공부든지 좋아서 하는 것이 아니야. 단지 선생들이나 네 아버지가 무섭기 때문이지. 1등이나 2등이 되면 뭐 하니? 나는 20등이지만 그래도 너희 꽁생원들보다 어리석지는 않아."

한스는 하일러가 교과서를 어떻게 다루는지를 보고 무

척 놀랐다. 어느 날 책을 교실에 두고 오는 바람에 지리 예습을 위해 하일러의 지도를 빌렸다. 놀랍게도 하일러의 책은 어느 페이지나 연필로 까맣게 칠해져 있었다. 피레네 반도의 서해안엔 괴상한 얼굴이 그려져 있었다. 코는 오포르토에서 리스본에 이르고, 피니스테르 갑(岬)은 곱슬곱슬한 머리카락을 과장되게 그려놓았다. 세인트빈센트 지방엔 얼굴을 온통 뒤덮은 수염이 훌륭하게 늘어져 있었다. 어느 장을 넘겨도 마찬가지였다. 지도 뒷장의 백지에는 만화와 대담한 풍자시가 적혀 있었고, 잉크로 더럽혀진 데도 많았다. 한스는 책을 신성한 것으로 생각하며 보물처럼 소중하게 다루었다. 그래서 이와 같은 하일러의 대담함은 신성을 모독하는 행위나 다름없다 여겼지만 그래도 한편으로는 영웅적인 행위라고 생각했다.

선량한 한스 기벤라트는 그의 친구에게 마음에 드는 장난감이라기보다는 길들여진 고양이에 지나지 않을 수도 있었다. 한스 자신도 가끔 그렇게 의식하고 있었다. 그러나 한스는 하일러가 필요했으므로 그에게 애정을 가지고 있었다. 그는 누구든지 마음을 털어놓을 수 있는 사람,

자기 말을 잘 들어줄 수 있는 사람을 필요로 했다. 학교와 인생에 대하여 혁명적인 말을 할 때 조용히 경청해줄 사람이 아쉬웠던 것이다. 또 우울할 때 위로해주고, 상대의 무릎에 머리를 기댈 수 있는 사람을 원했다.

그런 성격을 가진 사람은 일반적으로 다 그렇지만, 이 젊은 시인도 역시 근거 없는 다소 어리광스러운 우울증 발작으로 괴로워하고 있었다. 원인의 하나는 소년기의 남모르는 고민이었고, 다른 하나는 여러 가지 힘이나 생각이나 욕망 등이 아직 갈피를 잡지 못한 데서 비롯되는 불안이었다. 또 다른 이유는 어른이 되어 가는 과정에서 나타나는, 이유를 알 수 없는 어두운 충동이었다. 그럴 때 그는 동정과 사랑을 받고 싶은 병적인 욕구를 어쩌지 못했다. 전에는 어머니의 사랑을 받는 어린아이였지만 지금은 아직 여자들의 사랑을 알 만큼 성숙하지 않았으므로 온순한 친구들이 그의 위안이었다.

저녁때는 가끔 맥없이 한스의 방을 찾아갔다. 그리고 공부하는 한스를 꾀어 함께 침실로 가자고 졸라댔다. 그 추운 홀과 어둑어둑한 높은 기도실을 둘러서 나란히 왔다

갔다 하거나 추위에 떨면서 창가에 앉아 있기도 했다.

허일러는 하이네를 읽는 서정적인 소년들과 같이 감성적인 탄성을 지르기도 하고, 어린아이 같은 슬픔의 그늘속에 싸이기도 했다. 한스는 남들이 납득하기 힘들었지만 그때도 가슴에 무엇인가를 느끼고 때로는 그 기분에 전염되어 울 때도 있었다. 쉽사리 감동하는 이 시인은 특히 흐린 날씨에 발작을 일으키기 일쑤였다. 그중에서도 늦가을 비구름이 하늘을 가리고 감상적인 달이 구름 뒤에서 명주실 같은 빛을 뿌리며 틈새를 내려다보는 저녁 무렵에 비탄과 신음소리가 절정에 달했다. 그러면 그는 오시안(아일랜드 시인)과 같은 기분에 취해 몽롱한 우수의 용광로 속으로 빨려들어 갔다. 그것은 한숨이 되고 시가 되어 죄 없는 한스의 머리에 뿌려졌다.

이런 고뇌에 시달리고 괴로움을 당한 다음에야 한스는 간신히 시간을 얻어 그 틈에 공부해야만 했다. 그러나 공부는 차츰 어려워졌다. 그는 두통이 재발한 것에 별반 놀라지 않았지만 피곤한 나머지 하는 일 없이 시간을 보내는 때가 많아졌다. 꼭 필요한 공부를 하는데도 자신을 채찍질하지 않으면 안 되는 것이 그를 몹시 서글프게 했다. 괴상한 친구와의 우정 때문에 자신의 순결한 부분이 차츰 멍들어 가는 것을 어렴풋이 느끼기도 했지만 상대가 우울하고 눈물지을수록 측은하다는 생각이 들었다. 그리고 친구에게 자기가 없어서는 안 될 사람이라는 생각이 우정을 더 깊게 해주는 동시에 그를 한층 더 자랑스럽게 해주었다.

하일러의 병적인 우울함은 충동의 원인일 뿐이지 자신이 진심으로 감탄해 마지않는 친구의 본성이 결코 아니라는 것을 한스는 잘 알고 있었다. 하일러가 자작시를 낭독하고 시인의 이상을 이야기하며 실러나 셰익스피어의 독백을 몸짓을 섞어 가며 정열적으로 낭독할 때, 그는 확실히 한스가 갖지 못한 마력을 가지고 하늘을 떠도는 것 같았다. 초인적인 자유와 타오르는 듯한 열정을 갖고 호머의 천사와도 같이 날개 돋친 발로 한스와 또래들에게서 떠나버릴 것처럼 느껴졌다. 이전까지 한스는 이 시인의 세계를 미처 알지 못했고 그리 신통한 세계로 여기지도 않았다. 지금 그는 아름답게 흘러내리는 언어, 진실한 비유, 매혹적인 음률의 신비로운 힘을 도저히 거역할 수 없을 것만 같았다. 새롭게 전개된 그 세계에 대한 존경심은 친구에 대한 감탄과 함께 거의 어쩔 수 없는 감정이 되었다.

그러는 가운데 눈보라 치는 어두운 11월이 다가왔다. 램프를 켜지 않고 공부할 수 있는 것은 몇 시간에 불과했다. 칠흑 같은 그믐밤에는 눈보라가 소용돌이치면서 산더미 같은 구름을 어두운 고지로 몰아붙였다. 싸우는 것처럼 낡고 견고한 수도원 건물에 부딪치기도 하고, 신음하듯 앙상한 나뭇가지 사이로 스쳐 지나가기도 했다. 저 우거진 나무들 중에서도 왕자답게 육중하고 가지 많은 떡갈나무만이 마른 수목들과 달리 시든 잎들을 요란하게 흔들어대고 있었다. 하일러는 아주 우울해져서 한스 옆에 오지도 않았다. 멀리 떨어진 연습실에서 바이올린을 끊어져라 켜기도 하고, 친구들과 곧잘 싸움을 벌이기도 했다.

어느 저녁 무렵 하일러가 연습실에 들어가자 루치우스가 보면대 앞에서 꾸준히 바이올린 연습을 하고 있었다. 하일러가 화가 치밀어서 밖으로 나왔다가 30분 후에 다시 들어갔다. 루치우스는 여전히 연습 중이었다.

"이제 그만해도 되지 않아?"

하일러가 미워 못 견디겠다는 듯이 말했다.

"딴 사람도 좀 연습을 하게 자리를 비켜줘. 형편없는 네 연주 때문에 골치가 아파."

루치우스는 물러나려고 하지 않았다. 하일러는 화가 치밀었다. 루치우스가 상관없다는 듯이 다시 활을 들자 하일러가 보면대를 걷어찼다. 악보가 흩어지고 보면대가 루치우스의 얼굴을 내리쳤다. 루치우스는 엎드려서 악보를 주워 모았다.

"교장 선생님한테 이르고 말 테다."

그가 단호하게 말했다.

"좋아."

하일러는 분노를 못 이기는 듯 외쳤다.

"일러바치는 김에 엉덩이도 얻어맞았다고 하려무나."

그는 곧 다가가서 엉덩이를 걷어차려고 했다. 루치우스는 재빨리 옆으로 비켜서서 문 쪽으로 피했다. 하일러는 곧 그를 뒤쫓았다. 소란스런 추격전이 시작되었다. 복도와 넓은 방을 나가 계단과 현관을 지나고 수도원 맨 끝에 있는 건물까지 갔다. 거기에는 조용하고 아담한 교장사택이 있었다. 그 서재의 문 한 걸음 앞에서 하일러는 겨우 상대를 붙잡을 수 있었다. 루치우스가 벌써 노크를 하고 난 다음이었다. 열린 문 안으로 들어가려는 순간, 루치우스는 예고한 대로 하일러에게 엉덩이를 걷어차여서 문을 닫을 틈도 없이 신성불가침구역인 교장의 방으로 총알같이 뛰어들었다.

그것은 여태까지 한 번도 없었던 사건이었다. 이튿날 아침 교장은 청소년의 탈선에 대해서 엄숙한 훈계를 했다. 감명을 받은 듯 듣고 있는 루치우스의 입가에 회심의 미소가 흘렀다. 하일러는 감금을 언도받았다.

교장은 하일러에게 청천벽력 같은 벌을 내렸다.

"수년 동안 여기서 이런 벌을 내린 적이 없다. 10년이 지나도 이 일을 잊지 못하게 해주마. 너희에게 본보기로 이 하일러를 벌하마."

학생들은 겁에 질려 하일러 쪽을 흘겨보았다. 하일러는 창백한 얼굴을 하고 반항적인 태도로 버티고 선 채 교장의 시선을 피하지 않았다. 마음속으로 하일러에게 찬사를 보내는 학생이 많았다. 그러나 훈시가 끝나고 모두가 떠들썩하게 복도로 밀려나갔을 때, 그는 나환자처럼 홀로 버려졌다. 이제 그의 편에 서자면 대단한 용기가 필요했다.

한스 기벤라트도 하일러의 편을 들지 않았다. 편을 드는 것이 자신의 의무라는 것을 잘 알고 있었다. 그래서 자신의 비겁한 행동을 돌이켜보고 고민했다. 그는 자신의 무정함이 부끄러워 얼굴을 들지 못하고 방 안에 틀어박혔다. 그는 하일러를 찾고 싶은 충동을 어쩌지 못하여 남몰래 그렇게 할 수만 있다면 더 많은 희생을 치러도 좋다고 생각했다.

그러나 감금된다는 것은 수도원에서 상당히 오랫동안 낙인이 찍히는 벌이었다. 말할 것도 없이 벌을 받은 학생은 그 후에도 늘 감시를 받았다. 그와 상종하는 것도 위험하고 나쁜 소문을 듣게 되었다. 국가가 베푸는 은혜에 학생들은 규율을 엄격히 지키는 것으로 보답해야만 했다. 그것은 이미 기나긴 입학식 훈화에서 언급되었다. 한스도 그것을 잘 알고 있었다. 그의 우정이 그러한 공명심과의 싸움에서 패한 것이었다.

그의 이상은 뭐니 뭐니 해도 뛰어난 성적으로 이름을

떨치고 중요한 일을 하는 것이지, 낭만적이고 위험한 사건에 뛰어드는 것이 아니었다. 그리하여 그는 불안에 휩싸여 방 한구석에 틀어박혀 있었다. 밖으로 뛰쳐나가 용기를 보여줄 수도 있었다. 그러나 그것도 차츰 어려워졌다. 어느 틈엔가 그의 배신은 행동이 되어버렸다. 하일러도 그것을 충분히 알고 있었다. 정열적인 그는 모두가 자기를 피한다는 것을 느끼고 있었다. 그리고 그것은 당연한 일이라고 생각했다. 그러나 한스에 대해서만은 믿음을 버리지 않았다. 지금 하일러가 느끼는 고통과 분노에 비한다면 지금까지의 한량없는 한탄은 그 자신조차 허망하고 우습게 느껴졌다.

어느 날 하일러가 한스 앞에 잠깐 멈춰 섰다. 창백하고 건방진 얼굴로 그가 나지막이 말했다.

"넌 비겁한 놈이야, 기벤라트. 형편없는 자식!"

그는 조용히 휘파람을 불면서 두 손을 바지 주머니에 넣고 가버렸다.

젊은이들에게 여러 가지 사색할 일이라든지 할 일이 있다는 것은 좋은 일이었다. 이런 일이 있고서 며칠 후에 갑자기 눈이 내렸다. 잠시 후 날이 개고 차가운 겨울 하늘이 찾아왔다. 눈싸움을 하거나 스케이트를 탈 수 있었다. 모두 크리스마스와 방학이 다가오는 것을 갑자기 깨닫고는 그것을 화제로 떠들었다.

하일러에 대한 일은 걱정도 하지 않았다. 그는 조용히 반항적으로 머리를 쳐들고 남을 깔보는 표정으로 돌아다니고 있었다. 누구와도 말 한마디 하지 않고 부지런히 수첩에 시를 썼다. 수첩에 초를 칠한 까만 표지가 붙어 있었는데 〈수도사의 노래〉라는 제목이 쓰여 있었다.

떡갈나무와 개암나무, 느티나무와 버드나무에 서리와 눈송이가 부드럽고 이상한 형태로 얼어붙어 있었다. 연못에는 투명한 얼음이 강추위에 어석어석 소리를 내고 있었다. 회랑 안뜰은 조용한 대리석 정원과도 같았다. 축제 분위기에 들떠 흥분이 방마다 흐르고 있었다. 크리스마스를 기다리는 즐거움에 근엄하고 엄격한 두 선생조차 얼굴에 한 줄기 부드러운 흥분의 기색을 띠었다. 선생이든 학생이든 크리스마스를 무심하게 기다리는 이는 없었다. 하일러도 심술이 줄줄 흘러내리는 그 가엾은 얼굴을 얼마간은 부드럽게 바꾸었다. 루치우스는 방학 때 어떤 책과 어떤 신발을 갖고 갈까 궁리했다. 집에서 오는 편지에는 가슴 벅차게 하는 아름다운 소식들만 쓰여 있었다. 평소에 소망하던 것을 묻기도 하고 과자를 굽는 날짜를 알리기도 하면서 곧 맞이할 불의의 습격을 암시했다. 그리하여 다시 만나게 될 즐거움을 알렸다.

방학을 맞아 귀향하기 전에 학생들, 특히 헬라스 방 학생들은 조촐하지만 명랑한 분위기에 휩싸여 있었다. 어느 날 저녁, 제일 큰 헬라스 방에서 열릴 예정인 크리스마스 축하 파티에 선생들을 초대하자는 의견이 나왔다. 축사 낭독, 피리 독주, 바이올린 이중주를 선보이기로 했으나 아무래도 하나쯤은 만담 같은 웃기는 프로그램이 필요했다.

머리를 맞대고 아이디어를 내고 고쳐보기도 했지만 좀처럼 결론을 내릴 수가 없었다. 그때 카를 하멜이 무심코 "에밀 루치우스의 바이올린 독주가 제일 재미있을 거야." 라고 말했다.

그 아이디어가 제일 인기를 모았다. 애원과 여러 가지

약속, 협박 끝에 루치우스는 승낙을 했다. 정중한 내용의
초대장과 함께 선생들에게 보낸 프로그램에는 특별 순서
가 쓰여 있었다.

　고요한 밤, 바이올린을 위한 노래, 유명한 궁정악
　사 에밀 루치우스의 연주.

　궁정악사라는 칭호를 얻은 것은 멀리 떨어진 음악실에
서 부지런히 연습한 덕분이었다.

　교장 이하 선생, 조교수, 음악 선생, 조교 등이 파티에
초대받아 참석했다. 머리에 기름을 바른 루치우스가 하르
트너에게서 빌린 까만 예복을 입고 점잖게 웃으며 천천히
등장하자 음악 선생의 이마에 땀방울이 흘러내려다. 그가
능청스레 인사하자 벌써부터 웃음이 터졌다. 가곡 〈고요
한 밤〉은 그의 손가락 밑에서 몸서리쳐지는 탄식과 애원
하는 듯한 애처로운 노래로 변해버렸다. 처음에 그는 두
번을 되풀이했다. 곡조를 찢어놓는가 하면 가늘게 쪼개놓
기도 했다. 연주 중에는 발로 박자를 맞추며 동지섣달 나

무꾼처럼 힘을 냈다.

분노를 이기지 못해 창백해진 음악 선생을 향해 교장은 즐거운 듯이 머리를 끄덕이고 있었다. 루치우스는 도입부를 세 번이나 되풀이해서 연주하다가 이번에도 막히자 바이올린을 내리고 청중에게 변명을 늘어놓았다.

"잘 안 되는군요. 지난가을부터 바이올린을 잡았거든요."

"좋았어, 루치우스!"

교장이 소리쳤다.

"우리는 네 노력에 감사한다. 그런 식으로 연습을 계속해. 험한 길을 넘어야 별에 이르는 법이니까."

12월 24일에는 새벽 3시부터 어느 침대나 활기를 띠고 소란스러워졌다. 예쁜 나뭇잎 모양의 두꺼운 성에가 창문에 매달려 있었고, 세수할 물도 얼어붙었다. 수도원 안뜰에 살을 에는 듯한 찬바람이 매섭게 몰아쳤다. 그러나 누구 하나 그것을 주의해서 보지 않았다. 식당에서는 커다란 커피 주전자의 주둥이 사이로 쉴 새 없이 더운 김이 오르고 있었다.

잠시 후 코트나 담요로 몸을 감싼 학생들이 까마귀처

럼 떼를 지어 반짝이는 하얀 들판을 가로지르고 고요한 숲길을 지나 멀리 떨어진 기차역으로 걸어갔다. 조잘거리며 농담을 주고받고 큰 소리로 웃기도 했으나, 서로 말하지 않은 소망이나 즐거운 기대를 가슴 가득 안고 있었다. 전국 각지의 도시나 마을 그 어디에서나 따뜻하고 눈부시게 꾸며놓은 방에서 부모형제가 그들을 애타게 기다린다는 것을 잘 알고 있었다. 크리스마스에 객지에서 귀향하는 것이 처음인 학생들이 대부분이었으나 그들은 가족들이 애정과 자부심을 갖고 자기들을 기다린다는 것을 잘 알고 있었다.

눈 덮인 숲 한가운데 있는 기차역에서 모두 지독한 추위에 떨면서 기차를 기다렸다. 여태까지 학생들이 이만큼 한마음으로 즐겁게 흥금을 털어놓은 적이 없었다. 하일러만이 아무 말 없이 혼자 떨어져 있었는데, 기차가 도착하자 그는 친구들이 모두 오른 다음 다른 칸에 올라탔다. 다음 역에서 갈아탈 때 한스는 그를 보았으나 아는 척하지 않았고, 부끄러움과 뉘우침의 순간적인 감정은 귀향의 흥분과 즐거움에 녹아버리고 말았다.

집에서는 아버지가 만족스럽게 맞아주었고, 선물이 가득 쌓인 책상이 그를 기다리고 있었다. 그러나 진짜 크리스마스는 기벤라트의 집에 없었다. 요제프는 명절을 축하하는 방법을 알지 못했다. 그러나 그는 아들을 사랑했고, 이번에는 선물에 인색하지 않았다. 한스는 이런 크리스마스가 습관이 되어버려 아무것도 부족하다고 생각하지 않았다.

마을 사람들은 너무 야위고 안색이 창백하다며 한스의 건강을 걱정했다. 도대체 수도원 음식이 그렇게 부실하냐고 묻기도 했다. 그는 강하게 부정하면서 건강도 좋으며 가끔 두통이 날 뿐이라고 대답했다. 그 점에 대해서는 목사가 자기도 젊었을 때 두통에 시달렸다면서 한스를 위로해주었다. 그리하여 모든 문제가 그럭저럭 해결되었다.

4장

경험에 의하면 신학교 학생 몇 명은 4년간의 수도원 시절 도중에 사라진다. 때로는 사망해서 찬송가와 함께 묻히기도 하고, 때로는 친구들의 부축을 받아 고향으로 보내지기도 한다. 때로는 도망치거나 특별한 잘못으로 퇴학당하기도 한다. 그리고 아주 드물게 상급생에게만 일어나는 일이지만, 어떻게 해야 좋을지 모르는 막막한, 청춘의 괴로움에서 벗어나기 위해 권총 자살이나 투신자살로 간단하게 어두운 퇴로를 찾는 친구도 있다.

한스 기벤라트의 학년에도 몇몇 친구들이 사라질 차례가 되었다. 더욱이 이상한 우연으로 그들 모두 헬라스 방에 배정된 학생들이었다.

헬라스 방 학생들 가운데 '힌두'라는 별명을 가진, 온순한 금발의 소년 힌딩거가 있었다. 종교적으로 고립된 알고이 지방의 양복점 주인 아들이었다. 그는 조용한 학생이었다. 힌딩거가 사라진 다음에 말들이 돌았으나 그것도 대수로운 것은 아니었다. 절약가로 유명한 궁정악사 루치우스와 그는 짝이었는데 둘은 특별히 친한 사이는 아니었지만 다른 학생들보다는 가까운 관계를 유지하고 있었다. 그 외에는 별다르게 친구를 사귀지도 않았다. 그가 사라진 뒤에야 비로소 헬라스 방 학생들은, 말없고 선량한 이웃으로서 소란 많은 방에 하나의 연결점이 되어준 힌딩거의 소중함을 인식했다.

1월의 어느 날, 힌딩거는 스케이트를 타러 연못에 가는 친구들 틈에 끼었다. 스케이트는 가지고 있지 않았지만 한번 구경하고 싶어서였다. 그러나 날씨가 곧 추워졌기에 몸을 따뜻하게 하려고 발을 구르면서 연못 주위를 걸어 다녔다.

그다음은 달음박질이 되고, 곧 들판 저쪽으로 사라져

다른 조그만 호숫가로 갔다. 그곳엔 좀 더 따듯한 물이 솟았으므로 살얼음이 얼어 있었다. 그는 갈대를 헤치고 들어갔다. 몸이 작고 빠른 그였지만 그만 기슭에서 빠지고 말았다. 발버둥을 치고 허우적거리며 잠깐 동안 고함을 질렀으나 누구도 듣지 못했고 그는 차가운 물속에 가라앉고 말았다.

오후 2시에 첫 수업이 시작되었을 때에야 겨우 그가 보이지 않는 것을 알게 되었다.

"힌딩거는 어디 갔지?"

조교수가 물었지만 아무도 대답하는 사람이 없었다.

"헬라스 방을 찾아봐!"

그러나 거기에도 그의 흔적은 없었다.

"지각할 모양이로군. 그가 없더라도 시작합시다. 74쪽 일곱 번째 구절을 봐요. 이런 일은 두 번 다시 없도록 합시다. 여러분은 시간을 잘 지켜야 합니다."

시계가 숫자 3을 가리켜도 힌딩거는 여전히 나타나지 않았다. 선생은 걱정이 되어서 교장실에 사람을 보냈다.

교장은 이내 교실에 나타나 심상치 않은 사태에 대해 여러 가지를 물어보고는 곧 조교와 학생 열 명을 보내 그를 찾아보게 했다. 남은 학생들은 받아쓰기 연습을 했다.

4시가 되자 조교가 노크도 없이 교실로 들어와 나지막하게 교장에게 보고했다.

"조용히!"

선생이 명령했다. 학생들은 의자에 꼼짝 않고 앉아서 침을 삼키며 선생을 쳐다보았다.

"여러분의 학우 힌딩거는……."

교장은 소리를 낮추어 말을 계속 이었다.

"호수에 빠진 것 같다. 자네들도 수색에 협조해야겠다. 마이어 선생이 자네들을 인솔할 테니 그분 말씀에 따르고, 멋대로 행동해서는 안 된다."

놀란 학생들은 선생을 선두로 하여 서로서로 수군거리면서 밖으로 나갔다. 읍내에서 어른 몇이 밧줄, 널빤지, 막대기 따위를 가지고 와서 일행의 뒤를 따랐다. 매서운 추위였다. 해는 벌써 숲 모퉁이에 걸려 있었다.

뻣뻣해진 소년의 시체를 겨우 발견해 눈 덮인 갈대 위에서 들것에 실었을 때는 벌써 깊은 황혼이 찾아든 뒤였다. 학생들은 놀란 새들처럼 불안에 떨며 주위에 모여 서서 시체를 바라본 채로 파랗게 얼어붙은 손을 초조한 듯이 비볐다. 들것에 실려 가는 익사한 친구를 선두로 그 뒤를 따라 묵묵히 눈 덮인 들판으로 걸음을 옮기기 시작했을 때, 비로소 그들의 억눌린 마음은 별안간 전율이 일며, 사슴이 적을 만났을 때처럼 끔찍한 죽음의 공포를 느꼈다.

추위에 떨며 슬픔에 잠긴 대열 속에서, 한스는 어쩌다 보니 친구였던 하일러와 나란히 걷게 되었다. 둘은 들판에서 같은 돌부리에 채여 넘어졌을 때 비로소 짝지어 걷고 있다는 사실을 깨달았다. 죽음에 직면하여 큰 충격을 받은 한스는 온갖 이기심이 허무한 것임을 뼈저리게 느꼈다. 그래서인지 창백한 친구의 얼굴을 눈앞에서 보니 뭐라고 말할 수 없는 고통과 갑작스런 충동을 어쩌지 못해 무의식중에 하일러의 손을 덥석 잡으려고 했다. 그러나 하일러는 귀찮다는 듯이 손을 감추고는 딴청을 부리며 자리를 떠나 제일 뒷줄에 몸을 숨겼다.

모범 소년 한스의 가슴은 고통과 부끄러움으로 요동쳤다. 발부리를 채이며 얼어붙은 들판을 걷는 동안 추위에 파리해진 뺨 위로 눈물이 하염없이 쏟아졌다. 그는 영원히 잊을 수 없는, 어떤 후회로도 보상할 수 없는 잘못과 태만을 저질렀음을 깨달았다. 선두에서 높이 치켜든 들것에 실려 가는 것은 조그만 양복점 주인의 아들이 아니라 친구 하일러 같았다. 그리고 성적이나 시험이나 월계관이 아니라 깨끗함과 더러움만을 평가하는 다른 세계로 한스의 배신에 대한 고통과 노여움을 싣고 가는 것 같았다.

그러는 사이에 일행은 한길로 나섰다. 수도원이 바로 눈앞에 있었다. 수도원에서는 교장을 위시한 선생들이 나와서 죽은 힌딩거를 맞이했다. 힌딩거가 살아 있었다면 그런 명예는 생각지도 못했을 테다. 선생들은 학생의 죽음을 마주하고 나서야, 보통 때 별생각 없이 짓밟던 학생이자 청춘의 봉오리가 이젠 결코 돌아올 수 없음을 잠시나마 뼈저리게 느끼는 모양이었다.

그날 저녁도, 그다음 날도 온종일 눈에 보이지 않는 시체가 마법을 부려 모든 행동과 언어를 부드럽게 해주고 진정시켜주며, 엷은 비단 같은 것으로 감싸주는 것만 같았다. 그래서 그 짧은 시간 동안에는 싸움도 노여움도 소음도 웃음도 수면에서 사라져버린 것처럼 파문 하나 일지 않았고, 잠잠한 물의 요정과도 같이 그림자를 감추었다. 서로 짝을 지어 익사한 친구 이야기를 할 때는 반드시 온전한 이름을 사용했다. 죽은 친구를 가리켜 '힌두'라는 별명을 부르는 것은 실례 같았다. 보통 때는 눈에 띄지도 관심조차 받지 못했던 힌두가 지금은, 그 이름과 죽음으로 커다란 수도원 전체를 채우고 있었다.

이튿날 힌딩거의 아버지가 도착했다. 그는 아들이 누워 있는 방에 서너 시간 동안 혼자 있었다. 그러고는 교장의 차 대접에 초대받고 밤에는 '사슴의집'에서 묵었다.

그다음 날 장례식이 열렸다. 관은 침실에 놓여 있었다. 알고이의 양복점 주인은 그 옆에 서서 묵묵히 바라보기만 했다. 그는 영락없는 양복점 주인이었으며, 무서울 정도로 야위어서 날카로워 보였다. 녹색과 검은색이 뒤섞인 예복에 통이 좁은 남루한 바지를 입고, 손에는 낡아빠진 모자를 들고 있었다. 그의 조그맣고 야윈 얼굴은 1페니짜리 촛불이 바람에 가물거리는 것처럼 왠지 우울하고 슬퍼 보였다. 그는 교장과 선생들에 대한 존경심을 금치 못해 어찌할 바를 몰랐다.

드디어 짐꾼이 관을 들어 올리려 하자 슬픔에 잠긴 양복점 주인은 한 번 더 앞으로 나가서 머뭇거리며 애정 어린 몸짓으로 관 뚜껑에 손을 얹었다. 그러고는 눈물을 참으며 크고 조용한 방 한가운데에 겨울날의 고목처럼 서 있었다. 그 모습이 너무나 절망적이고 적막해서 보는 사람마저 가슴 아플 정도였다. 목사가 그의 손을 잡으면서 다가섰다. 그는 이상하게 뒤로 젖혀진 실크해트를 쓰고 관 뒤를 따라 똑바로 계단을 내려갔다. 그리고 수도원 뜰을 지나고 낡은 문을 빠져나가 눈 덮인 들판을 걸어서 묘지의 낡은 담으로 갔다.

무덤가에서 찬송가를 부를 때 학생들이 지휘하는 자신의 손을 보지 않고 조그만 양복점 주인만 보고 있자 음악 선생은 매우 화가 났다. 양복점 주인은 슬픔에 잠겨 휘몰아치는 눈보라 속에서 머리를 숙이고 목사와 교장과 반장이 읽는 조사를 들었다. 그리고 합창하는 학생들에게 아무 생각 없이 머리를 끄덕이며 때때로 재킷 소매에 감춰둔 손수건을 왼손으로 찾았으나 그것을 꺼내지는 않았다.

"저 사람 대신 우리 아버지가 저 자리에 섰다면 어떻게 되었을까? 이런 생각을 하지 않을 수가 없었어."

나중에 오토 하르트너가 말했다. 모두 이구동성으로 자기도 그런 생각을 했다고 맞장구를 쳤다.

낮에 교장이 힌딩거의 아버지와 함께 헬라스 방으로 들어왔다.

"너희 중에 고인이 된 힌딩거와 특별히 친하게 지낸 친구가 있니?"

교장이 방 안을 둘러보면서 말했다. 처음에는 아무도 나서지 않았다. 힌딩거의 아버지가 어처구니없다는 듯 불안한 눈으로 젊은 학생들을 바라보았다. 그때 루치아스가 나왔다. 힌딩거 씨는 그의 손을 잡고 잠시 그대로 서 있었다. 그러나 끝내 아무 말도 못 하고 점잖게 고개만 몇 번 끄덕이다가 나가버렸다. 그리고 힌딩거의 아버지는 수도원을 떠났다. 하루 종일 기차를 타고 눈 쌓인 들판을 달려야만 아들 힌딩거가 얼마나 적막한 곳에서 홀로 잠들어 있는가를 집에 있는 아내에게 이야기할 수 있을 것이었다.

　수도원에서는 그 우울한 분위기도 곧 사라졌다. 선생들
은 또 야단을 치기 시작했고, 문을 여닫는 소리도 거칠어
졌다. 다들 힌딩거에 관한 일은 벌써 까맣게 잊어버린 것
이다. 그 슬픈 호숫가에 오래 서 있던 탓에 감기가 걸려 병
실에 누워 있는 아이, 털 슬리퍼를 끌고 다니는 아이, 목을
하얀 헝겊으로 칭칭 감고 돌아다니는 아이…… 한스 기벤
라트는 발도 목도 아프지 않았으나 그 불행한 날 이후로
늘 침울했고, 어른이 된 것 같았다. 그의 마음에서 어떤 변
화가 일어나 소년에서 청년으로 성장한 것이었다. 말하자
면 그의 마음은 다른 세계로 옮겨가 거기에서 불안에 휩싸
인 채 조용한 휴식처를 찾고 있었다. 그 원인은 죽음에 대
한 공포도, 선량한 힌두에 대한 애도도 아니었다. 오직 하
일러에 대한 죄의식이 별안간 눈을 떴기 때문이었다.
　하일러는 다른 두 학생과 함께 병실에 누워 뜨거운 차
를 얻어마셨다. 그것으로 힌딩거가 죽었을 때 받은 인상
을 정리하고 훗날 시를 쓰는 데도 사용할 수 있도록 시간

176

을 벌려는 것이었다. 그러나 그것도 그에게는 별로 대수로운 것 같지 않았다. 금고형을 받은 이래로 강요된 고독이 감수성 깊고 언제나 말벗 없이는 견디지 못하는 그의 마음에 상처를 입히고 외딴 세계에서 홀로 떠다니게 했다. 선생들은 과격한 불평분자인 그를 엄격히 감시했고, 학생들은 그를 피했다. 그리고 조교는 언제나 비웃는 것 같은 친절로 그를 대했다.

그러나 그가 벗으로 삼고 있는 셰익스피어나 실러나 레나우는 그를 압박하고 굴종을 강요하는 현실 세계와는 다르게 가장 강력하고 훌륭한 세계를 보여주었다. 그의 〈수도자의 노래〉는 처음에는 세상을 등진 은둔자와도 같은 우울한 가락을 띠고 있었으나, 차츰 수도원과 선생과 동급생에 대한 신랄한 증오로 가득 찬 시구로 변해 갔다. 그는 고독 속에서 순교자의 쾌감을 맛보았다. 이해되지 않는 것에 만족감을 느꼈고, 가차 없고 모멸적인 〈수도자의 노래〉 일부는 작은 영웅적 희열에 가득 차 있었다.

장례식이 끝난 지 일주일이 되자 환자들은 거의 완쾌되었다. 하일러만 혼자 침대에 누워 있을 때 한스가 병문 안을 갔다. 그는 환자의 손을 잡으려고 했다. 환자는 불쾌한 듯이 벽을 향해 모로 누워버렸다. 아주 못마땅한 눈치였다. 그러나 한스는 뜻을 굽히지 않았다. 그의 손을 꽉 잡고는 옛 친구의 얼굴을 자기 쪽으로 돌리려고 했다. 하일러는 화가 치밀어서 입술을 깨물었다.

"대체 어쩌자는 거야?"

한스는 그의 손을 놓지 않았다.

"내 말을 들어줘."

그는 말했다.

"난 그때 비굴하게 너를 배신하고 말았어. 하지만 그때 내가 어떤 처지였는지 너도 알잖아? 신학교에서 우수한 성적을 얻어 1등이 되는 것이 나의 굳은 신념이었어. 그걸 너는 꽁생원이라고 그랬지? 난 확실히 그래. 그러나 그것이 내 하나뿐인 이상이었어. 그보다 더 나은 건 도저히 모르겠으니 어떡해."

하일러가 눈을 감았다. 한스가 아주 작은 소리로 말을 이었다.

"이봐, 내가 민망하잖아. 나를 다시 친구로 받아줄지 어떨지는 모르겠지만 용서해줘."

하일러는 아무 말도 없이 눈을 감고 있었다. 그의 마음속 밝고 명랑한 부분은 친구를 향해서 웃음 짓고 있었지만, 무뚝뚝한 고독자의 역할에 익숙해졌는지 잠시도 가면을 벗지 않았다. 그래도 한스는 굽히지 않았다.

"부탁이야. 하일러! 꼴찌가 되는 한이 있더라도 너와 친구가 되지 않고는 못 배기겠어. 어때? 난 네 친구가 되고 싶어. 다른 녀석과는 상대하지 않아도 좋다는 걸 보여주겠어."

그러자 하일러가 한스의 손을 잡으면서 눈을 떴다.

이삼 일이 지나자 하일러도 자리에서 일어나 병실에서 나왔다. 수도원에서는 새로 꽃핀 우정을 두고 작지 않은 소동이 일어났다. 그러나 그때부터 두 사람에겐 이상한 나날이 시작되었다. 특별한 경험이라거나 할 것까지는 없지만 서로 간에 일체감과 행복감을 느꼈다. 거기에는 전에 없던 다른 요소가 있었다. 몇 주일 동안 떨어져 있었던 것이 두 사람을 변화시킨 것이다. 한스는 더욱 부드럽고 따뜻하고 열광적으로 변했다. 하일러의 태도도 역시 더욱

179

힘차고 사나이다워졌다. 둘은 떨어져 있는 동안 서로를 그리워했으므로 두 번째 결합은 크나큰 체험이자 귀중한 선물과도 같았다.

조숙한 두 소년은 우정 속에서 첫사랑의 아득한 신비로움을, 불안에 싸인 부끄러움과 더불어 무의식적으로나마 맛보고 있었다. 두 사람의 결합은 성숙한 사나이들의 매력을 풍겼으며, 동시에 쓰디쓴 약초로서 친구들 전체에 대한 반항심을 불러일으키기도 했다. 어느 모로 보나 하일러는 친해질 수 없는 아이였고, 한스는 이해할 수 없는 아이였다. 게다가 그들의 우정은 아직 천진한 소년들의 희롱에 지나지 않았다.

깊은 애정을 느끼며 우정에 열중하면 할수록 한스는 학교가 서먹서먹해졌다. 새로운 행복감은 신선한 포도주와도 같이 그의 피와 사상 속에서 부글부글 끓어올랐다. 그에 비하여 리비우스와 호머는 그 중요성과 빛을 잃어갔다. 선생들은 여태까지 모범생이었던 기벤라트가 의문의 인간으로 변하고 수상쩍은 요주의 인물 하일러에게 물든 것을 보고 놀랐다. 이러한 변화는 선생들이 두려워하는 것 중 하나로, 청년기 조숙한 소년들에게 나타나는 이상 현상이었다. 그렇잖아도 하일러에게 발견되는 모종의 천재적인 요소는 선생들을 두렵게 했다. 천재와 학교는 옛날부터 뛰어넘기 어려운 깊은 간극이 존재했다. 천재적인 인간은 학교에서 대개 선생을 존경하지 않고, 열네 살에 담배를 피우기 시작하며, 열다섯 살에 연애를 하고, 열여섯 살에 술집에 드나든다. 또 금지된 책을 읽고 대담한 작문을 하며, 선생들을 조롱하듯이 쳐다보고, 교무일지에 언제나 선동자나 금고형을 받게 될 후보로 기록되는 불량 학생들이다.

선생들은 한 명의 천재보다 열 명의 얼간이들을 원할지도 모른다. 어떻게 생각하면 그것은 당연한 것이리라. 선생의 역할은 정상을 벗어난 인간을 배출하는 게 아니라 라틴어를 잘하고 수학을 잘하는 꼼꼼한 인간을 만들어내는 것이기 때문이다.

그러나 어느 쪽이 더한 피해자이며 어느 쪽이 더한 가해자인가. 상대방의 영혼과 인생을 망치고 더럽히는 것은 둘 중 어느 쪽인가. 그것을 생각해본다면 누구나 부끄러운 기분으로 자신의 젊은 시절을 회상하지 않을 수 없을 것이다. 그러나 그것은 우리가 상관할 바가 아니다.

참으로 천재적인 인간이라면 대개의 경우 상처를 잘 치유하고, 학교에 굴하지 않고 좋은 작품을 내어 훗날 죽어서도 후세의 유쾌한 후광에 둘러싸이게 된다. 그래서 몇 세대에 걸쳐 학교 선생들 사이에 걸작으로 꼽는 고귀한 모범으로 인용되며, 그것을 우리는 위안으로 삼을 수 있다. 이리하여 모든 학교에서 규칙과 정신 사이의 싸움은 언제나 반복된다. 국가와 학교가 매년 나타나는 몇몇 탁월하고 깊은 정신의 소유자를 뿌리째 뽑아버리려고 애쓰는 것을 우리는 목격하곤 한다. 언제나 다른 사람도 아닌 학교 선생들에게서 미움을 받는 자, 탈출에 성공한 자, 추방된 자들이 먼 훗날 우리 국민에게 재보(財寶)를 안겨주는 사람이 될 수도 있다. 그러나 많은 사람이 내면의 방황 속에서 자신을 망치고 파멸시키고 만다. 그 수가 얼마나 되는지 누가 알겠는가?

옛날부터 내려오는 학교의 이 훌륭한 원칙에 따라, 두 젊은이가 이상하다고 여겨지자 이내 사랑 대신에 한층 엄격해진 감시가 뒤따르게 되었다. 다만 한스를 가장 성실한 히브리어 연구자로서 자랑스레 여겼던 교장만은 불합리한 구제를 시도했다. 그는 한스를 자기 연구실로 불러들였다. 그곳은 옛날 수도원장이 살던 곳으로 아름답고 그림 같은 조망대가 딸린 방이었다. 전설에 따르면 근처 크니트링겐에 살던 파우스트 박사가 여기서 엘핑거 술을 즐겨 마셨다고 한다.

교장은 비범한 인물로서 식견과 실무 능력이 뛰어났다. 또 호의적으로 학생들을 '자네'라고 불렀다. 그러나 그의 커다란 허영심은 자부심이 강한 것이었다. 그것에 현혹되어 그는 가끔 교단에서 식은땀을 흘릴 정도로 줄타기를 했으며, 자기의 힘이나 권위가 조금이라도 의심받는 것을 참아내지 못했다. 다른 사람의 이의 제기를 용납하지 않았으며, 어떠한 과오도 스스로 인정하지 않았다. 그래서 무기력하거나 교활한 학생들은 그와 잘 통했지만 기백이 있고 정직한 학생들은 전혀 못 지냈다. 학생이 그의 의견에 약간만 반대하는 기색을 보여도 교장은 펄쩍 뛰며 올바른 판단력을 잃기 때문이었다. 격려의 목소리와 자상한 목소리로 아버지나 친구 역할을 대신하는 데에 그는 명수였다. 이번에도 그는 그 수법을 보여주려고 했다.

"앉게나. 기벤라트."

그는 주춤거리며 들어오는 한스의 손을 힘차게 잡으며 다정하게 말을 꺼냈다.

"이야기할 것이 좀 있는데, 자네라고 불러도 상관없겠지?"

"그럼요. 교장 선생님."

"최근에 히브리어 성적이 약간 떨어졌다는 것을 자네도 알고 있겠지? 여태까지 히브리어는 아마 자네가 1등이었지? 그런데 별안간 성적이 이렇게 뚝 떨어지다니 놀라운 일이야. 설마 히브리어에 흥미를 잃은 것은 아니겠지?"

"그렇지 않습니다. 교장 선생님."

"잘 생각해봐. 그럴 수도 있으니까. 아마 다른 과목에 주력하고 있는 거겠지?"

"아닙니다. 교장 선생님."

"정말인가? 좋아. 그렇다면 원인을 찾아봐야겠네. 자네도 도와주겠지?"

"모르겠습니다. 저는 언제나 숙제를 했습니다."

"물론이지. 그러나 한 핏줄에도 언청이는 있는 법이야. 자네는 물론 숙제를 해 왔어. 그건 의무니까. 그러나 전에는 그 이상을 하지 않았나? 아마 더 열심히 했을 텐데. 어쨌든 흥미를 가지고 공부하다가 무엇 때문에 갑자기 열기가 식어버렸는지 궁금하군. 혹시 몸이 불편한 데가 있는 것은 아닌가?"

"아닙니다."

"그렇지 않다면 두통이라도 나나? 보기에도 그리 건강하지는 않은 것 같은데."

"네. 두통이 가끔 나긴 합니다."

"매일 숙제가 너무 많아서 그런가?"

"아닙니다. 결코 그래서가 아닙니다."

"그러면 다른 책을 많이 읽나? 솔직히 말해보게."

"아닙니다. 거의 읽지 않고 있습니다. 교장 선생님."

"그렇다면 정말 모르겠군. 하여튼 문제가 있기는 할 텐데. 앞으로 노력하겠다고 약속해주겠나?"

한스는 교장이 내미는 손에 자기의 손을 얹었다. 교장은 엄숙하면서도 온화한 눈길로 그를 바라보았다.

"그럼 됐어. 피곤하지 않도록 해야지. 그러지 않으면 수
레바퀴에 깔리게 될 테니까."

교장은 한스의 손을 꼭 잡았다. 한스는 안도의 숨을 내
쉬고 방문 쪽으로 걸어갔다. 그때 교장이 다시 한번 그를
불렀다.

"하나만 더 묻겠는데, 기벤라트. 자네 하일러와 열심히
교제하고 있는 것 같더군."

"네. 좀 친하게 지냅니다."

"다른 학생 이상으로 가까운 것 같던데?"

"그렇습니다. 그 애는 제 친구니까요."

"대체 어떻게 친해졌지? 두 사람은 성격도 아주 다른데
말이야?"

"모르겠습니다. 제 친구라고밖에는 드릴 말씀이 없습
니다."

"내가 그 친구를 그다지 좋아하지 않는다는 걸 자네도
알고 있겠지. 그는 침착하지도 않은 데다 불만투성이야.
재능은 있을지 모르지만 공부도 제대로 하지 않고, 자네
에게 좋은 영향을 주지도 못해. 자네가 그 친구를 멀리하

면 좋겠는데, 어떤가?"

"그렇게 할 수는 없습니다. 교장 선생님."

"안 된다고? 도대체 왜?"

"왜냐하면 그 애는 제 친구인걸요. 그냥 내버려둘 수 없습니다."

"음, 하지만 다른 학생들과 좀 더 가까이 지낼 수도 있지 않은가. 하일러에게 나쁜 영향을 받고 있는 건 자네뿐이야. 그 결과가 벌써 눈에 보여. 대체 그 친구의 어떤 점에 끌리는 거지?"

"저도 모르겠습니다. 우리는 서로 좋아하고 있습니다. 그 친구를 버린다면 저는 비겁한 사람이 됩니다."

"허어, 그래 그렇다면 강요하지 않겠네. 그러나 차츰 그 친구에게서 멀어지면 좋겠어. 그렇게 되면 나로서도 좋은 일이야. 아주 기쁜 일이지."

교장의 마지막 말에서는 처음의 온화한 기색이 조금도 느껴지지 않았다. 한스는 겨우 방에서 나갈 수 있었다.

그때부터 한스는 새삼스럽게 공부에 시달림을 받았다. 예전처럼 진도가 잘 나가지 않았다. 그저 너무 뒤처지지 않도록 고생고생해서 따라갈 뿐이었다. 그 이유가 일부분은 우정 때문이라는 것을 그도 잘 알고 있었다. 그러나 우정이 손해나 장애를 가져왔다고 생각할 수는 없었다. 오히려 지금까지 놓쳐버린 온갖 것을 보상하는 보물을 우정 속에서 발견했다. 그것은 예전의 무미건조한 생활과는 비교도 되지 않을 만큼 고조되고 따뜻한 생활이었다. 그는 사랑하는 연인과 함께하는 기분이었다. 위대한 영웅적 행위라면 할 수 있으나 날마다 싫증나는 보잘것없는 일상다반사에 익숙해질 수는 없을 것 같았다. 그래서 끊임없이 절망적인 한숨을 쉬면서 스스로 멍에를 짊어지게 되었다.

형식적으로 공부하면서도 꼭 필요한 것을 재빨리 거의 자기 것으로 만들어버리는 하일러였지만, 그러한 재능을 한스는 갖지 못했다. 친구가 매일 저녁 한가한 시간에 자신을 꾀어냈으므로 한스는 무리를 해서 매일 아침에 한 시간씩 일찍 일어났다. 그리고 마치 적과 씨름이라도 하듯이 특히 히브리어 문법을 공부했다. 정말 재미있다는 생각이 드는 것은 호머와 역사 수업뿐이었다. 암중모색하는 기분으로 호머의 세계를 이해하려고 했다. 역사 속의 인물은 차츰 이름이나 연대기에서가 아니라 아주 가까이에서, 타는 듯한 눈과 붉은 입술, 얼굴과 손을 갖게 되었다. 어떤 것은 빨갛고 투박하며 거친 손을 갖고 있었고, 어떤 것은 조용하고 차가운 돌과 같은 손을, 어떤 것은 맥이 약하고 뜨거운 쇠막대기 같은 손을 가지고 있었다.

그리스어 원문으로 된 복음서를 읽을 때도 한스는 여러 인물을 눈앞에 똑똑히 그려보고 놀랐으며 그들에게 압도되었다. 어느 날 〈마가복음〉 6장을 읽던 중 예수가 제자들과 함께 배에 오르는 장면에서 큰 감명을 받았다. 거기에는 "사람들이 금세 예수를 알아보고 도처에서 몰려들었다."라고 쓰여 있었다. 그 대목을 읽으면 그리스도가 배에 오르는 장면이 눈에 선했다. 또 금세 그리스도라는 걸 눈치챌 수 있었다. 그 모습이나 얼굴이 아니라 너그럽게 빛나는 사랑의 눈길, 볕에 그을린 부드럽고 아름다운 손을 들어 환영하는 듯한 그 동작으로 그를 알 수 있었다. 그 손은 섬세하면서도 힘찬 영혼에 의해 만들어졌으며, 그 영혼이 그대로 그 속에 깃들어 있었다. 일렁이는 물결과 무거운 쪽배의 뱃머리가 일순 눈앞에 떠올랐다. 그러고는 모든 광경이 겨울날의 입김처럼 흩어져버렸다.

이런 일은 그 후에도 자주 일어났다. 어떤 인물이나 역사의 단편 등이 그대로 살아나 자신들의 시선을 살아 있는 인간의 눈 속에 비춰보기를 열망하고, 말하자면 애타는 듯이 튀어나오는 것이었다. 한스는 말없이 이것을 지켜보면서 이상한 일이라고 생각했으나, 홀연히 나타났다가 갑자기 사라지는 것을 보고 있으면 자신이 이상하게 변해 가는 것처럼 느껴졌다. 마치 검은 대지를 투시하거나 하나님의 시선을 마주한 것처럼 느껴지기도 했다. 이런 귀중한 순간들은 예기치 않게 다가왔다가 애달파하기도 전에 사라져버렸다. 이상하고 신성한 그 무엇이 감도는 순례자나 친한 손님 같았으나 말을 걸어본다든지 억지로 붙잡아둘 수는 없었다.

한스는 이런 체험을 가슴에 고이 간직하고 하일러에게도 말하지 않았다. 하일러의 우울함은 침착하지 못한 불안함으로 변했다. 그리하여 수도원이며 선생, 친구, 날씨, 인간 생활, 신의 존재에 등에 관해 날카롭게 비판하고, 때

로는 싸우는 버릇이 나타나 별안간 어리석은 행동을 보이
고는 했다.

그는 한번 고립된 후로 다른 학생들과 대립하는 관계
가 되고 말았다. 게다가 경솔한 자부심마저 생겨 이 관계
를 한층 더 날카롭게 만들고 적대적인 관계로 만들고 말
았다. 한스 기벤라트는 아무런 저항 없이 그 속에 휩쓸려
갔다. 그리하여 두 친구는 반감으로 가득 찬 기괴한 섬이
되어버린 채 많은 학생에게서 멀어지게 되었다. 한스는
차츰 그것을 불유쾌하게 느끼지 않게 되었다. 다만 교장
에 대해서만은 막연한 불안감을 품고 있었다. 한때 그의
애제자였던 한스가 지금은 교장의 냉대 속에서 분명히 고
의적인 푸대접을 받고 있었다. 그 때문에 한스는 교장의
전공과목인 히브리어에 차츰 흥미를 잃어 갔다.

몇 명만 빼고 학생 40여 명이 몇 개월 만에 정신과 육
체가 모두 변해 가는 것을 본다는 것은 매우 흥미 있는 일
이었다. 어깨는 벌어지지 않은 채 키만 장대처럼 자라, 옷
자락 끝에 손목과 발목을 드러낸 학생이 많았다. 얼굴에
는 사라져 가는 소년의 모습과 수줍게 가슴을 펴는 어른

의 모습이 교차했다. 신체 발육이 아직 사춘기의 모난 형태를 보여주지 않고 있는 학생도 모세의 성서 연구 덕분에 적어도 일시적이나마 어른 티가 나는 엄숙함을 반반한이마에 드러내고 있었다. 통통한 뺨은 거의 찾아볼 수 없게 되었다.

한스도 변했다. 기가 훤칠한 점에서는 하일러에게 뒤지지 않았다. 그뿐 아니라 오히려 하일러보다 더 나이가 들어 보였다. 부드러운 빛을 띠던 이마의 선이 이제는 눈에 띄게 드러났다. 눈은 더 깊숙이 들어가고 얼굴은 병색을 띠었으며, 손발과 어깨는 뼈가 튀어나와 앙상했다.

한스는 학교 성적에 불만이 커질수록 하일러의 영향을 받아 급우들과의 관계에서 더 무뚝뚝해졌다. 이제 모범생으로서, 장래의 수석으로서 급우들을 내려다볼 수 있는 긍지를 잃었기 때문에 그의 거만한 성격은 정말 꼴사나운 정도가 되어버렸다. 그러나 딴 사람이 그걸 눈치챈다거나 자신이 그 일로 괴로워하는 건 도저히 용납할 수 없었다. 그중에서도 특히 모범적인 하르트너와 건방진 오토 뱅어와는 벌써 몇 번이나 싸우기도 했다.

어느 날 뱅어가 약을 올려대자 한스는 이성을 잃고 주먹다짐으로 응수해주었다. 굉장한 싸움이 벌어졌다. 뱅어는 겁쟁이였지만 상대방이 약할 때는 경우가 달랐다. 그는 사정없이 달려들었다. 하일러는 그 자리에 없었다. 다른 아이들은 한가하게 구경하며 한스가 얻어맞는 것을 통쾌하게 여겼다. 한스는 심하게 얻어맞고 코피를 흘렸다. 갈빗대가 있는 대로 다 쑤시고 아팠다. 밤새도록 부끄러움과 고통과 분통이 일어 잠을 이룰 수가 없었다. 하일러에겐 그 사실을 감추고 있었다. 이때부터 한스는 다른 아이들과 절교하고 같은 반 아이와는 아예 한마디도 하지 않았다.

봄이 다가오자 비 오는 오후나 일요일의 기나긴 황혼을 멋지게 보내기 위해 수도원 생활 속에서도 새로운 움직임이 엿보였다. 피아노를 잘 치는 학생 한 명과 플루트를 부는 사람이 둘이나 있는 아크로폴리스 방에서는 정기적인 음악의 밤을 두 차례나 열었다. 게르마니아 방에서는 희곡 독서회를 열었다. 그리고 몇몇 젊은 경건주의자들은 성서 클럽을 만들어 매일 밤 칼뱅의 성서를 주석과 함께 한 장씩 읽어 나갔다.

게르마니아 방의 독서회에 하일러가 가입을 신청했으나 거절당했다. 그는 격분했고 그 분풀이로 이번에는 성서 클럽에 들어갔다. 거기서도 그를 환영하는 것은 아니었지만 억지로 비집고 들어가 단란한 형제들의 경건한 대화에 당돌한 역설과 무신론적 풍자를 던져줌으로써 말다툼과 불화를 가져다주었다. 얼마 가지 않아서 하일러는 이 몹쓸 장난에도 싫증을 냈지만, 야유하는 듯한 말투는 오랫동안 남아 있었다. 그러나 이번에는 그런 하일러에게 신경을 쓸 겨를이 없었다. 학생들이 이제는 개척 정신에 몸과 마음을 완전히 빼앗겼기 때문이었다.

제일 화제가 된 것은 재능도 있고 기지도 있는 스파르타 방의 어떤 학생이었다. 그는 개인적인 명성을 생각하는 한편, 여러 가지 재미있는 장난 같은 것으로 친구들을 즐겁게 해주고 단조로운 학교생활에 활기를 불어넣고자 했다. 그의 별명은 돈스턴이었다. 이 돈스턴이 화제를 모으고 자신의 이름을 날릴 수 있는 기발한 방법을 생각해냈다.

어느 날 아침 학생들이 침실에서 나와 보니 화장실 문

에 종이 한 장이 붙어 있었다. 거기에는 '스파르타에서 보내는 여섯 가지 경구(警句)'라는 표제 아래로 남의 눈에 잘 띄는 친구들을 골라 그들의 장난이나 어리석은 행동 그리고 우정관계를 2행시로 우스꽝스럽게 조롱하는 글이 쓰여 있었다. 기벤라트와 하일러에게도 일격을 가하고 있었다. 조그만 조직에서 굉장한 소동이 일어났다. 극장 입구에 몰려든 관객처럼 모두 화장실 문 앞에 몰려들었다. 여왕벌을 따르는 꿀벌처럼 왁자지껄 서로 밀고 당기며 아우성을 치고 야단이었다.

그다음 날 아침, 응수와 동조 그리고 새롭게 공격하는 경구와 풍자시 따위가 문에 가득 붙어 있었다. 그러나 이 소동의 장본인은 다시 거기에 낄 만큼 바보가 아니었다. 불씨를 창고에 던지는 목적을 이미 달성했기에 그는 희열에 넘쳐 두 손을 비비고 있었다. 거의 모든 학생이 며칠 동안 이 풍자 싸움에 참견했다. 누구든지 2행시를 생각하며 머릿속에 무언가를 그리듯이 뛰어다녔다. 그 속에서 내 알 바 아니라는 듯이 언제나 학업에 전념하고 있는 것은 오직 루치우스뿐이었다. 마침내 어떤 선생이 소동을 알아차리고 온당치 못한 유희라며 금지해버렸다.

잔꾀 많은 돈스턴은 월계관의 단꿈 속에 잠자고 있을 친구가 아니었다. 그동안 그는 또 다른 일을 준비하고 있었다. 그리고 마침내 신문 창간호를 냈다. 아주 작은 원고지에 복사한 것으로 벌써 몇 주 전부터 자료를 모아둔 것이었다. '고슴도치'란 세목을 붙인 일종의 만화신문이었다. 〈여호수아기〉의 저자와 마울브론 신학교 학생과의 익살맞은 대화가 창간호의 특종이었다.

그의 특종은 대단히 성공했다. 한동안 그는 몹시도 바쁜 편집장 겸 발행인다운 얼굴을 하고 다녔다. 그 옛날 베네치아 공화국의 당당한 아레티나에 비할 만큼 비난과 찬사를 동시에 받았다.

헤르만 하일러가 열성적으로 편집에 참여하여 돈스턴과 함께 날카로운 풍자를 곁들인 검열관 역할을 맡았을 때 학생들 사이에서 놀라운 소용돌이가 일어났다. 하일러는 그런 역할에 필요한 기지나 독설이 부족하지 않았다. 거의 한 달 동안 이 조그만 신문이 수도원 전체를 들썩이게 했다.

한스는 하일러가 하는 대로 내버려두었다. 그에게는 일을 같이할 만한 흥미도 재주도 없었다. 그뿐만 아니라 처음에는 하일러가 다른 일로 바빠서 스파르타 방에서 자주 저녁 시간을 보내고 있다는 것조차 눈치채지 못했다. 한스는 하루 종일 우울하고 멍청한 표정으로 돌아다녔다. 그리고 조금씩 내키지 않는 공부를 했다.

언젠가 리비우스 시간에 묘한 일이 생겼다. 선생이 한스의 이름을 부르고 번역을 시켰으나 그는 그대로 앉아 있었다.

"어떻게 된 거야? 왜 일어나지 않나?"

선생이 화를 내며 소리를 질렀다.

한스는 꼼짝도 하지 않았다. 그대로 똑바로 의자에 앉은 채 머리를 약간 숙이고 눈은 반쯤 감고 있었다. 호명을 당했을 때 꿈속에서 깨어났으나, 선생의 목소리가 마주 먼 곳에서 들려오는 것 같았다. 옆자리에 앉아 있던 아이가 옆구리를 쿡쿡 지르는 것도 알고 있었지만 그런 일도 그에게는 아무 소용이 없었다. 그는 다른 사람들에게 둘러싸여 있었다. 다른 사람이 그를 만지고 다른 소리가 그에게 말을 걸었다. 한마디도 하지 않고 다만 샘솟는 소리와도 같이, 깊은 곳에서 부드럽게 속삭이는 소리가 그에게 말을 건네고 있었다. 그리고 많은 눈이 그를 노려보고 있었다. 그들의 낯설고 큰 눈망울이 예감으로 빛나고 있었다. 그것은 리비우스의 책을 읽으며 발견한 로마 군중의 눈이었는지도 모르고, 그가 꿈속에서 본 것이거나 어쩌면 언젠가 그림에서 본 미지의 인간의 눈이었는지도 모른다.

"기벤라트!"

선생이 고함을 꽥 질렀다.

"잠을 자는 거냐?"

한스는 조용히 눈을 뜨고 선생에게 시선을 돌리면서 고개를 저었다.

"졸고 있었군. 지금 우리가 어느 문장을 읽고 있는지 말할 수 있겠나?"

한스는 손가락으로 책의 한 부분을 가리켰다. 그는 어디를 읽고 있는지 잘 알고 있었다.

"그렇다면 이번에는 일어설 수 있겠지?"

선생은 조롱하듯이 물었다. 한스가 일어섰다.

"대체 뭐 하는 건가? 내 얼굴을 봐!"

한스는 선생의 얼굴을 보았다. 선생은 그 눈이 마음에 들지 않는지 이상하다는 듯이 고개를 절레절레 흔들었다.

"어디 불편한가? 기벤라트."

"아닙니다. 선생님."

"앉게. 수업이 끝난 뒤에 내 방으로 와."

한스는 앉아서 리비우스의 책을 들여다보았다. 그는 잠에서 완전히 깨어났다. 이제는 모든 것을 이해할 수 있었다. 그의 마음의 눈은 아까 제게 말을 건 낯선 인물들의 자취를 천천히 훑었다. 그것은 이따금 넓은 세계로 멀어지면서도 끊임없이 반짝이는 시선을 그에게 던지고 있었다. 그러다 마침내 자욱한 안개 속으로 사라지고 말았다. 그와 동시에 선생의 음성, 번역을 하는 학생의 음성, 교실의 온갖 조그만 소음이 점점 가까워지면서 언제나처럼 뚜렷하게 되살아났다. 의자와 교단과 칠판이 여느 때와 같이 놓여 있고, 벽에는 커다란 나무 컴퍼스와 삼각자가 걸려 있었다. 주위에는 급우들이 그대로 앉아 있고, 그들 중

대부분이 호기심을 가지고 귀찮게 그를 곁눈질하고 있었다. 그는 갑자기 정신이 번쩍 들었다.

"수업이 끝난 뒤에 내 방으로 와."라고 말하는 소리가 귓가에 꽂힌 것이었다. 큰일이었다. 지금 내가 무슨 일을 저지른 것인가?

수업이 끝났을 때 선생은 그를 데리고 눈이 휘둥그레진 동료들 사이를 지나 자기 방으로 갔다.

"자, 도대체 어찌된 일인지 말해보거라. 잠을 잤던 건 아니겠지?"

"네."

"이름을 불렀을 때 왜 일어나지 않았나?"

"저도 모르겠습니다."

"그렇다면 내 말을 듣지 못했나? 귀가 어두운가?"

"아뇨, 들었습니다."

"그런데도 일어서지 않았단 말이군. 게다가 나중에는 이상한 눈짓까지 했어. 대체 뭘 생각하고 있었지?"

"아무것도 생각하지 않았습니다. 정말로 일어서려고 했습니다."

"그런데 왜 그랬지? 어디 불편한 데라도 있는 건가?"

"그렇지는 않습니다. 어쩐 일인지 저도 모르겠습니다."

"머리가 아팠나?"

"아뇨."

"좋아. 가도 좋아."

식사 전에 한스는 다시 호출을 받고 침실로 불려갔다. 거기에는 군(郡)의 의사와 함께 교장이 기다리고 있었다. 한스는 진찰을 받았다. 의사가 꼬치꼬치 캐물었지만 무엇 하나 확실한 증상은 없었다. 의사는 호인다운 웃음을 띠며 대수롭지 않다는 듯이 말했다.

"이건 신경에 약간 문제가 있는 것 같은데요. 교장 선생님."

그는 부드럽게 웃었다.

"일시적인 신경쇠약, 일종의 가벼운 현기증입니다. 이 젊은이는 매일 밖으로 나가게 하지 않으면 안 됩니다. 두통과 관련해서는 간단히 처방을 적어드리지요."

그때부터 한스는 매일 식후 한 시간씩 산책을 하러 밖으로 나가게 되었다. 그는 그것을 조금도 싫어하지 않았다. 섭섭한 것은 하일러가 동행하겠다는 것을 교장이 단호하게 거절한 일이었다. 하일러는 분개하며 욕을 했지만 지시를 따르지 않을 수 없었다. 그래서 한스는 언제나 혼자서 나갔는데, 때로는 그것에 일종의 희열을 느꼈다.

아름다운 타원형의 언덕배기에 엷고 맑은 물결과도 같이 싹트는 푸릇함이 흘러내리고 있었다. 나무마다 윤곽이 뚜렷한 갈색 풍경에 거미줄 같은 겨울의 모습을 벗어던지고 어린잎들이 풍경에 뒤섞여 약동하는 신록이 파도로 변했다.

전에 라틴어 학교 시절에 한스는 지금과는 다른 눈으로 봄을 보았다. 더 생생하게, 더 호기심을 가지고 하나하나 주의 깊게 관찰했다. 여러 종류의 새들이 차례로 날아오르는 것을 관찰했고, 나무에서 꽃들이 차례로 피는 것을 지켜보았다. 그리고 5월이 되면 낚시질을 시작했다. 그러나 지금은 새의 종류를 구별하려고도, 꽃봉오리로 화초를 구별하려고 애쓰지도 않았다. 그는 다만 전체의 움직임과 도처에서 움트는 색깔을 보고, 어린잎들의 냄새를 맡고, 부드럽고 맑은 공기를 느끼면서 두려운 생각으로 들판을 거닐었다. 그는 이내 피곤해져서 옆으로 드러눕고 싶은 충동을 이기지 못했다.

그리고 정말 끊임없이 자기를 둘러싸고 있는 것과는 다른 여러 가지 것을 보았다. 그것이 실제로 어떤 것인가를 그 자신은 몰랐다. 또한 잘 생각해보지도 않았다. 그것은 밝고 부드러운 이상한 꿈이었으며, 그림 속의 진기한 나무들이 늘어선 가로수처럼 그를 둘러싸고 있었다. 어느 것이나 일부러 꾸며놓은 것 같지는 않았다. 다만 바라보기 위한 순수한 그림에 지나지 않았다. 그러나 그것을 본다는 것은 하나의 체험이었다. 그것은 다른 장소나 다른 인간이 있는 데로 유괴당해 가는 것이었다. 낯선 땅을, 부드럽고 밝기 좋은 땅을 걷는 것과 같았다. 몸에 닿지 않는 공기, 두둥실 떠오르듯 가벼운 리듬과 미묘한 꿈같은 향기가 가득한 공기를 호흡하는 기분이었다. 이러한 그림들 대신에 때때로 가벼운 손길이 그의 몸을 부드럽게 어루만지듯이 아늑하고 따뜻한 감정이 스며들기도 했다.

한스는 독서나 공부에 집중하는 데 굉장히 힘이 들었다. 그의 흥미를 끌지 않는 것은 환상처럼 손가락들 사이로 빠져나갔다. 수업시간에 히브리어 단어를 잊어버리지 않으려면 나머지 반시간 동안에 외우지 않으면 안 되었다. 그러나 때때로 사물의 형체가 눈앞에 뚜렷이 떠오르는 순간이 많아졌다. 책을 읽고 있으면 거기에 묘사된 것이 별안간 눈앞에 나타나서 바로 앞에 있는 것보다 훨씬 더 구체적으로 살아 움직이는 게 보였다. 자신의 기억력이 아무것도 받아들이려 하지 않고, 나날이 마비되어 가고 불확실해져 가는 것을 눈치챈 그는 절망감을 느꼈다.

한편에서는 오래된 기억이 끔찍할 만큼 선명하게 그를 괴롭혔다. 그때마다 이상하고 불안했다. 수업시간이나 독서 중에 아버지나 안나 아주머니, 옛날 선생이나 동급생 중의 하나가 머릿속에 자꾸만 떠올라 잠깐 동안 그의 집중력을 완전히 앗아 갔다. 슈투트가르트에 머물던 때의 일이나 주 시험을 칠 때의 일, 방학 중의 일이 그의 머릿속에서 되살아났다. 낚싯대를 늘어뜨리고 강기슭에 앉아 있는 자신의 모습을 발견하기도 하고, 햇빛을 머금은 강물 냄새를 맡기도 했다. 마치 어린 시절로 돌아가서 꿈을 꾸고 있는 것 같은 착각이 들기도 했다.

후덥지근하고 음울한 저녁 무렵, 한스는 하일러의 침실 안을 이리저리 돌아다니며 고향에서 있었던 일, 아버지에게서 꾸중을 들었던 일, 낚시하는 재미, 학교에서 일어났던 일을 이야기했다. 하일러는 한스가 무색해할 정도로 담담했다. 그는 한스가 지껄이도록 놔두었다가 가끔 머리를 끄덕였으며, 종일 가지고 놀았던 삼각자를 생각에 골몰한 듯 허공에 서너 번 던지기도 했다. 한스도 차츰 입을 다물고 말았다. 어느새 밤이 되고, 둘은 창가에 앉았다.

　　"이봐, 한스."

　　결국 하일러가 말을 꺼냈다. 그 소리는 불안에 떨리고 있었다.

　　"왜 그래?"

　　"아무것도 아냐."

　　"괜찮으니 말해봐."

　　"난 말이야, 얼핏 생각난 건데, 네가 여러 가지 이야기를 했으니까……"

　　"대체 무슨 소리 말이야?

　　"이봐, 한스. 너 젊은 여자의 뒤를 쫓아다녀본 적 없니?"

205

다시 잠잠해졌다. 둘은 아직 그런 이야기를 해본 적이 없었다. 한스는 그런 일에 일종의 공포심을 갖고 있었다. 그러나 수수께끼 같은 세계는 동화 속에 나오는 꽃밭처럼 그의 마음을 끌었다. 그는 얼굴이 화끈 달아오르는 것을 어쩌지 못했다. 그의 손가락이 떨렸다.

"딱 한 번."

한스가 속삭이는 것처럼 말했다.

"아직 아무것도 모르는 어린아이였을 때야."

다시 잠잠해졌다.

"그럼 너는, 하일러?"

하일러는 한숨을 쉬었다.

"아냐, 그만두자. 이런 말을 하려던 게 아니었는데. 아무 소용도 없는 일인 걸, 뭐."

"그래도 좋아."

"……좋아한 여자가 있었어."

"네가? 정말이야?"

"고향의 이웃집 아가씨야. 이번 겨울에 난 그녀에게 키스했어."

"키스를……?"

"음……. 어둠이 내리는 저녁 무렵이었어. 얼음 위에서야. 그녀가 스케이트 벗는 걸 도와주다가 키스했어."

"그녀가 아무 말도 하지 않았니?"

"아무 말도 안 했어. 도망쳤을 뿐이지."

"그러고는?"

"그러고는? ……그뿐이야."

그는 한숨을 쉬었다. 한스는 하일러가 금단의 동산에서 쫓겨난 영웅처럼 보였다.

그때 종이 울렸다. 모두 이불 속으로 들어가야만 했다. 불이 꺼지고 모두가 잠들고 나서도 한스는 한 시간 이상 눈을 감지 않고 하일러가 사랑하는 사람에게 했던 키스를 생각했다.

이튿날 한스는 하일러에게 더 자세한 이야기를 들으려고 했으나 물어보기가 부끄러웠다. 하일러는 또 한스가 물어보지 않는데 먼저 말을 꺼내는 것이 어색했다.

한스는 학교생활에 점점 소원해졌다. 선생들은 언짢은 얼굴을 하고 이상한 시선으로 그를 바라보기 시작했다.

교장은 화가 나서 어두운 얼굴로 대했고, 동급생들도 기벤라트가 성적이 떨어져 1등을 목표로 하던 것을 포기해 버렸다는 것을 이미 알고 있었다. 하일러만은 학교에 대해 그다지 중요하게 생각하지 않았으므로 아무것도 눈치채지 못했다. 한스 자신도 별로 신경 쓰지 않고 그저 흘러가는 대로, 변해 가는 대로 방관하고 있었다.

하일러는 신문 편집에 권태를 느끼고 다시 그의 친구 곁으로 돌아왔다. 그는 몇 번이나 지시를 어기고 한스의 일과와도 같은 산책에 따라나섰다. 양지바른 곳에 같이 드러누워 공상의 날개를 펼치거나 시를 읊으며 교장을 화제로 야유의 꽃을 피우기도 했다. 한스는 날이 새면 언제나 하일러가 그 연애 사건에 대한 이야기를 들려줄 것이라는 막연한 기대감을 안고 기다렸다. 그렇지만 시간이 흘러갈수록 물어볼 용기가 더 나지 않았다.

동급생들한테서도 둘은 이전보다 더 미움을 받고 있었다. 그 이유는 하일러가 '고슴도치'에서 신랄한 비난을 퍼부어 누구에게도 신임을 얻지 못했기 때문이었다. 그 때는 이미 신문이 폐간되고 난 후였다. 그가 임무를 끝낸 지 오래였던 것이다. 본래 그 신문은 겨울과 봄 사이의 지리한 몇 주를 예상하고 발행한 것이었다. 지금은 막 시작된 아름다운 계절이, 식물 채집과 산책 등 대기 속에서 운동을 마음껏 즐길 수 있는 기회를 제공해주고 있었다. 점심시간마다 체조를 하는 학생, 공놀이 하는 학생으로 수도원 안뜰에 고함 소리와 생명의 약동이 넘쳐나고 있었다.

그러던 어느 날, 다시금 큰 사건이 발생했다. 그 주인공은 전체 학생들의 골칫거리이자 암초였던 헤르만 하일러였다.

교장은 하일러가 자신의 지시를 비웃으며 거의 매일같이 기벤라트의 산책길에 따라나서고 있다는 것을 알았다. 이번에 교장은, 한스는 그대로 두고 그의 친한 친구인 하일러를 교장실로 불러들였다. 그는 다정하게 반말을 하려고 했으나 하일러가 그것을 거부했다. 하일러는 지시를 어긴 사실에 대해 교장이 꾸짖자 자기는 기벤라트의 친구이며 그와의 교제를 막을 권리는 누구에게도 없다고 주장했다. 그리하여 심한 언쟁이 벌어졌고, 그 결과 하일러는 서너 시간 동안 감금되었으며, 당분간 한스와 함께 외출하지 말라는 엄격한 금지령이 떨어졌다.

다음 날 한스는 혼자서 공인받은 산책을 나갔다가 2시에 돌아와서 다른 학생들과 함께 교실로 들어갔다. 수업이 시작될 때 그는 비로소 하일러가 없어졌다는 사실을 알게 되었다. 힌두가 없어졌을 때와 똑같았다. 그러나 이번만은 누구 하나 지각이라고 생각하지 않았다.

3시에 모든 학생이 선생 셋과 함께 없어진 하일러를 찾으러 나섰다. 모두 숲속으로 흩어져 소리를 지르며 찾아 헤맸다. 선생들 두 사람과 학생들 대부분은 하일러가 자살했을 것이라고 생각하고 있었다.

5시에 그 지방의 파출소와 경찰서에 전보를 치고 저녁때는 하일러의 아버지에게도 전보를 쳤다. 어두워질 때까지 아무런 단서도 찾지 못했다. 밤늦게까지 어느 침대에서나 속삭이는 소리와 귓속말 소리가 그치지 않았다. 학생들 사이에서는 하일러가 투신자살했을 것이라는 추측이 지배적이었다. 반면에 그가 고향으로 떠났을 것이라고 생각하는 학생도 있었다. 그러나 그 도망자의 수중에는 돈 한 푼도 없다는 것이 확인되었다.

학생들은 모두 한스만은 그 사정을 틀림없이 알고 있을 것이라고 생각했다. 그러나 한스는 오히려 가장 놀라고 걱정하는 사람들 중 한 명이었다. 다른 학생들이 묻기도 하고 얼토당토않은 추측을 하며 농담을 걸어오자 그는 이불을 푹 뒤집어썼다. 그는 불안한 가슴을 부여안고 내내 고통스러운 시간을 보냈다. 하일러는 이제 영영 돌아오지 않을 것이라는 불안한 예감이 가슴에서 떠나지 않았다. 그는 마침내 슬픔을 이기지 못하며 지쳐 잠이 들고 말았다.

그즈음 하일러는 몇 마일이나 떨어진 어느 숲속에 누워 있었다. 추워서 잠을 이룰 수 없었으나 진심으로 자유로운 기분에 도취되어 깊은 숨을 내쉬며 좁은 새장에서 풀려난 새와 같이 손발을 뻗어보기고 했다. 그는 점심때부터 달음질을 쳐왔다. 크니틀링겐에서 산 빵을 씹으며 아직 봄빛이 남아 있는 나뭇가지 사아를 바라보았다. 거기에는 칠흑 같은 어둠과 별과 빠르게 스쳐 가는 구름이 있었다. 어디로 갈 것인가는 문제가 되지 않았다. 적어도 오늘 저녁만큼은 몸서리쳐지는 수도원을 뛰쳐나와 그의 의지가 명령이나 금지보다 강하다는 것을 교장에게 보여주고 싶었다.

그 이튿날도 하루 종일 하일러를 찾았으나 허사였다. 그는 이튿날 밤을 어느 마을 가까이에 있는 밭이랑 위의 짚단들 사이에서 보냈다. 아침이 되자 또 숲속으로 들어갔다. 저녁 무렵 어느 마을로 들어가려고 하다가 경찰관의 손에 붙들리고 말았다. 경찰관은 악의 없는 욕설을 퍼부으며 그를 달래 읍사무소로 데리고 갔다. 그는 거기서 농담과 애교로 촌장의 환심을 샀다. 촌장은 그를 자기의 집으로 데리고 가서 밤을 지내게 했다. 하일러는 잠자기 전에 햄과 달걀을 배불리 대접받았다.

이튿날은 소식을 듣고 달려온 아버지가 그를 데리러 왔다. 도망자가 잡혀 오자 수도원은 흥분에 빠졌다. 그러나 하일러는 머리를 꼿꼿이 쳐들고 천재적인 짧은 여행을 전혀 후회하지 않는 표정이었다. 모두는 그에게서 사과를 받으려고 했다. 그러나 그는 그것을 거부했다. 교수회의 비밀재판을 조금도 겁내지 않았으며 공손한 태도를 보이지도 않았다. 학교에서는 그를 붙들어놓으려고 했으나 이와 같은 그의 태도 앞에서는 용서할 수가 없었다. 그는 퇴학 처분을 당하고 저녁때 아버지와 함께 떠난 뒤 두 번 다시 돌아오지 않았다. 그의 친구 기벤라트와는 악수만으로 이별을 고할 수밖에 없었다.

극히 반항적이고 타락적인 하일러의 탈선에 대해서 교장은 격한 감정으로 훈시했다. 그러나 슈투트가르트의 상급 관청에 보내는 그의 보고서는 아주 절제되고 부드러운 문체로 시작되었다. 학생들은 퇴교당한 학생과의 서신 연락이 금지되었다. 그 이야기를 들은 기벤라트는 그냥 웃기만 할 뿐이었다. 몇 주에 걸쳐서 하일러와 그의 도주 사건은 큰 화젯거리였다. 그러나 화제의 주인공이 멀리 떨어져 있다는 점과 더불어 시간이 경과함에 따라 모두의 판단이 달라졌다. 그때는 불안감에 싸여 피했던 그 도망자를 나중에는 날아가버린 독수리와 같이 선망하는 학생도 적지 않았다.

헬라스 방에는 빈 책상이 두 개로 늘었다. 나중에 없어진 학생은 먼저 없어진 학생처럼 빨리 잊히지 않았다. 교장만은 두 번째 사건도 얼른 잠잠해졌으면 하고 생각했다. 그러나 하일러는 수도원의 평화를 깨뜨릴 만한 일은 하나도 하지 않았다. 한스는 기다리고 기다렸으나 끝내 하일러에게서는 아무런 소식도 오지 않았다. 하일러는 떠나버린 채 행방불명이 되었다. 하일러와 그의 도주는 차츰 과거의 이야기가 되고, 마침내 전설이 되었다. 그 정열적인 소년은 그 후에 여러 가지 천재적인 업적을 쌓고 실패를 거듭한 끝에 비통한 생활을 하는 중에도 엄격히 처신했다. 그리고 큰 인물이라고 할 것까지는 없어도 훌륭한 인간이 되었다.

그러나 뒤에 남겨진 한스는 하일러의 도주를 알고 있었을 것이라는 혐의에서 벗어나지 못한 채 선생들의 호의를 완전히 잃어버리고 말았다. 한 선생은 한스가 수업 중에 몇 가지 질문에 대답하지 못하자, "왜 너는 훌륭한 친구 하일러와 함께 가버리지 않았나?"라는 말까지 했다.

교장은 그를 그대로 내버려두었다. 바리새 사람들이 세리(稅吏)를 보듯이 경멸에 가득 찬 동정심으로 한스를 방관했다. 한스 기벤라트는 이제 학생 축에도 끼지 못했다. 그는 마치 나환자와도 같은 취급을 받았다.

214

5장

두더지가 저장해둔 먹이를 먹으면서 한동안 살아가듯
이, 한스는 전에 얻은 지식으로 얼마간을 지탱해 나갔다.
그다음부터는 괴로운 궁핍의 연속이었다. 오래가지 못하
는 새로운 노력으로 곤경을 모면하기도 했다. 그러나 그
무모함에 그 자신은 웃지 않을 수 없었다. 그는 공부의 쓸
모를 느끼지 못했다. 그래서 구약성서 최초의 다섯 권 다
음으로 호머를 포기하고, 크세노폰 다음으로 대수를 포기
해버렸다. 선생들 사이에서 그에 대한 평판이 조금씩 내
려가는 것을, 우(優)에서 양(良)으로, 양에서 가(可)로 나
중에는 영(零)으로 떨어지는 것을 별 관심도 갖지 않고 바

라보고만 있었다. 또다시 두통이 버릇처럼 일었는데 그 두통이 없을 때는 헤르만 하일러를 생각하거나 하염없는 꿈을 좇으며 몇 시간씩 멍청하게 생각에 잠겼다.

친절한 젊은 선생 비드리히는 한스의 얼빠진 웃음을 보고 진심으로 마음 아파했다. 그는 탈선한 소년을 아끼며 진정한 동정심으로 대하는 유일한 사람이었다. 그 밖에 다른 선생들은 그에게 공연히 화를 내거나 벌을 준다는 듯이 멸시의 눈길을 보냈다. 때로는 경멸에 가득 찬 농담을 던져 잠든 그의 공명심을 일깨워주려고도 했다.

"잠들지 않으셨다면 이 문장을 읽어보시지 않겠습니까?"

유독 화가 난 사람은 교장이었다. 이 허영심 많은 사나이는 자기 시선의 위력에 대단한 자부심이 있었다. 한데 그가 위풍당당하게 눈을 부릅뜨고 노려보아도 기벤라트는 언제나 비굴하게 약간 얼빠진 웃음을 지을 뿐이었으므로 화가 벌컥 치밀었다. 한스의 웃음은 차츰 교장을 신경질적인 인간으로 만들었다.

"그런 천치 같은 얼굴로 웃지 말아라. 통곡을 해도 시원치 않을 판에."

무엇보다 한스에게 더 충격을 준 것은 아버지의 편지였다. 아버지는 깜짝 놀라서 아들의 마음을 붙잡아 달라고 교장에게 애원했다. 교장이 요제프 기벤라트에게 편지를 보낸 것이었다. 그의 아버지는 놀라서 어쩔 줄을 몰랐다. 한스에게 보낸 편지에서 그는 솔직한 사람들이 보통 쓰지 못하는 격려와 도덕적인 울분을 담은 글귀를 하나도 빠짐없이 늘어놓았다. 그러는 사이에 눈물겨운 호소도 잊지 않았다. 그것이 아들의 마음을 쓰라리게 했다.

　교장을 비롯하여 기벤라트의 아버지, 선생, 조교에 이르기까지 자신의 의무에 충실한 지도자들은 누구나 다 한스의 마음속에서 그들의 소망을 방해하는 독소와 딱딱하게 굳은 게으름을 발견하고 무리를 해서라도 바른길을 걷게 해주려 했다. 그 온정 넘치는 젊은 선생을 제외하고는 여윈 소년의 얼굴에 깃든 실없는 웃음 뒤로 꺼져 가는 영혼이 수렁에 빠진 듯 절망적으로 주위를 살피고 있다는 것을 눈치챈 사람은 아무도 없었다. 학교와 아버지와 몇몇 선생의 잔인한 명예욕이, 숨김없이 드러나 상처받기 쉬운 영혼을 가차 없이 짓밟아 나약하고 아름다운 소년을 이런 지경에까지 이르게 했다고 생각하는 사람은 한 명도 없었다.

어째서 그는 가장 감수성이 예민하고 위험한 소년 시절에 매일 밤늦게까지 공부를 해야만 했던가? 왜 그에게서 토끼를 빼앗아버렸던가? 왜 라틴어 학교 시절 그를 친구들에게서 떨어뜨려 놓았던가? 왜 낚시질이든 돌아다니며 노는 것이든 하지 말라 금지했던가? 왜 심신을 갈가리 찢어놓을 뿐인 쓸데없는 공명심을 부추겨 공허하고 저속한 이상을 불어넣었던가? 왜 시험이 끝나고 나서도 마땅히 누려야 할 휴식조차 허락하지 않았던가? 이제 지칠 대로 지친 노새는 길가에 쓰러져 아무 쓸모도 없는 존재가 되어 있었다.

초여름에 마을의 의사는 한스에 대해 성장기의 신경쇠약일 뿐이라고 거듭 진단했다. 방학 중에 잘 먹고 숲속을 거닐면서 충분히 휴식한다면 병이 나을 것이라고 확신했다. 그러나 안타깝게도 일이 그렇게 되지 않았다. 방학이 시작되기 3주 전이었다. 한스는 오후 수업 시간에 선생에게 심하게 꾸중을 들었다. 선생이 욕을 퍼부어대자 한스는 의자에서 쓰러져 공포에 질려 떨다가 그만 흐느껴 우는 바람에 수업이 중단되고 말았다. 그는 그 후 반나절 동안 침대에 누워 있어야 했다.

이튿날 한스는 수학 시간에 지명을 받아 칠판에 그려진 기하 도면을 설명하게 되었다. 한스는 앞으로 나갔지만 칠판 앞에서 현기증을 느꼈다. 백묵과 자로 선을 긋던 중 그만 두 가지를 다 떨어뜨리고 말았다. 주우려고 허리를 굽혔지만 마룻바닥에 무릎을 꿇은 채 도저히 일어설 수가 없었다. 의사는 환자가 어리석은 짓을 했다며 크게 화를 냈다. 그는 신중한 태도로 즉시 휴식을 취할 것을 지시했고, 신경과 의사에게 보일 것을 권했다.

"저 아이를 그대로 놔두면 무도병에 걸리게 됩니다."

의사가 교장에게 속삭였다. 교장은 조용히 생각해보았다. 잔뜩 화난 얼굴을 하기보다는 아버지처럼 자비에 넘치는 표정으로 바꾸는 것이 좋겠다고 생각했다. 그것은 어려운 일이 아니었고 어쩌면 잘 어울렸는지도 모른다.

교장과 의사는 각기 따로 한스의 아버지에게 편지를 써주고 그를 고향으로 내려 보냈다. 교장의 분노는 깊은 우려로 바뀌었다.

얼마 전 하일러 사건으로 뒤숭숭했던 교육청이 이 새로운 불행을 어떻게 받아들일 것인가? 모두가 의외라고 여긴 것은, 교장이 이번 돌발 사건과 관련하여 으레 해야 할 훈화조차 단념해버린 것이었다. 오히려 그는 마지막까지 한스를 끔찍하리만큼 다정하게 대했다. 요양이 끝난 뒤 한스가 돌아오지 않으리란 것을 교장은 잘 알고 있었다. 그 전에 완치된다 하더라도 그때는 훨씬 뒤처져 있을 그 어린 학생은 휴학한 몇 달을, 아니 몇 주를 따라잡을 가망도 없을 터였다.

진심으로 격려하듯이 "잘 가라, 다시 꼭 만나자."라는 말로 그와 헤어지기는 했지만, 그다음 순간 헬라스 방에 들어서서 주인 없는 책상 세 개를 볼 때마다 교장은 마음이 괴로웠다. 타고난 재능을 가진 두 제자가 연기처럼 사라져버린 데 대한 책임의 일부가, 이유야 어찌되었든 자기에게 있을지도 모른다는 생각이 그의 마음 한구석에 있었다. 그러나 배짱이 좋고 도덕적으로도 강인한 남자였기 때문에 이 무익하고 어두운 의심을 마음 한구석에서 떨쳐버리기는 쉬운 일이었다.

조그만 여행 가방을 들고 떠나는 신학교 학생 뒤로 교회와 성문과 박공지붕, 또 탑들이 있는 수도원이 멀어져 갔다. 숲과 언덕이 발 아래로 잠기었으며, 그 대신 바덴주 (州) 경계에 있는 과일나무들이 물결치는 초원이 눈앞에 아른거렸다. 그다음엔 포르츠하임 시가 나타나고, 그 뒤로 슈바르츠발트의 검푸른 전나무 산이 펼쳐졌다. 수많은 계곡 사이로 시냇물이 흐르고 있었다. 뜨겁게 내리쬐는 여름햇살을 받으며 전나무 숲은 어느 때보다 푸르고 시원한 그림자를 짙게 드리우고 있었다.

소년은 점차 고향의 모습을 닮아 가는 풍경을 바라보며 한결 즐거운 기분이 되었다. 그러나 고향이 가까워 오자 문득 아버지가 머리에 떠올랐다. 아버지가 자신을 어떻게 맞을까 하는 불안감이 아늑한 여행의 기쁨을 산산조각 내고 말았다. 시험을 치러 슈투트가르트에 갈 때나 입학하러 마울브론으로 갈 때 느꼈던 불안과 긴장을 동반한 기쁨이 다시 머리에 떠올랐다.

그러나 저러나 도대체 무엇 때문에 그랬을까? 교장과

마찬가지로 그 역시 두 번 다시 돌아가지 않으리라는 것을, 신학교도 학문도 야심찼던 온갖 희망도 완전히 종말을 고하고 말았다는 것을 잘 알고 있었다. 그러나 그 사실이 슬프지는 않았다. 오직 기대를 배반당해 실망할 아버지가 걱정이었다. 지금은 요양에 신경 써야 한다는 생각보다 실의에 빠져 있는 아버지에 대한 걱정이 천근만근 마음을 내리눌렀다. 지금의 그는 휴식하고, 실컷 자고, 마음껏 울고, 마음껏 꿈꾸며 온갖 시달림과 억압에서 벗어나 안정을 얻고자 하는 간절한 소망 외에는 바라는 것이 없었다. 그러나 이러한 환경에서는 그 소망이 도저히 이루어질 것 같지 않았다.

기차 여행이 끝나갈 무렵 한스는 심한 두통을 느꼈다. 기차가 좋아하는 풍경을 달리고 있는데도 그는 창밖을 내다보지 않았다. 옛날에 열심히 돌아다녔던 언덕과 숲인데도 정다운 고향 역에서 내려야 한다는 것조차 하마터면 잊을 뻔했다.

우산과 여행 가방을 들고 그는 기차에서 내렸다. 아버지는 아들을 말없이 살펴보았다. 교장으로부터 온 최후

의 보고는 성공을 거두지 못한 아들에 대한 환멸과 분노
를 당혹스러움으로 바꾸어놓았다. 쇠약하여 형편없는 몰
골이 된 한스를 상상하고 있었는데 여위어서 약하긴 하지
만 의외로 혼자서 걷고 있는 한스를 발견한 것이다. 그가
가장 화가 나는 것은 교장이 알려준 신경병에 대해 한스
가 드러내지 않는 불안과 공포였다. 그의 집안에는 이제
까지 신경병에 걸린 사람이 없었다. 세상 사람들은 이런
환자를 마치 정신병자 대하듯 이해심 없는 조소와 경멸하
는 듯한 동정심으로 대했다. 그런데 지금 한스가 그런 병
을 안고 돌아온 것이다.

집에 도착한 첫날, 한스는 아버지에게 잔소리를 듣지
않은 것을 은근히 기뻐했다. 아버지는 불안하고 걱정이
어린 얼굴로 아들을 맞아주었다. 때로는 묘하게 떠보는
눈초리로, 때로는 간담이 서늘한 의혹으로 아들을 쳐다보
았다. 그리고 어떤 때는 짐짓 부드러운 투로 말을 걸거나
눈치채지 못할 정도로 노려보기도 했다. 한스는 그럴수록
더욱 겁을 집어먹었다. 자신의 상태에 대한 막연한 불안
감이 그를 괴롭혔다.

그는 날씨가 좋은 날에는 몇 시간 동안이나 숲속에 누워 있었다. 그것은 효과가 있었다. 소년 시절의 행복했던 순간들이 때때로 상처받은 그의 마음을 어루만져주었다. 예를 들면 꽃이나 딱정벌레를 바라볼 때의 기쁨, 새에게 살짝 다가가거나 짐승의 발자취를 더듬어갈 때의 기쁨이 그것이었다. 그것은 언제나 순간에 지나지 않았다. 대개는 맥이 빠져서 이끼 위에 드러누운 채로 무거운 머리를 안고 뭘 좀 생각해내려고 애썼으나 뜻대로 되지 않았고, 나중에는 꿈이 몰려와서 머나먼 다른 세계로 그를 이끌고 갔다. 거의 그칠 사이 없이 두통이 일어났다. 수도원이나 라틴어 학교를 회상하면 수많은 책과 학과와 의무가 뚜렷하게 떠올라 무서운 악마처럼 그에게 덤벼들기도 했다.

언젠가는 이런 꿈도 꾸었다. 친구 헤르만 하일러가 죽어서 들것에 누워 있었다. 가까이 다가가려고 하자 교장과 다른 선생들이 밀어냈다. 몇 번이고 밀고 들어갔지만 그때마다 밀려났다. 신학교 선생이나 조교뿐만 아니라 라틴어 학교 교장과 슈투트가르트의 시험관도 그 속에 끼어 있었다. 모두 화난 얼굴을 하고 있었다. 그리고 별안간 장면이 바뀌더니 들것에 누워 있는 것은 물에 빠진 힌두였다. 그의 아버지가 우스꽝스러워 보이는 높은 실크해트를 쓰고 구부정한 다리로 슬픔에 잠겨 옆에 서 있었다.

그러고는 또다시 도망친 하일러를 찾아서 숲속을 달리는 꿈을 꾸었다. 하일러가 멀리 나무 등걸 사이로 걸어가고 있는 것이 몇 번이나 보였다. 이름을 부르려고 할 때마다 그는 사라지고 말았다. 결국에는 하일러가 걸음을 멈추고 한스를 불러서 말했다.

"이봐, 난 애인이 있단 말이야."

한번은 고요하고 거룩한 눈매와 아름답고 평화로운 손길을 가진 야윈 사람이 배에서 내리는 것을 보고 그쪽으로 달려갔다. 그러나 모든 것은 사라지고 말았다. 그것이 뭔가를 생각해보니 복음서의 한 대목이 머릿속에 떠올랐다. "백성들이 곧 예수를 알아보고 그리로 달려왔도다."라는 그리스어 문구였다. 그러고는 그것이 무슨 변화형인가, 이 동사의 현재, 부정, 완료, 미래가 어떤 것인가를 생각해내고, 또 그것을 단수와 이수(二數), 복수로 완전히 변화시켰다. 그것이 조금이라도 막히면 조바심이 나서 식은

227

땀이 흘렀다. 드디어 제정신이 돌아오자 그의 머릿속은 온통 상처투성이가 된 것 같았다. 그의 얼굴이 체념과 죄의식에 옥죈 미소로 일그러지자 별안간 교장의 목소리가 들렸다.

"그 얼빠진 웃음은 뭐냐? 그렇게 웃지 않을 수는 없는 거냐?"

어떤 날은 차도가 있는 것도 같았지만, 대체로 한스의 건강 상태는 좀처럼 나아지는 기색이 없었다. 오히려 더 악화되는 듯 보였다. 그 옛날 그의 어머니를 치료하고 죽음을 선고했던 의사가 가끔 가벼운 중풍에 시달리는 아버지를 진찰하러 오곤 했다. 의사는 슬픈 얼굴로 한스에 대한 소견을 말하는 것을 하루하루 연기했다.

그 무렵에 한스는 비로소 라틴어 학교에 다니던 마지막 2년 동안 친구가 하나도 없었다는 사실을 깨달았다. 그 무렵의 친구들 중에는 없어진 사람도 있고, 견습공이 되어 돌아다니는 사람도 있었다. 그들 중 어느 누구도 연락이 없었고 누구에게 도움 청할 수도 없었다. 누구 하나 그에게 신경을 쓰는 사람이 없었다. 옛날 담임교사나 목사도 거리에서 만나면 친절하게 고개를 끄덕여주었지만, 그것은 벌써 한스와는 상관없는 관심이었다. 이제 그는 온갖 것을 집어넣어도 좋은 그릇이 되지 못하고 온갖 종자를 뿌려도 좋은 밭이 되지 못한다. 시간이나 마음을 그를 위해 쓴다는 것은 그들에게 아무 소용도 없는 일이었다.

목사가 한스를 좀 돌봐주었다면 아마 더 나아졌을지 모르지만, 그러나 그 사람인들 어떻게 할 수 있었을 것인가. 그가 줄 수 있는 것은 학문뿐이었다. 그게 아니라면 적어도 학문에 대한 탐구욕이었을 것이다. 그거라면 그 당시 하나도 남김없이 한스에게 주었을 것이고, 그 이상의 것은 갖고 있지도 않았다.

목사라 해도 그의 라틴어 지식은 누구든 확신을 가지고 덤벼들어도 당하지 못했지만, 그의 설교는 확실한 출처에 근거를 두고 있지 않았다. 또 온갖 괴로움에 대해서 친절한 눈매와 다정한 어조를 갖고 있어 역경에 빠진 사람들이 선뜻 달려가 의논을 할 수 있을 만한 그런 목사도 아니었다.

아버지 요제프 기벤라트도 한스에 대한 실망과 노여움

을 애써서 감추려고 노력은 했지만 그는 아들의 친구도 위안자도 아니었다.

그래서 한스는 모두에게 버림받고 사랑받지 못할 것이라고 생각하며, 아늑한 정원에서 햇볕을 쬐거나 숲속에 드러누워 몽상이나 잡념에 빠져들었다. 책을 읽어도 머리에 들어오지 않았다. 책을 들면 으레 머리와 눈이 쑤셨다. 어떤 책을 펼쳐도 곧장 답답했던 수도원 시절이 숨 막힐 듯 되살아나서 무시무시한 꿈의 한구석으로 몰아넣고는 이글이글 타는 듯한 눈초리로 거기에 결박하는 것이었다.

이런 괴로움과 소외감 속에서 또 다른 악마가 위안처로 가장하여 소년에게 다가왔다. 차츰 친해져서 그와 떼어놓을 수 없는 관계가 되어버렸다. 그것은 죽고 싶다는 생각이었다. 총 같은 걸 입수하거나 숲속 아무 데서나 목을 매는 것쯤은 쉬운 일이었다. 거의 매일같이 그 생각이 산책하는 그를 따라다녔다. 그는 마침내 외지고 아늑한 장소를 발견했다. 거기라면 마음 놓고 죽어 갈 수 있을 것 같았다. 한스는 그곳에서 목숨을 끊기로 작정했다. 몇 번이나 그곳을 찾아가서 주저앉은 채 언젠가 거기서 주검이 되어 뒹굴고 있을 자신의 모습을 상상했다. 또 남들에게 발견되는 모습을 허공에 그려보면서 말없는 쾌감마저 맛보았다.

목을 매달 줄과 나뭇가지를 정하고 그 탄력성도 시험해보았다. 방해가 되는 것은 하나도 없었다. 조금씩, 조금씩 아버지에게 보낼 짧은 편지와 헤르만 하일러에게 보낼 긴 편지를 썼다. 이 두 통의 편지는 이제 그의 시신 옆에서 발견될 것이다.

여러 가지 준비와 이제는 틀림없다는 생각은 그의 마음속에 좋은 영향을 주었다. 숙명의 나뭇가지 아래에 앉아 있노라면 종래의 그 압박감은 사라지고 어쩌면 기쁨에 넘친 쾌감에 포용되는 시간을 맛볼 수 있었다. 왜 진작 저 아름다운 나뭇가지에 목을 매달지 못했던가. 그 이유는 자신도 알수 없었다. 마음은 이미 정해졌고, 그의 죽음은 기정사실이 되어 있었다. 얼마 동안은 매우 좋았다

머나먼 여정에 오르기 전에 사람들이 그러는 것처럼, 최후의 며칠 동안은 아름다운 햇빛과 고독한 꿈을 마음껏 즐기자는 생각이 들었다 여정에 오르는 건 언제라도 할

수 있었다. 모든 일에 빈틈은 없었다. 그러나 자발적으로 조금만 더 지금까지의 환경에 머물러, 그의 위태로운 결심을 꿈에도 알지 못하고 있는 사람들의 얼굴을 구경하는 일은 일종의 쓰디쓴 쾌감이었다. 의사 선생을 만날 때마다 그는 생각했다.

'그래. 조금만 기다려봐.'라고.

운명은 그로 하여금 어두운 계획을 즐기게 하고, 그가 죽음의 술잔에서 매일같이 몇 방울의 쾌감과 생의 의욕을 맛보는 걸 지켜보고 있었다. 이미 만신창이가 된 젊은이는 아무래도 좋았으나 그래도 제 분수에 맞게 수명을 종결지어야 했다. 인생의 고뇌와 감미(甘味)를 좀 더 맛보기 전에 인생의 무대에서 사라질 수는 없었다. 엉겨 붙어 떠나지 않던 쓰디쓴 생각이 줄어들고, 자포자기하는 마음으로 괴로움도 없는 맥 빠진 권태감에 사로잡혔다. 그런 기분에 젖어 하루하루 시간을 덧없이 흘려보냈다. 멍하니 허공을 쳐다보면서 때로는 몽유병자와 같은 기분에 사로잡히고, 때로는 어린아이와 같은 마음이 되기도 했다. 나른하고 꿈결 같은 심정으로 어느 날 뜰의 전나무 아래에 앉아 우연히 머릿속에 떠오른 라틴어 시절의 시구를 되새기며 혼자 중얼거렸다.

아, 나는 너무나 지쳤네
아, 나는 너무나 고단하네
지갑에는 돈 한 푼 없고
주머니엔 엽전 한 닢 없네

이 시를 기억속의 멜로디에 맞춰 흥얼거렸고 벌써 이것으로 스무 번쯤 된다는 생각 외에는 아무것도 머릿속에 없었다. 그러나 창가에 서서 엿듣고 있던 그의 아버지는 깜짝 놀랐다. 그의 무뚝뚝한 성격으로는 이 덧없고 천하태평 같은 단조로운 노래를 전혀 이해할 수 없었다. 그것이 절망적인 정신병의 징조라고 탄식하며 그때부터 아들을 이전보다 더 신경질적으로 바라보았다. 아들은 물론 그것을 눈치채고 괴로워했다. 그러나 아직은 새끼줄로 그 단단한 나뭇가지에 목을 매는 데까지 이르지는 못했다.

그러는 동안 다시 무더운 여름이 찾아왔다. 즉 주 시험과 여름방학 이후로 벌써 1년이 지나간 것이다. 한스는 때때로 그때 일을 생각했으나 별로 감흥이 일지는 않았다. 그의 감각은 상당히 무뎌져 있었다. 어떤 때는 낚시를 하러 가고 싶었으나 차마 아버지에게 말할 용기가 나지 않았다. 물가에 서 있을 때마다 고통스러웠다. 그러면서도 아무도 보지 않는 강가에 오래 머물며 두 눈을 빛내면서 소리도 없이 헤엄치는 시커먼 고기 떼의 움직임을 보았다. 저녁에는 매일같이 윗마을로 헤엄치러 갔다. 그때마다 검사관 게슬러의 작은 집 옆으로 지나가야 했다. 3년 전에 그토록 좋아했던 엠마 게슬러가 집에 돌아와 있었다.

한스는 호기심을 가지고 엠마를 두어 번 만나 바라보았으나 전처럼 마음에 들지는 않았다. 그때는 부드러운 몸집이며 아주 날씬한 몸매를 가진 소녀였는데, 지금은 몸집이 어딘가 이상하고, 소녀답지 않게 머리를 묶고 있었다. 그것이 엠마를 꼴사납게 만들었다. 길게 늘어뜨린 옷차림도 어울리지 않았다. 숙녀답게 보이려는 여러 가지 노력이 모두 허사였다. 한스는 그녀가 우습게 보였다. 옛날에 그녀를 볼 때마다 얼마나 독특하고 감미롭고 말할 수 없이 벅찬 기분에 도취되었던가를 떠올리면 슬픈 감정이 들었다.

그때는 모든 것이 지금과 달리 훨씬 아름답고 신선했다. 오랫동안 그는 라틴어와 역사, 그리스어, 신학 그리고 두통도, 아무것도 모르는 채 살아왔다. 그때는 아담한 정원에서 물레방아가 돌아가고 있었고, 저녁때는 나솔트의 집 문간에서 리제가 들려주는 모험담을 함께 들었다. 가리발디라고 불리던 이웃 노인 그로스 요한을 강도 살인범으로 오인해 망상한 적도 있었다. 일 년 열두 달 내내 뭔지 모르는 즐거움이 한창 넘쳤다. 건초를 만드는 일이라든지, 풀베기라든지, 첫 낚시질과 천렵이라든지, 홉을 수확하고 감자를 구워먹던 일이며 보리타작을 하는 일 등 즐거운 일뿐이었다. 그리고 그 사이에 야외로 놀러가는 즐거운 일요일과 명절이 더없이 기다려졌다.

그때는 그 밖에도 이상한 매력으로 그를 끌어당기는 일이 얼마든지 있었다. 집과 골목길, 계단, 창고 바닥, 샘물, 울타리를 비롯하여 온갖 사람과 동물 따위를 좋아하고 사랑했다. 설사 사랑하지 않았다 해도 그런 것들은 뭐라고 말할 수 없는 힘으로 그를 유혹했다. 홉을 수확할 때는 그도 일을 도왔다. 그리고 노동요의 가사를 외웠다. 대개 우스운 노래가 많았으나 듣고 있으면 목이 저절로 멜 만큼 애달픈 노래도 있었다.

그런 여러 가지 것이 어느 사이엔가 자취를 감춰버리고 말았다. 먼저 리제의 집에서 저녁 시간을 보내는 일이 없어졌다. 그다음엔 일요일 오전의 낚시질이 중지되고, 동화책을 읽지 않게 되었다. 이런 식으로 하나씩 중단되어 홉을 수확하는 일도, 뜰 안의 물레방아도 멈추고 말았다. 아, 그것들은 지금 다 어디로 가고 없는 것일까?

조숙한 소년 한스는 병든 나날을 보내는 가운데 비현실적인 제2의 유년시절을 맛보게 되었다. 선생들에게 유년 시절을 빼앗긴 그는 지금 갑자기 넘쳐흐르는 그리움을 안고 꿈결처럼 아름다운 시절로 도망쳐 회상의 숲속을 마법에 걸린 사람처럼 헤매고 다녔다. 그 회상의 강렬함과 밝은 빛은 아마 병적인 것이었는지도 모른다. 옛날에 직접 경험하던 때 못지않게 열정적으로 온갖 것을 맛보았다. 기만당하고 억압받았던 유년 시절이 오랫동안 막혀 있던 샘물과도 같이 그의 마음속에서 용솟음쳐 올랐다.

한 그루 나무는 줄기를 잘라내면 뿌리 가까이에 새순을 내는 것이 보통이다. 그와 마찬가지로 어린 시절에 시달리고 상처받은 영혼은 꿈 많은 봄날 같은 어린 시절로 돌아갈 때가 많다. 뿌리 가까이에 자란 새순은 수분이 풍부하여 무럭무럭 성장해 가지만, 그것은 겉모양에 지나지 않으며, 다시 나무가 될 수는 없다.

한스 기벤라트도 같은 전철을 밟았다. 따라서 동심의 나라에서 그가 걸어온 꿈의 발자취를 약간 더듬어볼 필요가 있다.

기벤라트의 집은 오래된 돌다리 근처에 있었다. 그 집은 전혀 다른 두 골목길 모퉁이에 자리하고 있었다. 맞은편은 마을에서도 가장 길고 폭이 넓은 도로로, '게르버길'이라고 불렸다. 또 하나는 경사가 급한 오르막길인데, 짧고 좁고 보잘것없어 '매의 길'이라고 불렸다. 오래전에 문을 닫았지만 '매'를 간판으로 내걸었던 낡은 음식점 간판에서 그 이름을 딴 것이었다.

게르버 길에는 선량하고 건실한 토박이들이 살고 있었다. 누구나 다 자기 소유의 집과 가족 묘지 그리고 집에 딸린 뜰을 갖고 있었다. 그들 집 뒤의 언덕에 가파르게 층계가 나 있고, 그 울타리는 1870년에 만들어진, 황색 금잔화로 뒤덮인 철둑과 경계를 이루고 있었다. 품위 면에서 게르버 길과 겨룰 수 있는 것은 마을 광장뿐이었다. 거기에는 교회, 시청, 법원, 읍사무소, 교구청 등이 자리해서 깨끗하고 품위기 있었으며, 도회지 같은 고상한 인상을 주었다. 게르버 길에는 공공건물 같은 건 없지만 훌륭한 현관문이 달린 주택, 아름다운 고딕식 나무뼈대에 벽돌을 쌓아올린 집과 말쑥하고 밝은 박공지붕들이 늘어서 있었다. 게다가 집들이 한 줄로만 이어져서 거리에 친근함과 쾌활함, 밝은 분위기를 더해주었다. 거리 너머에는 널빤지 울타리 아래로 강이 흐르고 있었다.

길고 넓은 게르버 길이 밝고 우아하다면, '매의 길'은 그것과 정반대였다. 여기저기 줄지어 있는 집들은 기울어져서 어둡고, 담벼락에 바른 석회는 얼룩이 져서 이지러져 있었다. 지붕 마구리는 앞으로 숙어져 납작해진 모자를 연상케 했다. 문이나 창문은 사방이 뒤틀려 나무토막으로 적당히 이어놓았으며 난로의 연통은 구부러지고 홈통은 망가져 있었다. 집들은 자리와 빛을 더 확보하겠다고 서로 다투고, 골목길은 이상하게 좁고 굽어서 영원히 벗어나지 못할 암흑에 싸여 있는 것만 같았다. 비가 오거나 해가 진 뒤에는 더욱 침침하고 지저분한 어둠에 휩싸였다. 집집마다 창문 밖에 막대기와 줄을 걸고 언제나 빨래를 늘어놓았다. 골목길은 아주 좁고 보잘것없었으며, 세 들어 살고 있는 사람들이나 하숙생들은 별개로 하더라도 실로 많은 세대가 살고 있었다.

기울어지고 허물어져 가는 집들 구석구석에 사람들이 몰려 살고 있었다. 가난과 악습과 병마가 그곳에 진을 치고 있었다. 경찰이나 병원은 마을의 다른 곳보다 '매의 길'의 몇 안 되는 집들 때문에 더 시달렸다. 티푸스가 발생했다 하면 그곳이요, 살인이 있었다 하면 그곳이었다. 읍내에 도난사건이 발생하면 경찰들은 우선 '매의 길'을 찾았다. 유랑의 행상인은 그곳을 여관으로 삼고 있었는데, 그중에는 익살맞은 화장품장수 호테호테나, 갖가지

범죄나 악습의 장본인이라고 입에 오르내리는 아담 히텔도 있었다.

학교에 들어가고 처음 몇 해 동안 한스는 때때로 '매의 길'을 찾아가는 손님이었다. 엷은 금발에 누더기 옷을 입은 한 무리의 아이들과 함께 나쁜 소문이 돌고 있는 로테 플로뮐러가 들려주는 살인 이야기를 들으러 가곤 했다. 그녀는 작은 여관집 주인과 헤어진 뒤 5년 동안 징역을 살고 나온 여인이었다. 옛날에 사람들에게 꽤 알려진 미인으로, 직공들 중에 많은 정부를 거느리고 있었다. 그래서 자주 추문이라든가 칼부림이 일어나고는 했다. 그녀는 지금 혼자 살면서 공장 문이 닫히면 커피를 끓이고 이야기를 하면서 저녁을 보냈다.

그녀는 언제나 문을 활짝 열어놓고 지냈기 때문에 아낙네들이나 젊은 노동자들 외에도 근처에 사는 아이들이 문지방 너머로 겁에 질린 파리한 얼굴을 하고서 그녀의 이야기를 황홀하게 들었다. 그럴 때면 조그맣고 까만 돌 아궁이에서 냄비의 물이 끓고, 그 옆에 기름 촛불이 타오

르며, 파란 숯불과 함께 괴상하게 흔들리는 불꽃이 만원
이 된 어두운 방 안을 비추어 듣는 사람들의 그림자를 커
다랗게 천장과 벽에 던지며 유령 같은 움직임을 방 전체
에 그려내는 것이었다.

이 집에서 여덟 살 난 소년 한스는 핑켄바인 형제와 알
게 되었다. 약 1년 동안 아버지의 엄격한 금지령을 어기고
한스는 그들과 가까이 지냈다. 그 형제는 돌프와 에밀로,
마을에서 제일 잔꾀가 많은 골목대장이었다. 과일 서리를
하고 작은 산짐승을 사냥하기로 유명해서 누구 하나 모르
는 사람이 없었다. 무수한 잔꾀로 범죄를 저지르거나 장
난을 치는 데 빈틈없는 명수였다. 그들은 가끔 새알을 채
집하거나 납구슬로 새끼 까마귀, 찌르레기, 토끼 등을 잡
아서 팔기도 하고, 법으로 금지된 밤낚시를 즐기기도 했
다. 아무리 높고 날카로운 유리조각을 촘촘히 박아놓았다
하더라도 쉽게 담을 넘었다.

그러나 '매의 길'에 살면서 누구보다도 먼저 한스와 친
구가 된 것은 헤르만 레히텐하일이었다. 그는 고아에다
몸에 장애가 있었으며 유달리 조숙했다. 한쪽 다리가 짧

아서 언제나 지팡이를 짚고 다녀야만 했는데, 그래서 아이들의 놀이에 낄 수가 없었다. 그는 항상 야위고 혈색이 좋지 않은 병든 안색이었으며, 나이에 어울리지 않는 무뚝뚝한 입술과 뾰족한 턱을 가지고 있었다. 손재주가 있어서 무엇을 하든 서툰 법이 없었다. 특히 낚시에는 굉장한 열정이 있었다. 그 열정은 한스에게로 옮아갔다.

한스는 그때까지 낚시 허가증이 없었다. 그래서 남의 눈에 띄지 않는 곳에서 몰래 낚시질을 하고는 했다. 사냥을 하는 것이 일종의 기쁨이라면, 법의 눈을 피해서 고기를 잡는 것은 더없는 즐거움이었다. 절름발이 레히텐하일은 한스에게 낚싯대를 자르는 법과 낚싯줄로 쓸 말총을 고르는 법, 낚싯바늘 가는 법 등을 가르쳐주었다. 그리고 날씨 보는 법, 물을 관찰하는 법, 미끼의 선택법과 그것을 다는 법, 고기를 낚는 법, 실을 적당한 깊이까지 풀어주는 방법 등 여러 가지 비법을 전수해주었다. 그는 말로만 하지 않고 현장에서 시범을 보여줌으로써 줄을 당기거나 늦추는 순간의 호흡, 군침이 저절로 삼켜지는 느낌, 손에 닿는 신비로운 감촉까지 가르쳐주었다. 그는 가게에서 살 수 있는 보기 좋은 낚싯대나 코르크, 유리를 먹인 실 등 인공적인 낚시 도구를 핏대를 세우고 멸시하고 깔보았다. 자신이 하나하나 손수 만든 낚시 도구가 아니면 낚시를 할 수 없다는 주관을 한스에게도 주입시켰다.

핑켄바인 형제와 한스는 한바탕 싸우고는 헤어졌다. 말이 없던 절름발이 레히텐하일은 싸우지도 않고 한스를 떼어놓고 말았다. 2월 어느 날, 지팡이를 의자 위에 올려놓은 채 초라한 침대에 손발을 뻗고 누워서 고열에 시달리다가 끝내 소식도 없이 죽어버렸다. '매의 길'에 사는 사람들은 소년이 죽었다는 사실을 며칠도 못 가서 잊어버리고 말았다. 한스만이 오랫동안 레히텐하일을 그리워하며 떠올리곤 했다.

'매의 길'에 사는 별난 주민들은 레히텐하일이 사라진 정도로 그리 쉽게 인원수를 줄이지 않았다. 술주정 때문에 목이 달아난 우편배달부 레텔러를 모르는 사람이 있을까! 그는 2주에 한 번씩 곯아떨어져 길바닥에 드러눕기 일쑤였고, 밤중에 큰 소동을 일으킨 적이 여러 번 있었다. 그는 보통 때는 어린애처럼 선량하고 다정한 웃음을 머금고 있었다. 그는 한스에게 달걀처럼 생긴 상자에서 코담배 냄새를 맡게 했고, 때로는 그에게서 고기를 얻어 버터를 바른 뒤에 튀겨서 같이 먹기도 했다. 그에게는 유리 눈을 박아서 박제한 솔개와 가냘프고 고운 소리의 춤곡이 나오는 낡은 시계가 있었다.

그리고 맨발로 걸어 다닐 때도 빈드시 커프스를 달고 다닌 팔순 고령의 기계공 포르슈를 모르는 사람이 있을까! 그는 옛날 엄격했던 공립학교 선생의 아들이라 성서를 절반이나 외웠다. 게다가 격언이며 도덕적인 잠언 같은 것들을 진저리가 날 정도로 외우고 있었다. 백발을 하고서도 아낙네들 앞에서는 바람둥이 행세를 했으며, 술을 마실 때마다 곯아떨어져 말썽을 부렸다. 조금만 취해도 기벤라트의 집 모퉁이의 축대에 걸터앉아서 행인들의 이름을 일일이 불러서는 속담을 들려주고는 했다.

"꼬마 한스 기벤라트, 자, 내 말을 들어봐! 지루하(기원전 2세기경의 예루살렘 사람. 종교와 도덕의 격언 수집가)가 가로되, 그릇된 충고를 하지 않고 언짢은 마음을 갖지 않는 자는 행복하니라. 아름다운 나무의 잎과 같아 어떤 것은 떨어지고 어떤 것은 다시 자란다. 사람도 이와 같다. 어떤 사람은 죽고 어떤 사람은 태어나느니라. 그래, 이제 가도 좋다. 이 물개 같은 녀석아."

포르슈 영감은 그 경건한 잠언을 한 자도 틀리지 않았다. 도깨비나 그런 류의 괴상한 전설 같은 이야기도 곧잘 했다. 그는 도깨비가 나오는 곳을 알고 있었다. 그리고 언제나 자기가 한 이야기의 진위를 혼동했다. 대개의 경우 듣는 사람을 희롱이라도 하듯이 허풍을 떨었으나, 그 이야기는 회의적이며 너무나 과장되어 있었다. 이야기를 하는 도중에 무섭다는 듯이 몸을 움츠리고 소리를 낮춰서 끝냈는데, 그것은 아주 나직하여 소름이 쫙 끼칠 듯한 귀엣말이 되고는 했다.

이 초라한 길에는 얼마나 많은 끔찍하고 불분명하며 자극적인 일들이 숨어 있었던가. 자물쇠 장수 브렌토레는 폐업 후 방치된 일터가 황폐해지고서도 이 거리에 살고 있었다. 그는 언제나 반나절 동안은 창가에 앉아서 부산한 거리를 우울하게 내다보았다. 때때로 허술한 차림의 이웃 아이들이 한 명이라도 그의 손에 붙들리기만 하면,

245

야수 같은 그의 손아귀에 눌려 귀나 머리털을 뜯겼다. 온
몸이 파랗게 멍들 정도로 꼬집히기도 했다. 그런데 어쩐
일인지 어느 날 그는 철사에 목이 졸린 채 계단에 대롱대
롱 매달려 죽고 말았다. 너무나 처참한 모습이어서 누구
하나 가까이 가보려고 하지 않았다. 기계공 포르슈 영감
이 겨우 뒤에서 철사를 펜치로 끊었다. 그러자 혓바닥을
쏙 빼문 시체가 앞으로 고꾸라지며 계단을 굴러 놀란 구
경꾼들 한가운데로 떨어졌다.

한스는 밝고 넓은 게르버 길에서 컴컴한 '매의 길'로 들
어설 때마다 이상하고 섬뜩한 기분이 들었다. 유쾌한 것
같기도 하고 무섭기도 한 것 같은 긴박감이라든지 호기
심, 공포, 양심의 가책, 모험적인 기쁨에 두근거리는 불안
감이 뒤죽박죽되어 그를 억눌렀다. '매의 길'은 전설이나
기적 또는 듣지도 보지도 못한 끔찍한 일들이 일어날 수
있는 유일한 장소였다. 또 마법이 펼쳐지거나 악마 같은
것들이 으레 나타날 것 같은 유일한 장소이기도 했다. 그
곳은 전설이나 민망한 로이틀링의 통속소설을 읽을 때처
럼 괴롭기는 하지만 감미로운 두려움을 느낄 수 있는 곳

이었다. 선생들에게 빼앗긴 로이틀링의 통속소설에는 존 넨비르틀레와 피혁범 한네스, 칼잡이 칼레, 역마차 습격 범 미헬 등 암흑가의 영웅과 중죄수와 모험가들의 죄상과 처벌에 관한 이야기가 실려 있었다.

'매의 길' 외에도 아늑한 장소가 있었다. 그곳은 다른 데와는 아주 달랐다. 뭔가 체험해볼 수도 있고 들어볼 수 도 있는 곳이며, 캄캄한 마룻바닥이나 기묘한 방 안에 앉 아서 자신을 망각해볼 수도 있는 곳이었다.

바로 근처에 있는 큰 피혁 공장으로, 그곳은 낡았지만 거대한 건물이었다. 어둠이 짙은 그곳 창고에는 커다란 가죽이 매달려 있었다. 또 그곳의 지하실에는 비밀 동굴 과 통행금지 구역이 된 통로가 있었다. 저녁때가 되면 '리 제'라는 여자가 그곳에서 아이들에게 아름다운 동화를 들 려주었다. 그곳은 건너편 '매의 길'보다 조용하고 친밀성 이 있고 인간미가 있었지만, 수수께끼를 가득 품고 있다 는 점에서는 그곳과 별다른 것이 없었다.

피혁 직공들이 굴이나 지하실, 무두질하는 방에서 일하

는 모습은 아주 독특하고 기이해 보였다. 하품을 하듯이 입을 벌린 큰 방은 조용하고 소름이 끼칠 정도였지만, 그에 못지않게 매력도 있었다. 그들은 우악스럽고 무뚝뚝한 주인을 식인종처럼 무서워하며 꺼렸다. 리제는 이처럼 별난 집을 마귀처럼 돌아다녔다. 그녀는 모든 어린이와 새들, 고양이와 강아지의 보호자이자 어머니였다. 악을 모르는 이 여인은 이상할 정도로 동화와 노래를 많이 알고 있었다.

지금 한스의 생각과 꿈은 벌써 오래전에 떠나왔던 이러한 세계로 되돌아가 있었다. 커다란 환멸과 절망 속에서 그는 행복했던 지난 시절로 도망쳐 갔다. 그때는 그래도 희망이 넘쳤고, 눈앞의 세계가 무시무시한 위험과 마법에 걸린 보물, 신비스러운 에메랄드 궁전을 깊숙이 감추고 있는 비밀스러운 거대한 요괴들의 숲처럼 보이기도 했다. 이 신비의 세계에 발을 들여놓았으나 한스는 기적이 나타나기 전에 지쳐버리고 말았다. 그는 다시 수수께끼 같은 컴컴한 입구에 섰으나, 이번에는 내쫓긴 자로서 할 일 없는 호기심을 품고 서 있는데 지나지 않았다.

한스는 '매의 길'을 두세 번 찾아갔다. 그곳엔 여느 때와 마찬가지로 짙은 어둠과 악취, 골방 그리고 빛 하나 새어들지 않는 계단이 있었다. 이름뿐인 대문 앞에는 노인들이 지금도 앉아 있었다. 그리고 누더기를 걸친 엷은 금발의 아이들이 소리를 지르며 뛰어다녔다. 기계공 포르슈 영감은 더 나이가 들어 이제는 한스가 정중히 인사해도 조롱으로 답할 뿐이었다. 가리발디라고 불린 그로스 요한은 이미 세상을 떠난 뒤였고, 우편배달부 레텔러는 아직 살아 있었다. 그는 한스에게 담배를 권한 다음 뭘 좀 빼앗아보려고 했다. 마지막에 그는 핑켄바인 형제 이야기를 들려주었다. 하나는 담배 공장에 들어갔는데 벌써 어른처럼 말술을 마시고, 또 하나는 교회 축성식에서 칼부림을 하고 도망쳐서 1년 전부터 행방을 감추었다고 했다. 모든 것이 비참하고 슬픈 인상을 남겼다.

한스는 어느 날 밤 피혁 공장으로 가보았다. 잃어버린 유년 시절의 모든 것이 낡고 큰 건물에 기쁨과 함께 숨어 있는 듯해, 대문을 지나 침침한 안뜰을 가로질러서 이곳저곳으로 걸음을 옮겼다.

굽은 계단과 자갈을 깐 현관을 지나 캄캄한 계단으로 내려가 더듬으면서 무두질 방으로 갔다. 그 방에는 가죽이 펼쳐진 채로 매달려 있었다. 그는 지독한 가죽 냄새와 별안간 끓어오르는 추억의 냄새를 들이마셨다. 그는 다시 피혁용 기름 단지와 기름 찌꺼기를 말리기 위해 만들어놓은 상당히 높고 좁은 지붕을 이은 선반이 있는 데로 가서 뒤뜰로 나갔다. 벽에 붙은 의자에 리제가 앉아서 감자 한 바구니를 놓고 껍질을 벗기고 있었다. 아이들 서넛이 그녀를 둘러싼 채 이야기에 귀를 기울이고 있었다.

한스는 캄캄한 문간에 서서 그쪽에 귀를 기울였다. 황혼이 짙어 피혁 공장은 아늑한 평화에 싸여 있었다. 마당의 담벼락 뒤로 흐르는 강물의 가냘픈 속삭임과 칼로 감자를 벗기는 소리 그리고 리제의 목소리만 들릴 뿐이었다. 아이들은 조용히 웅크리고 앉아서 군침을 흘리며 열심히 이야기를 경청하고 있었다. 리제는 밤중에 한 무리의 아이들이 강 저쪽에서 성 크리스토포루스를 부르고 있다는 이야기를 들려주고 있었다.

한스는 잠시 듣다가 어두운 현관을 살짝 빠져나와 집

으로 돌아갔다. 그는 두 번 다시 어린이가 될 수 없다는 것과 저녁때 피혁 공장에서 리제 곁에 앉아 이야기를 들을 수 없다는 사실을 깨달았다. 그는 그때부터 더는 피혁 공장이나 '매의 길'에 가지 않겠다고 결심했다.

6장

이제 가을도 한창이었다. 캄캄한 전나무 숲속에서는 듬성듬성한 활엽수가 노랗고 빨간 횃불처럼 빛나고 있었다. 개울에는 새벽녘의 찬 기온으로 짙은 안개가 서렸다.

옛날의 신학교 학생은 창백한 얼굴로 여전히 교외를 헤매고 다녔다. 누가 보아도 내키지 않는 걸음걸이였고 피곤한 것 같기도 했다. 사귀려면 얼마든지 상대해줄 사람도 있었지만 굳이 다가가기를 꺼렸다. 의사는 물약과 간유와 달걀과 냉수마찰을 처방했다.

아무것도 효과가 없었다는 것은 별로 이상한 일이 아니었다. 아무래도 건강한 생활에는 내용과 목표가 없으면 안 되는데, 젊은 기벤라트는 그것을 상실하고 만 것이다. 그의 아버지는 한스를 서기로 취직시키든가 기술이라도 가르쳐보려고 했으나 아들이 아직 허약했기 때문에 먼저 원기를 북돋아주려 했다. 사실 그보다 우선은 진심으로 아들의 앞날을 걱정해야 좋았을 것이다.

처음에 한스의 마음을 뒤흔들었던 싱념들이 차츰 누그러져 자살 기도를 스스로 그만두게 된 이래, 그는 흥분과 불안 상태에서 점차 외곬의 우울증에 빠져들었다. 그리고 맥없이 천천히 그 속에 가라앉았다.

그는 가을 들판을 헤매고 다니며 계절의 영향에 굴복하고 말았다. 시들어 가는 가을, 고요히 떨어지는 낙엽, 갈색으로 짙어 가는 초원, 짙은 아침 안개, 무르익은 채로 죽어 가는 온갖 식물이 병자처럼 그를 무겁고 절망적인 감정으로 몰아갔다. 그는 같이 잠들고 싶다는, 같이 죽고 싶다는 소망의 포로가 되었다. 그러나 그의 젊음은 그것을 거부하고 끊임없이 삶에 집착하게 하니 더욱 괴로운 일이었다.

나뭇잎들이 노랗게 변했다가 갈색이 되고, 그러다가 빨

갛게 변해 가는 모습과 함께 숲속에서 뭉게뭉게 피어오르는 우윳빛 안개를 바라보았다. 또 들을 하염없이 바라보기도 했다. 마지막 과일 수확이 끝난 뒤 생명을 잃고 시들어 가는 들판은 이제 돌보는 이도 없었다. 그리고 수영과 고기잡이가 모두 끝나고 시든 이파리에 덮여 있는 강물을 보았다. 그 차가운 강가에서 견뎌낼 수 있는 이는 강인한 피혁공들뿐이었다.

며칠 전부터 강물에 많은 과즙 찌꺼기가 떠내려가고 있었다. 그도 그럴 것이, 과즙을 짜는 공장이나 물방앗간에서 지금 과즙 짜기가 한창이라 어느 거리에서나 발효되기 시작하는 과즙 향이 진동했다. 아랫마을 물방앗간에서도 구두장이 플라이크 씨가 작은 압착기를 빌려 한스와 함께 과즙을 짰다.

물방앗간 앞뜰에는 크고 작은 압착기와 달구지, 과실이 가득 담긴 바구니와 자루, 들통과 양재기와 항아리, 산더미 같은 갈색 찌꺼기, 나무지렛대와 손수레, 비어 있는 운반 도구 따위가 어지럽게 널려 있었다. 압착기가 돌아가며 끙끙거리고 삐걱댔다. 앓는 소리를 하거나 떠는 소리

257

를 내며 쉴 새 없이 돌아갔다. 압착기엔, 대개 초록색 바니스 칠이 되어 있었다. 이 초록색은 황갈색 사과 찌꺼기와 바구니 색깔, 연초록빛 강물과 맨발로 뛰는 아이들, 맑은 가을 하늘과 어우러져 보는 이에게 기쁨과 생의 쾌감과 만족감, 유혹적인 인상을 불러일으켰다.

사과들이 으깨지고 부서지는 소리에 신맛이 돌아 저절로 입 안에 침이 흥건히 고였다. 옆에서 그 소리를 듣고 있으면 얼른 사과를 집어 들어 한 입에 덥석 베어 물지 않을 수 없었다. 대롱 속에서 굵은 물기둥을 이루며 신선하고 달디단 과즙이 햇빛에 적황색으로 웃으며 흘러내렸다. 여기 와서 그 광경을 보는 이는 그 자리에서 한 잔을 청해 마셔보지 않을 수 없었다. 그리고 그 자리에 그냥 버티고 서서 눈물을 글썽이며 감미롭고 유쾌한 물결이 전신에 퍼지는 것을 느꼈다. 그럴 때면 으레 감미로운 과즙 향이 즐겁고도 강하고 달콤하게 주위를 가득 채웠다.

이 향기야말로 성숙과 추수의 정수로, 연중 가장 아름다운 것이었다. 다가오는 겨울을 앞두고 그 향기를 맡는

다는 건 확실히 즐거운 일이었다. 과즙 향을 맡으면 감사하는 마음으로 수많은 즐겁고 훌륭한 것—가령 포근한 5월의 비, 쏴쏴 쏟아지는 여름날의 비, 가을날의 아침 이슬, 부드러운 봄날의 햇빛, 따갑게 내리쬐는 한여름의 뙤약볕, 하얗고 빨갛게 빛나는 꽃들, 수확하기 전 잘 익은 과일들의 적갈색 광택—그리고 그 사이사이 사계절의 변화가 가져다주는 온갖 아름다운 감각이며 즐거운 일을 회상하게 된다.

누구에게나 멋진 나날이었다. 부자나 성공한 사람도 그때만큼은 보통 사람들처럼 직접 밖으로 나와 잘 여문 사과를 손에 들어 무게를 재보기도 하고, 한두 묶음씩 자루를 세어 보기도 했다. 그리고 은으로 만든 술잔으로 맛을 보면서 과즙 속에 물이 한 방울이라도 들어가면 안 된다고 일렀다. 가난뱅이들은 사과가 한 자루밖에 없었으므로 컵이나 사방에 널려 있는 그릇으로 맛을 봐 가며 과즙에 물을 탔다. 그러나 그들의 만족과 기쁨은 부자와 다르지 않았다. 무슨 이유에서인지 과즙을 짤 수 없는 사람은 잘 아는 이나 압착기가 있는 이웃집을 돌아다니며 한 잔씩 얻어 마시고는 그 기회에 사과도 조금씩 얻었다. 그리고 제 딴에는 그 맛을 안다는 듯 한바탕 떠들어댔다. 가난한 집 아이들이나 잘 사는 집 아이들이나 하나같이 작은 컵을 들고 뛰어다녔다. 모두 먹다 남은 사과와 빵 한 조각을 갖고 있었다. 과즙을 짤 때 빵을 실컷 먹어두면 나중에 배탈이 나지 않는다는 밑도 끝도 없는 전설이 예부터 전해 내려오기 때문이었다.

아이들의 소동은 별개로 하더라도 수많은 고함 소리가 뒤얽혔다. 그런 소리는 하나같이 분주하고 흥분과 기쁨에 들떠 있었다.

"하네스, 이리 와! 나 있는 데로! 한 잔만 마셔, 응?"

"정말 고맙네. 하지만 나는 벌써 배탈이 날 지경인걸."

"백 파운드에 얼마나 줬나?"

"4마르크요. 하지만 최고급이지. 자, 맛 좀 보게나."

때때로 약간 귀찮은 일도 일어난다. 사과를 담은 자루가 터져서 그것이 땅바닥에 몽땅 쏟아져 뒹구는 일 말이다.

"이거 큰일이다. 사과가! 좀 도와줘요!"

모두들 힘을 모아 주워 모으지만 그중 몇몇 아이들은

그 사이에 슬쩍하려고 했다.

"야, 이놈들아! 가져가지 마라. 먹고 싶으면 양껏 먹어! 하지만 먹은 걸 집어넣으면 안 돼. 거기 있어. 이 녀석들아."

올해도 빠져서는 안 될 채신머리없는 노인들 서넛이 얼굴을 내밀었다.

"여, 이웃 친구! 거만하게 굴지 말고 좀 거들어봐!"

"꿀맛 같아. 진짜 꿀 같은데! 자네는 얼마나 만들었어?"

"두 통뿐이야. 하지만 전부 최고급이지."

"한여름에 짜지 않은 것이 다행이지. 여름 같으면 벌써 다 먹어 치우고 말았을 거야."

그들은 요 몇 년 동안 과즙을 직접 짜지는 않았지만 모르는 것이 거의 없었다. 그들은 곧잘 먼 옛날 일을 이야기했다. 그때는 과일 같은 건 거의 공짜로 얻어먹을 수 있었다는 이야기였다. 무엇이든 지금보다 값이 싸고 품질도 꽤 좋았으며, 설탕을 넣는 걸 통 몰랐다고 했다. 또 무엇보다 그 당시는 나무에 달리는 열매 개수조차 달랐다고 했다.

"그땐 그래도 추수라고 떠들 수 있었지. 내게도 사과나무가 있었지 않나. 그게 한 그루에 500파운드나 열리곤 했거든."

시세가 그토록 나빠지기는 했어도, 그 채신머리없는 노인들은 올해도 과즙을 실컷 마시고 몇 개 남지 않은 이로 사과를 오물오물 갉아먹었다. 그뿐인가. 심지어 큰 배를 서너 개 억지로 뱃속에 집어넣었다가 가엾게 배탈이 난 노인도 있었다.

"정말이야."

그는 변명했다.

"옛날에는 이런 것쯤이야 열 개도 문제없었다고."

그러고는 거짓 아닌 한숨을 내쉬면서 큰 배 열 개를 먹어도 배탈이 나지 않았던 그 시절을 회상하고는 했다.

플라이크 씨는 혼잡한 사람들 가운데에 압착기를 놓고 나이 든 수습공을 부리고 있었다. 그는 사과를 바덴 주에서 사들였기에 그의 과즙은 매년 최고급이었다. 그는 회심의 미소를 지으며 조금씩 시식하는 것을 막지 않았다. 그의 아이들은 더 좋아했다. 그리하여 행복이 가득한 얼굴로 근방을 이리저리 뛰어다녔다. 그러나 누구보다 그의 수습공이 제일 희열에 차 있었다.

그의 수습공은 두메산골의 가난한 농가 태생이었다. 그러므로 집 밖에서 마음대로 움직이며 일할 수 있는 것을 무엇보다도 좋아했다. 최고급 과즙 맛도 그에게는 별미였다. 건강한 이 시골청년은 익살꾼같이 이를 드러내며 웃었다.

압착장에 왔을 때 한스 기벤라트는 조용했으나 알 수 없는 불안에 휩싸여 있었다. 그는 억지로 그 자리에 나가게 되었다. 맨 처음 압착기에서 나온 과즙을 한 잔 얻어마셨는데, 잔을 건네준 사람은 나슐트 집안의 리제였다.

그는 맛을 보았다. 과즙 한 모금이 목구멍을 자극하자 달콤하고 감미로운 맛과 함께 어릴 적 어느 가을날의 즐거운 향수가 되살아났다. 동시에 여러 사람과 어울리며 느꼈던 기분을 다시 맛보고 싶다는 욕망도 일어났다. 아는 사람들이 그에게 말을 걸어오며 과즙이 담긴 컵을 건넸다. 플라이크 씨의 압착기가 있는 데까지 갔을 때는 벌써 흥겨운 분위기 속에서 과즙의 포로가 된 듯 기분도 좋아졌다. 아주 명랑해져서 구두장이에게 인사하고 사람들에게 익살도 부려보았다.

플라이크 씨는 놀라움을 감추고 그를 반갑게 맞이했다. 반시간쯤 지났을 때 파란 스커트를 입은 여자가 그곳으로 왔다. 그녀는 플라이크 씨의 수습공에게 웃음을 던지곤 일을 거들었다.

"응, 그래."

구두장이는 말했다.

"이 아이는 하일브론에서 온 내 조카딸이란다. 물론 이 아이의 고향에도 포도밭이 많지만 우리와는 아주 딴판으로 추수를 하지."

그 여자는 열여덟 아니면 열아홉쯤 되었을까? 저지(低地) 지방 여자답게 몸놀림도 빠르고 쾌활했다. 키는 그리 크지 않았지만 몸매도 좋고 나무랄 데가 없었다. 둥근 얼굴에 정열적인 까만 눈동자와 입 맞추고 싶은 예쁜 입술이 쾌활하고 영리해 보였다.

아무튼 그녀는 건강하고 명랑한 하일브론 출신 같기는 했지만, 신앙심 깊은 구두장이의 친척 같지는 않았다. 그녀는 철저히 세속적인 여자였다. 그녀의 눈빛은 아무래도

밤마다 성경을 읽고 고스너의 금언집을 읽는 사람의 그것
같지는 않았다.

한스는 별안간 우울한 감정에 빠지고 말았다. 엠마가
가주기를 마음속으로 빌었으나 그녀는 자리를 뜰 생각이
전혀 없는 듯 웃고 조잘거리며 거의 모든 사람의 농담에
일일이 응수하고 있었다. 한스는 부끄러워 아무 말도 하
지 않았다.

관심 있는 여자와 이야기할 때는 '당신'이라고 불러야
되지만, 그에게는 아무래도 어울리지 않는 말이었다. 게
다가 엠마는 지나치게 쾌활했다. 그의 존재라든가 그가
느끼는 부끄러움 같은 것은 문제 삼지도 않았다. 한스는
마치 수레바퀴에 붙은 달팽이처럼 껍데기 속에 들어가 잠
자코 싫증 난 사람처럼 얼굴을 찌푸렸다.

누구 하나 그것을 눈치챈 사람이 없었지만 엠마는 더욱
그랬다. 한스가 소문을 듣기로, 그녀는 2주 전부터 플라이
크 씨 댁에 와 있었다. 그것은 벌써 온 동네 사람이 다 아는
일이었다. 그녀는 빈부귀천을 막론하고 아무 데나 쫓아다
니며 갓 짜낸 과즙 맛을 보거나 익살을 부려 가며 조금 웃

다가는 다시 제자리로 돌아와서 사뭇 열심히 일을 거드는 것 같았다. 그러고는 어린아이를 안고 사과를 주기도 하며 즐거움과 웃음보따리를 사방에 풀어놓았다.

그녀는 지나가는 아이들을 불러서 "사과 줄까?" 하고 조잘거렸다. 그리고 빨갛고 고운 사과 하나를 집어다가 두 손을 등 뒤에 감추고 "오른쪽? 왼쪽?" 하며 알아맞히게 했다. 그러나 사과는 한 번도 지목된 손에 없었다. 아이들이 투덜거리자 그녀는 겨우 한 개를 내주었다. 그것은 잘 익지 않고 푸른 사과였다. 그녀는 한스의 이야기도 들었던지 언제나 두통을 앓고 있는 이가 당신이냐고 물었다. 그러나 한스가 대답하기도 전에 벌써 이웃 사람과 딴 이야기에 휩쓸려 들어가고 말았다.

한스가 살짝 도망쳐버릴까 생각했을 때 플라이크 씨가 그의 손에 압착기 손잡이를 쥐어주었다.

"그럼 계속해서 나머지 일을 해주겠니? 엠마가 너를 도와줄 테니까. 난 이제 일터로 가봐야겠어."

플라이크 씨는 그렇게 가버렸다. 수습공은 플라이크 부인과 함께 과즙을 날라야 했다.

한스는 엠마와 함께 압착기 앞에 단둘만 남게 되었다. 그는 입술을 깨문 채 적을 마주하고 있는 것처럼 일을 했다. 왜 갑자기 손잡이가 이렇게 무거운지 의문이었다. 얼굴을 들고 보니, 엠마가 천진한 웃음을 터뜨리고 있었다. 그녀가 장난치듯이 손잡이를 반대쪽으로 잡고서 버티고 있었던 것이다. 한스가 약이 올라 손잡이를 당기자 그녀도 버텼다.

그는 아무 말도 하지 않았다. 그러나 손잡이를 반대로 미는 동안에 이내 수줍고 답답한 기분이 되어버렸다. 물론 여자의 몸뚱이가 저쪽에서 손잡이를 누르고 있기 때문이었다. 그래서 그는 천천히 손잡이를 돌리다가 나중에는 완전히 멈춰버렸다. 달콤한 불안감이 엄습해 왔다. 젊은 여자가 대담하게도 그의 면전에서 웃음보를 터뜨리자 별안간 엠마가 다른 사람처럼 다정해 보였다.

그러나 어쩐지 서먹서먹한 것만은 사실이었다. 한스도 웃기는 했으나 그 웃음소리는 어딘가 부자연스러운 데가 있었다. 이윽고 손잡이가 완전히 멈췄다.

"뭘 그리 힘들어하세요?"

엠마가 마시다 반쯤 남은 과즙을 한스에게 내밀었다. 그 한 모금의 맛이 상당히 진하고, 먼저 마신 것보다 달아서 한스는 다 마시고 나서도 부족한 듯이 컵을 들여다보았다. 가슴이 심하게 고동치고 호흡이 차츰 답답해져 놀랐다.

두 사람은 또다시 일을 시작했다. 한스는 여자의 치맛자락이 자신의 살갗을 스치고, 그녀의 손이 자기의 손에 슬쩍 닿을 수 있는 위치에 자리를 잡으려고 애쓰면서도 자신이 무슨 짓을 하는지조차 모르고 있었다. 그러다 그녀의 치맛자락이나 손이 몸에 닿을 때마다 심장이 두근두근하며 이상한 환희에 숨이 막히고, 흐뭇하고 달콤한 허탈감에 휩싸였다. 무릎이 차츰 떨리고 머릿속이 어질어질하며 현기증이 나는 듯했고 머릿속에서 요란한 소음이 울리는 듯했다.

자신이 무슨 말을 했는지조차 모르면서 그녀의 물음에는 대답을 한 것 같았다. 그녀가 웃자 그도 따라 웃었다. 그녀가 두세 번 바보 흉내를 내면 손가락으로 위협했다. 그런 다음에도 두 번이나 그녀의 손에서 컵을 빼앗아 과즙을 마셔버렸다.

무수히 많은 추억이 그의 마음에 스쳐 갔다. 저녁 무렵 뭇 사내들과 함께 문간에 서 있던 하녀, 이야기책에 나오는 두세 구절, 지난해 헤르만 하일러에게 받았던 키스, 수많은 단어, 소설, 처녀, 애인이 생기면 어떨까 하고 동급생들과 나누었던 흐리멍덩한 대화 등이 머릿속을 스쳐 갔다. 그는 산등성이를 올라가는 노새처럼 가쁜 숨을 내쉬었다.

모든 것이 변해 갔다. 거기서 일하던 사람도, 분주하게 움직이던 잡담도 화려하게 웃음 짓는 구름 같은 것에 모두 녹아버리고 말았다. 각각의 목소리며 욕설이며 웃음소리는 전체적으로 탁해진 소란 속에 가라앉아버리고, 강이며 낡은 다리는 마치 멀리 놓인 한 폭의 그림처럼 보였다.

엠마의 모습도 달라졌다. 그는 더 이상 그녀의 얼굴을 보지 않았다. 단지 시원스런 검은 눈이며, 빨간 입술, 그 속에 하얗게 드러난 이만 보였다. 그의 자태도 녹아 없어졌다. 보이는 것은 그 자태의 일부분이었다. 까만 양말에 슬리퍼, 그을린 둥근 목덜미, 팽팽한 어깨와 그 밑에서 큰 파도를 일으키는 숨결, 햇빛을 받아 빨갛게 물든 귀, 이 모든 것이 하나씩 눈에 비쳤다.

잠시 후 그녀가 통 속에 컵을 떨어뜨렸다. 그것을 주우려고 허리를 굽혔는데 그때 그녀의 무릎이 통의 모서리에 닿아 그녀의 손목을 눌렀다. 그도 천천히 허리를 굽혔다. 그러자 하마터면 얼굴이 그녀의 머리칼에 닿을 뻔했다. 그녀의 머리에서 아련히 향기가 났다. 그 아래쪽에 흩어진 곱슬머리 그늘 속에 고운 목덜미가 파란 웃옷 속에서 갈색으로 훈훈하게 빛나며 숨어 있었다. 그 웃옷의 레이스 끈이 팽팽하게 묶여 있었으므로 그 틈으로 조금 아래까지 훤하게 들여다보였다.

그녀가 다시 일어났을 때 그녀의 무릎이 그의 팔을 스쳤고, 머리카락이 그의 뺨을 약간 스쳤다. 그녀는 상체를 구부리고 있었기 때문에 얼굴이 약간 상기되어 있었다. 한스는 강한 전율을 느꼈다. 그는 얼굴이 백지장처럼 하얘지며 순간 극심한 피로를 느꼈다. 그래서 압착기의 나사를 꽉 잡고 있어야 했다. 그의 심장은 경련하듯이 고동치고 팔은 힘이 빠지고 어깨는 아팠다.

그때부터 한스는 더는 한마디도 하지 않은 채 그녀의 눈을 피했다. 그러다가 그녀가 딴청을 피우면 아직 맛보지 못한 쾌감, 비굴한 양심과 싸우면서 가만히 그녀를 바라보았다. 그의 마음속에서 알 수 없는 어떤 줄이 끊어졌다. 그리고 끝이 보이지 않는 파란 해변이 있는, 신비한 매력을 가진 신천지가 서서히 그의 영혼 앞에 펼쳐졌다. 그 불안과 달콤한 고뇌가 무엇을 뜻하는지 그는 그때까지 알지 못했다. 막연하게 겨우 짐작만 할 뿐이었다. 마음속의 고뇌니 쾌감이니 하는 것들 가운데 어느 것이 더 큰지도 알지 못했다.

그 쾌감은 젊음이 넘치는 사랑의 힘이자 힘찬 맥박이 뛰는 생명의 첫 예감이며, 그 고뇌는 아침의 평화가 깨져 버렸다는 것이다. 또 그의 영혼이 다시는 돌아갈 수 없는 유년의 세계를 떠났다는 것을 의미했다. 간신히 난파를 모면한 그의 조각배는 이제 새로운 폭풍우와 심연, 위험하기 짝이 없는 암초 근처로 휘말려 들어간 것이다. 여기에는 안내자도 없고, 최고의 가르침을 받은 젊은이들이라 하더라도 자기의 힘으로 활로를 찾아야만 했다.

때마침 구두장이의 수습공이 돌아와 압착기의 일을 교대해주었다. 한스는 잠깐 더 거기에 머물러 있었다. 다시 한번 더 엠마의 살결을 스친다든가, 다정한 소리를 들어본다든가 그중 하나를 바랐다. 아니 둘 다 원했을는지 모른다. 엠마는 또 다른 압착기 앞에서 조잘거리고 있었다. 한스는 수습공 앞이라는 걸 의식해 온다 간다 말도 없이 집으로 와버렸다.

온갖 것이 이상하게 달라져서 마음을 곱게 물들이는 것 같았다. 살찐 참새들이 요란하게 날고 있었는데 그 하늘이 이렇게 높고 푸르른 적이 없었다. 어느 것이나 새로 그려진 고운 그림이 투명한 유리 뒤에 세워져 있는 것 같았다. 모든 것이, 큰 축제를 기다리는 기분이었다. 한스는 부푼 가슴속에서 묘하게도 대담한 감정과 강하게 솟구치는 눈부신 희망, 불안하고 감미로운 격동을 느꼈다. 그러나 거기엔 이것이 꿈에 지나지 않으며, 결코 실현될 수 없으리라는 불안이 깔려 있었다. 분열을 일으키는 이 감정은 팽창되어 몰래 솟아오르는 샘이 되었다.

때로는 어떤 비상한 힘이 그의 가슴속에서 자유를 얻

어 날개를 펴려는 것 같기도 했다. 아마 그것은 흐느낌이거나 노래이거나 웃음이었을 것이다. 이 흥분 상태는 집에 돌아가서야 약간 진정되었다. 집 안은 모든 것이 여전했다.

"어딜 갔다 왔니?"

요제프가 물었다.

"물방앗간 옆 플라이크 씨한테요."

"그 사람은 몇 통이나 짰니?"

"두 통쯤요."

아버지가 과즙을 짤 때는 플라이크 씨의 아이들을 부를 수 있도록 허락해 달라고 부탁했다.

"그러지요."

"다음 주일에 하자. 그때 아이들을 불러오너라."

저녁 식사 시간까지는 아직 한 시간의 여유가 있었다. 한스는 뜰로 나갔다. 두 그루 전나무 외에 푸른 것이라고는 거의 없었다. 그는 개암나무 잔가지를 하나 꺾어 들고 허공에 휘저으며 시든 잎 사이를 돌아다녔다. 해는 이미 서산으로 기울고 있었다. 산의 검은 윤곽이 뾰족한 전나무 가지 끝을 드러내며 유리알같이 맑은 초록빛 가을 하늘을 갈라놓고 있었다.

회색빛으로 길게 뻗은 구름이 저녁놀에 황갈색으로 비치면서 엷은 황금빛 대기를 뚫고 귀로에 오른 고깃배처럼 한가로이 골짜기 저 너머로 떠갔다. 저녁 노을빛의 무르익은 아름다움에 한스는 알 수 없는 묘한 감동을 느끼며 정원을 걸었다. 가끔 걸음을 멈춘 채 눈을 감고는 엠마를 생각했다. 자신에게 잔을 건네던 엠마를 머릿속에 그려보려고 애썼다. 그녀의 머리카락이며 푸른 옷에 휘감긴 탄탄한 자태며, 까만 뒷머리 때문에 갈색 그림자가 진 목덜미가 눈에 선했다. 그러나 그 모든 것이 쾌감과 떨림으로 그의 마음을 가득 채웠다. 그러나 아무리 애를 써도 그녀의 얼굴만은 떠올릴 수가 없었다.

해가 넘어갔는데도 그는 냉기를 느끼지 못했다. 짙어가는 황혼이 신비와 비밀을 간직한 베일 같다는 생각이 들었다. 물론 자신이 하일브론의 처녀에게 반했다는 사실은 알고 있었다. 그렇지만 그의 핏속에 눈뜬 남성의 작용은 다만 막연하고 기이하고 조바심이 일어나 지친 상태라고밖에는 달리 어떤 것으로도 이해할 수 없었다.

저녁 식사 때는 옛날부터 정붙이고 살아온 환경 속에 아주 변화된 자신이 앉아 있는 것을 발견하고 이상한 감정에 사로잡혔다. 아버지와 늙은 식모와 세간살이, 또 방 전체가 낡아빠졌다는 생각이 들었다. 그는 마치 기나긴 여행에서 방금 돌아온 사람처럼, 놀랍고 서먹서먹하고 그리움 가득한 시선으로 모든 것을 쳐다보았다.

지금 와서 보면 그렇게 못생긴 나뭇가지에 추파를 던지던 무렵, 그는 이별을 앞둔 사람으로서 애상이 뒤섞인 우월감을 가지고 똑같은 사람과 똑같은 사물을 바라보았다. 지금은 그것이 놀라움과 웃음이 되었고, 자신의 소유가 되었다.

저녁 식사를 마치고 한스가 막 자리에서 일어서려고 할 때 아버지가 특유의 툭 던지는 어조로 말했다.

"한스! 너 기계공이 되어볼래? 그게 아니라면 서기라도."

"왜요?"

한스가 놀라면서 되물었다.

"네가 좋다면 다음 주말에 기계공 슐러 씨에게 가보든

지, 아니면 그다음 주에 관청에 견습생으로 들어갈 수 있으니까 잘 생각해봐. 내일 또 이야기하자."

한스는 일어나 밖으로 나갔다. 아버지의 갑작스런 물음에 그는 당황하지 않을 수 없었다. 몇 개월 전부터 서먹서먹해진 일상이며, 활동적인 생활이 뜻하지 않게 그의 눈앞에 나타나, 어느 때는 유혹하는 듯한 얼굴로, 또 어느 때는 협박하는 듯한 얼굴로 기대를 품게 하고 고생을 요구하기도 했다. 그는 정말 기계공도, 서기도 되고 싶은 마음이 없었다. 가혹한 육체노동은 약간의 공포심마저 안겨주었다. 학교 친구 아우구스트가 떠올랐다. 기계공이 된 그에게 물어보면 좋을 것 같았다.

그 일을 생각하는 동안 그의 얼굴은 차츰 어두워졌다. 이 문제는 그리 서두를 필요가 없고 중요할 것도 없는 것 같았다. 그는 뭔가 다른 일에 재촉을 받아 정신을 빼앗기고 있었다. 그는 초조하게 현관을 왔다 갔다 하다가 갑자기 모자를 들고 집을 나가 천천히 골목길을 빠져나갔다. 아무래도 오늘 안에 엠마를 한 번 더 만나봐야겠다는 생각이 든 것이다.

벌써 어둠이 짙어져 있었다. 근처 식당에서 고함소리와 쉰 노랫소리가 들려왔다. 불을 밝힌 창문들이 여러 군데 있었다. 여기저기서 하나둘씩 불이 켜지며 어슴푸레 빨간 빛이 문틈으로 비치고 있었다. 손에 손을 맞잡고 큰 소리로 웃으며 조잘대는 젊은 여자들의 긴 행렬이 즐겁게 골목길을 지나가고 있었다. 희미한 불빛 속에서 흔들리며 그녀들은 청춘과 환락의 포근한 파도처럼 가물거리는 골목길을 지나가고 있었다. 한스는 오랫동안 그녀들을 바라보았다. 심장이 뛰는 소리가 목구멍까지 전해져 왔다. 커튼을 내린 창문에서 바이올린 소리가 들렸다. 우물가에서 한 여인이 채소를 씻고 있었다.

다리 위에서 두 젊은이가 애인과 함께 산책을 하고 있었다. 한 사람은 여자의 손을 가볍게 붙잡고 흔들면서 여송연을 물고 걸어갔다. 또 한 쌍은 바싹 달라붙어 천천히 앞으로 걸어가고 있었다. 남자는 여자의 허리를 안고, 여자는 어깨와 머리를 남자의 가슴에 푹 파묻고 있었다. 한스는 전에도 그런 모습을 여러 번 보았으나 관심을 가진 적이 없었다. 그러나 지금은 그것이 그윽한 뜻을 내포하고 있었다. 분명하지는 않지만 정답고 달콤한 의미였다. 그의 시선은 한 쌍의 남녀에게 머물렀다. 그는 황홀한 예감으로 공상의 날개를 폈다. 안타깝게 마음속 깊은 곳까지 흔들렸다. 그는 자신이 어떤 커다란 비밀에 접근해 있다는 것을 느꼈다. 그 비밀이 감미로운 것인지 끔찍한 것인지는 알 수 없으나 둘 중 하나를 떨리는 가슴으로 느껴본 것이었다.

플라이크 씨의 집 앞에서 걸음을 멈추었다. 안으로 들어갈 용기가 나지 않았다. 안에 들어가서 무엇을 하고 무슨 말을 해야 좋을까? 열한두 살의 소년일 때 이 집에 자주 들렀던 일을 머릿속에 그려보지 않을 수 없었다. 그 당시 플라이크 아저씨는 그에게 성서 이야기를 들려주었다. 지옥과 악마와 성령에 대해서 호기심을 억누르지 못하고 질문을 해대면 그때마다 친절하게 대답해주곤 했다. 성가시게 추억이 이럴 때 생각날 줄이야.

그의 양심이 괴로웠다. 자신이 무엇을 하고 싶어 하는지, 정말 무엇을 원하고 있는지 알지 못하고 있었다. 그러나 어떤 신비로운 것과 금지된 것 앞에 서 있다는 것만은 부정할 수 없었다. 안에 들어가지도 않고 대문 앞에 서 있는 것은 구둣방 주인에게 옳지 못하다는 생각이 들었다. 여기 서 있는 것을 구둣방 주인이 본다든지 대문 안에서 나오든지 한다면 그는 아마 나무라지는 않아도 조소를 할 것이다. 한스는 그것이 제일 두려웠다.

그는 발소리를 죽이며 집 뒤로 걸어갔다. 그곳에서는 정원 울타리 너머로 불 켜진 안방을 들여다볼 수 있었다. 주인은 보이지 않았고 부인은 무언가 뜨개질을 하고 있는 것 같았다. 큰아들은 아직 자지 않고 책상 앞에 앉아서 책을 읽고 있었다. 엠마는 설거지를 하는 듯 분주히 왔다가 갔다 하는 것이 보였다. 그래서 그녀를 잠깐이나마 볼 수 있었다. 주위는 아주 고요했다. 먼 골목길의 발소리, 정원 저 건너편으로 잔잔히 흐르는 강물 소리까지지 똑똑히 들을 수 있었다. 어둠과 밤의 냉기가 별안간 몸에 스며들었다.

안방 창문 옆 복도의 작은 들창은 아직 어둠이 짙게 깔려 있었고 한참 후에야 거기에 희미한 사람의 그림자가 나타나 몸을 앞으로 내밀고 어둠 속을 응시했다. 한스는 그것을 보고 이내 그 사람이 엠마라는 것을 알아차렸다.

279

초조한 기다림 때문에 가슴의 고동이 일순간 정지한 느낌이었다. 그녀는 창가에 오랫동안 서서 조용히 이쪽을 보고 있었다. 그러나 그를 보고 있는 것인지, 알면서도 시치미를 떼고 있는 것인지 알 수 없었다. 그도 움직이지 않고 그녀를 뚫어지게 쳐다보며, 초조한 망설임 속에서도 엠마가 자신을 알아봤으면 하고 안타깝게 기대했다. 그러면서도 한편으로 자기를 알아보면 어쩌나 싶어 은근히 겁도 났다.

희미한 그 자태가 창가에서 사라졌다. 이윽고 조그만 정원 문이 열리면서 엠마가 집 안에서 나왔다. 한스는 처음에 가슴이 서늘해져서 그냥 도망칠까 했으나, 결정을 못 한 채 울타리에 기대서서 그녀가 자신에게 걸어오는 것을 가만히 보고만 있었다. 다가오는 그녀의 발소리가 가까워질수록 달아날 충동이 들었지만 그보다 더 강력한 힘이 그를 거기에 붙들어놓았다.

엠마는 곧 그의 앞에 섰다. 낮은 울타리가 그 사이에 있었으므로 반 발자국도 안 되는 거리였다. 이윽고 엠마가 낮은 목소리로 물었다.

"당신, 무슨 일이에요?"

"아무것도 아냐."

그녀가 '당신'이라고 부른 순간이, 마치 그녀의 살결이 그의 살결을 스쳐 간 느낌이었다.

엠마가 울타리 너머로 손을 내밀었다. 한스는 수줍은 듯이, 그러나 정답게 약간 힘을 주어 그녀의 손을 잡았다. 그 손을 빼지 않는 걸 보고 한스는 용기가 나서 그녀의 따뜻한 손을 조심스럽게 어루만졌다. 그녀는 여전히 움직이지 않았다. 한스는 그녀의 손을 자신의 뺨에 가져갔다. 피부로 스며드는 쾌감과 향긋한 촉감, 행복한 피로의 물결이 그를 덮쳤다. 그의 눈앞에는 골목도 정원도 없고, 단지 하얀 얼굴과 헝클어진 까만 머리카락 외에는 아무것도 보이지 않았다

그때 그녀가 아주 낮은 목소리로 물었다.

"내게 키스해주지 않겠어요?"

그 목소리는 마치 머나먼 밤하늘 저쪽에서 들려오는 것 같았다.

하얀 얼굴이 바싹 다가왔다. 무게가 실리자 울타리 널

빤지가 조금 밖으로 밀렸다. 향긋한 헝클어진 머리칼이 한스의 이마를 스쳤다. 하얗고 넓은 눈시울이며 까만 속 눈썹에 휩싸여 감은 그녀의 눈은 한스의 눈 바로 앞에 있었다. 두려움에 싸인 입술이 그녀의 입술에 닿았을 때 심한 떨림이 그의 전신을 휩쓸었다. 한스는 순간적으로 두려워져 몸을 뒤로 젖혔으나, 그녀는 그의 머리를 두 손으로 부여잡고 자기의 얼굴을 내리누르며 그의 입술을 놓치지 않았다. 그는 그녀의 입술이 타오르는 것을, 또 그의 입술을 내리누르면서 마치 그의 생명마저 들이 삼키려는 듯이 거세게 빨아 당기는 것을 느꼈다. 그는 전신이 나른해졌다. 여자의 입술이 떨어지기 전의 흐뭇한 쾌감은 멍한 피로와 고통으로 변했다. 엠마에게서 그의 입술이 떨어졌을 때 그는 비틀거리며 경련을 일으키듯이 떨리는 손으론 울타리를 꽉 잡았다.

"내일 밤에 또 와요."

엠마는 그렇게 말하고 얼른 집으로 돌아갔다. 그녀가 들어가고 채 5분도 되지 않았지만 한스에게는 기나긴 세월이 흐른 것처럼 느껴졌다. 그는 멍해진 눈으로 그녀를 보내고 여전히 울타리를 움켜쥔 채 지쳐서 한 걸음도 움직일 수가 없었다. 황홀한 꿈속에서 그는 피가 흐르는 소리를 들었다. 피는 그의 머릿속에 고르지 못한 괴로운 파동을 일으키며 심장을 넘나들어 그의 호흡을 멎게 했다.

한스는 대문이 열리고 주인이 들어오는 것을 보았다. 그는 조금 전까지도 일터에 있었던 모양이었다. 한스는 들킬지도 모른다는 공포심에 짓눌려 그곳에서 도망쳤다. 가볍게 한잔 마신 사람처럼 내키지 않는 걸음으로 느릿느릿하게 걸었다. 걸음을 내디딜 때마다 무엇이 쪼개지는 것 같은 느낌이었다. 졸린 듯한 박공지붕과 음산한 빨간 창들이 있는 어두운 골목길이 마치 색이 바랜 무대 장치의 배경처럼 그의 눈앞에서 흘러가고 있었다. 그리고 다리, 강, 안뜰, 정원도 흘러가고 있었다.

꿈같은 심정으로 한스는 문을 열고 칠흑같이 어두운 복도를 지나서 계단을 올라갔다. 그러고는 문을 조용히 열고는 안으로 들어섰다. 거기 놓인 책상 앞에 앉아 시간이 한참 흐른 뒤에야 비로소 자기의 방에 돌아왔다는 생각에 갑자기 눈을 떴다. 옷을 벗을 기분이 들 때까지 몇

분이 걸렸다. 긴장이 풀리자 옷을 벗고 창가에 앉았다. 그러나 차가운 가을 밤 공기에 별안간 오한이 나서 이불 속으로 기어들어 갔다.

그는 곧 잠들 수 있을 것이라고 생각했다. 그러나 누워서 몸이 조금씩 따뜻해지자 다시 가슴에 격동이 일어났다. 피가 사납게 끓어올랐다. 눈을 감으면 그녀의 입술이 그의 입술에 아직까지 달라붙어 그의 영혼을 빨아 당기며 안타까운 열기로 그를 채우고 있는 것 같았다.

늦게야 잠이 들었으나 꿈에서 꿈으로 쫓겨 다녀야 했다. 그는 불안한 마음으로 깊은 어둠 속에서 더듬거리며 엠마의 팔을 잡았다. 그녀가 그를 안았다. 두 사람은 포근하고 깊은 물결 속으로 가라앉았다. 별안간 구둣방 주인이 나타나서, 너는 왜 도무지 찾아올 줄 모르느냐고 물었다. 한스는 웃지 않을 수 없었다. 왜냐하면 그는 플라이크 씨가 아니라 마울브론의 기도실에서 같이 창가에 앉아 익살을 부리던 헤르만 하일러였기 때문이었다. 그러나 그 모습도 곧 사라져버렸다. 그는 과즙 압착기 옆에 서 있었다. 엠마가 손잡이를 반대로 돌리는 바람에 그는 있는 힘을 다해서 거기에 저항했다. 그녀는 한스 쪽으로 허리를 굽혀 그의 입술을 찾았다. 주위가 고요하고 따뜻한 심연 속으로 빠져들었다. 현기증 때문에 기절해버렸다. 동시에 교장의 훈화 소리가 들렸다. 그것이 자기의 이야기인지 아닌지는 알 수 없었다.

그는 아침 늦게까지 잠을 잤다. 맑고 화창한 날이었다. 겨우 잠에서 깨어나 정원을 거닐었으나 머릿속은 여전히 안개 속에 휩싸여 있었다. 한스는 정원에 피어 있는 한 송이 보라색 과꽃이 아직 8월인 듯이 햇빛에 아름답게 웃고 있는 것을 보았다. 또 따뜻하고 부드러운 햇살이 이른 봄날과도 같이 시든 크고 작은 나뭇가지며 잎들이 떨어진 덩굴 주위를 넘나들고 있는 것을 보았다. 그러나 물끄러미 바라볼 뿐 아무런 느낌도 들지 않았다. 어떤 것도 그의 관심을 끌지 못했다. 별안간 이 뜰에서 토끼가 뛰놀고 물레방아가 돌아가던 그 시절의 추억이 뚜렷하고 강렬하게 그를 사로잡았다.

그는 3년 전 9월의 어느 날을 머릿속에 떠올렸다. 세단축제(1870년 9월 독일군이 세단을 침공하여 나폴레옹 3세를 체

285

포한 것을 기념하는 날) 전날 밤이었다. 아우구스트가 담쟁이풀을 가지고 한스의 집으로 왔다. 두 사람은 깃대를 깨끗이 씻고 황금색 꼭지에 담쟁이풀을 꽂으면서 축제에 대해서 이야기하며 내일의 즐거움을 기다렸다. 다만 그뿐, 그 외엔 아무것도 일어나지 않았으나 두 사람은 축제에 대한 기대와 기쁨으로 들떠 있었다. 깃발이 햇빛에 반짝이고 있었다. 안나 할머니는 살구가 든 과자를 굽고 있었다. 밤에는 높은 바위 위에서 세단의 불을 피울 계획을 세웠다.

왜 하필이면 오늘 그날 밤의 일이 머릿속에 떠오르는지, 왜 그 추억이 이다지도 아름답고 강렬한지, 왜 그 추억이 이토록 비참하고 슬프게 하는지 한스는 알 길이 없었다. 추억의 색동옷을 입고 유년 시절과 소년 시절에 이별을 고하고 다시는 되돌아오지 않을 행복에 커다란 가시의 흔적을 남기기 위해 다시 한번 즐겁게 웃으면서 자기 앞에 나타나는 것을 그는 알지 못했다. 이 추억이 엊저녁 엠마와의 일과 조화롭지 않다는 것을, 또 그 옛날의 행복과 결합되지 않는 무엇이 그의 마음속에 나타난 것을 단순히 느꼈을 뿐이었다. 반짝반짝 빛나는 황금빛 깃대가 보이고, 친구 아우구스트의 웃음소리가 들리고, 막 구워 낸 과자 냄새가 나는 것 같았다. 즐겁고 행복했던 그 모든 것에서 멀어져 서먹서먹했다. 그는 큰 전나무의 울퉁불퉁한 줄기에 기대 절망적인 감정에 북받쳐 흐느꼈다. 그러고 나니 약간이라도 위안과 구원을 받은 듯한 기분이 들었다.

정오 무렵에 한스는 아우구스트에게 달려갔다. 아우구스트는 이제 일급 견습공이 되어 자리를 잡았고 키도 상당히 자라 있었다.

한스는 기계공이 되고자 하는 자신의 소망을 피력했다.

"그것은 쉬운 일이 아니야."

아우구스트는 그렇게 말하며 세상 물정에 밝은 사람 같은 표정을 지었다.

"그것은 정말 쉬운 일이 아니야. 너 같은 말라깽이에게는 더더욱 힘든 일이지. 처음 1년 동안은 쇠를 다루는데, 계속 서서 망치질만 해야 해. 망치라는 게 수프를 떠먹는 숟가락처럼 다루기가 쉽지 않아. 또 쇠를 나르고 저녁때는 뒤처리를 해야 돼. 그뿐인가? 줄을 미는 데도 힘이 들지. 숙달될 때까지는 낡은 줄만 주거든. 낡은 줄은 날이 무뎌서 원숭이 엉덩이처럼 매끈매끈해."

한스는 갑자기 숨이 막혀 말이 나오지 않았다.

"그래, 그만두는 게 좋단 말이지?"

그는 더듬거리면서 물었다.

"왜 그래? 그런 말이 아니잖아! 머리 아픈 이야기는 그만두자. 처음에는 춤추는 것과는 다르다는 걸 말했을 뿐이야. 그러나 그 밖에는…… 기계공도 아주 훌륭하지. 알겠니? 머리도 좋아야 돼. 그렇지 않으면 평범한 대장장이에 지나지 않으니까. 자, 한번 봐!"

그는 반짝반짝 빛나는 강철로 된 작고 정밀한 기계 부품을 서너 개 가지고 와서 한스에게 보여주었다.

"0.5밀리미터라도 틀어지면 못쓰게 돼. 나사못까지도 전부 손으로 일일이 만들지. 눈을 크게 뜨고 주시해야 해. 이것을 갈아서 단단하게 만들어야 비로소 물건이 되거든."

아우구스트는 웃었다.

"걱정되니? 하긴 견습공은 구박을 받게 마련이지. 어쩔
도리가 없어. 그러나 나도 있고 하니까 도와줄게. 네가 다
음 금요일에 시작하면, 마침 그날은 내가 2년째 근무를 마
치는 날이니 토요일에는 첫 주급을 받는단다. 그리고 일
요일엔 축하 파티가 있어, 마침 맥주도 오고 과자도 나온
단다. 모두 참석하는데 당연히 너도 와야지. 그러면 우리
들 사정을 알게 될 테니까. 그렇지, 그러면 알게 될 거야.
게다가 우리는 옛 친구니까."

식사 시간에 한스는 아버지에게 기계공이 되고 싶다며,
일주일쯤 뒤에 일을 시작하면 어떻겠느냐고 물어보았다.

"그러면 좋은 일이지."

아버지는 그렇게 말하고 오후에 한스와 같이 슐러 씨네
일터로 가서 신청을 했다. 그러나 황혼이 찾아올 무렵부
터 한스는 그 일을 까맣게 잊어버리고 밤에 엠마가 기다린
다는 것만 생각했다. 그때부터 숨이 차오르며 시간이 너무
긴 것 같고 너무 짧은 것도 같았다. 그는 마치 급류로 향하
는 뱃사공 같은 심정으로 엠마와 약속한 장소로 줄달음쳤
다. 저녁 식사 따위는 문제도 되지 않았다. 한스는 우유 한

289

잔을 겨우 들이켜고 밖으로 뛰쳐나갔다.

무엇 하나 어제와 다름없었다. 어둡고 나른한 듯한 골목길이며, 빨간 문이며, 희미한 가로등 불빛이며, 천천히 걸어 다니는 연인들. 구두장이네 정원 울타리에서 한스는 커다란 불안에 휩싸였다. 바스락 소리가 날 때마다 그는 가슴이 철렁했다. 어둠 속에서 기웃거리고 있는 자신이 도둑놈 같다는 생각이 들었다.

1분도 채 안 되어 엠마가 눈앞에 나타나 그의 머리카락을 두 손으로 어루만지며 정원 문을 열었다. 그는 조심스럽게 안으로 들어갔다. 그녀는 덩굴에 둘러싸인 길을 지나 뒷문을 통해 어두운 복도로 그를 살짝 끌고 들어갔다.

그곳에서 두 사람은 지하실 맨 위층 계단에 나란히 앉았다. 시간이 한참 지나서야 어둠 속에서 간신히 서로의 얼굴을 볼 수 있었다. 엠마는 기분이 매우 좋아서 쉴 새 없이 재잘거렸다. 그녀는 벌써 몇 번이나 키스를 해본 경험이 있었다. 그래서 그 방면으로 약간 알고 있었다. 내성적이고 침착한 이 소년은 그녀에게 딱 알맞은 상대였다. 그녀는 그의 훤칠한 얼굴을 두 손으로 받치고 이마며 눈이며 뺨에 키스했다. 입술에 할 차례가 되어, 이번에도 오랫동안 빨아 당기는 듯한 키스 세례를 받자 한스는 현기증이 났다. 그는 힘이 빠져 맥없이 처녀의 몸에 기댔다. 그녀는 소리를 낮춰 웃으면서 그의 귀를 잡아당겼다.

처녀는 쉴 새 없이 조잘댔다. 한스는 귀를 기울였지만 그녀가 무엇을 말하는 것인지 알아들을 수가 없었다. 그녀는 손으로 그의 팔과 머리카락, 목덜미, 두 손을 쓰다듬으며 자신의 뺨과 머리와 어깨에 그의 뺨을 기대게 했다. 그는 묵묵히 앉아서 여자가 하는 대로 맡겨두었다. 감미로운 전율과 깊고 행복한 불안감 때문에 때때로 열병환자처럼 가늘게 몸을 떨었다.

"무슨 애인이 이래요?"

그녀가 웃으며 말했다.

"왜 아무 반응도 없어요?"

엠마는 그의 손을 잡고 자신의 목덜미와 머리카락과 가슴 위에 올려놓고 꼭 눌렀다. 한스는 감미롭고 이상한 감정을 느끼며 눈을 감았다. 끝없는 심연으로 가라앉는 것 같은 기분에 사로잡혔다.

"그만! 이제 그만해."

그녀가 또 키스 세례를 퍼부으려고 하자 손으로 막으며 말했다. 그녀는 웃었다. 그녀가 팔로 끌어안으면서 그의 허리를 자신의 가슴으로 누르는 바람에, 그녀의 육체적 감촉에 충격을 받은 한스는 어쩔 줄을 몰랐다. 더 이상 아무런 말도 나오지 않았다.

"당신, 날 사랑해요?"

그녀가 물었다.

그는 '응.' 하고 대답할까 하다가, 겨우 머리를 끄덕일 수밖에 없었다. 그리고 잠시 동안 그대로 몇 번 더 고개를 끄덕였다. 그녀는 또 한 번 그의 손을 잡고는 장난스럽게 자기의 코르셋 밑에다 집어넣었다. 그러자 타인의 육체의 맥박과 호흡을 너무나 가까이에서 뜨겁게 느껴졌고 한스는 심장이 멎고, 금방 죽을 것처럼 호흡하기가 힘들어졌다. 그는 손을 빼며 앓는 소리를 냈다.

"이제 집에 가야지."

일어서려는데 몸이 휘청거려서 하마터면 지하실 계단

아래로 떨어질 뻔했다.

"왜 그래?"

엠마가 놀라면서 물었다.

"몰라. 너무 피곤해."

정원 울타리까지 가는 도중 그녀가 그를 붙들고 바싹 붙어 가는 것조차 느끼지 못했다. 그녀가 밤 인사를 하고 그의 뒤에서 정원 문이 닫히는 소리조차 그의 귀에 들리지 않았다. 그는 골목을 지나 집으로 돌아왔다. 거센 폭풍우가 그를 휩쓸어 가는 것인지, 거센 물결이 그를 삼켜버리는 것인지 영문을 몰랐고, 어떻게 집으로 돌아왔는지조차 알 수 없었다.

좌우로 희미하게 솟은 집들이 보이고 그 위로 산등성이와 전나무 가지와 밤의 어둠과 커다랗고 조용한 별들이 보였다. 바람이 불고 있었다. 강의 물결이 다리 기둥에 부딪히며 흘러가는 소리가 간간이 들렸다. 그리고 물에 비치는 정원, 밤의 어둠, 가로등이 보였다.

그는 다리 위에 주저앉았다. 너무나 피곤해서 더는 걸음을 옮길 수가 없었다. 그는 다리 난간에 기대앉아 강물이 다리 기둥에 부딪히고 물레방아를 돌리며 흘러갈 때 나는 오르간 연주 같은 소리를 듣고 있었다. 그의 양손은 차가웠다. 가슴과 목구멍에 피가 꽉 차오르는 것 같기도 하고, 밀치고 내려가는 것 같기도 했다. 그러다가 눈앞이 캄캄해졌다. 별안간 피가 심장으로 흘러가기도 하며 머리가 어지럼기도 했다.

집으로 돌아온 그는 방에 들어가서 눕기가 무섭게 곧 잠이 들었다. 꿈속에서 거대한 공간으로 깊이깊이 빠져 들어갔다. 한밤중에 괴로움에 지치다 못해 눈을 뜨고 갈증에 허덕이면서 악몽에 시달리다가 기진맥진해 눈을 떴고, 심한 갈증에 허덕이면서 아침까지 몽롱한 상태로 누워 있었다. 새벽녘에는 골수에 스며드는 번뇌가 기나긴 흐느낌으로 변했다. 그리고 그는 눈물에 젖은 이불 위에서 다시 잠이 들었다.

7장

요제프 기벤라트는 과즙 압착기 옆에서 제법 뽐내며 일을 하느라 동분서주하고 있었다. 한스도 일을 돕고 있었다. 구두장이의 아들 둘이 와서 함께 과일을 나르느라고 눈코 뜰 새 없이 바쁘게 움직였다. 둘은 조그만 시음용 컵을 같이 사용하며 큼직한 까만 빵을 각각 손에 들고 있었다. 그러나 엠마는 같이 오지 않았다.

　　아버지가 큰 통을 가지고 나가서 반시간 동안 자리를 비웠을 때 한스는 겨우 큰마음을 먹고 엠마 이야기를 꺼냈다.

　　"엠마는 어디 갔니? 여기 오지 않는대?"

소년들이 입 안에 있는 것을 다 삼키고 답을 할 때까지 시간이 걸렸다.

"엠마는 가버렸는걸."

그들은 말을 하고는 고개를 끄덕였다.

"가버렸어? 어디로?"

"집에."

"갔어? 기차를 타고?"

소년들은 고개를 끄덕였다.

"대체 언제?"

"오늘 아침에."

소년들은 다시 사과에 손을 뻗었다. 한스는 압착기를 돌리며 과즙이 담긴 통을 멍하니 바라보았다. 차츰 그 이유를 알 것 같았다.

그의 아버지가 돌아왔다. 모두 일하며 웃고 야단이었다. 소년들은 고맙다는 인사를 하고는 돌아갔다. 저녁때가 되자 모두 집으로 돌아갔다.

저녁 식사가 끝난 뒤 한스는 혼자 그의 방에 앉아 있었다. 10시가 되고 11시가 지났으나 불도 켜지 않았다. 그러고는 한숨 잤다.

여느 때보다 늦게 눈을 떴을 때 그는 오직 불행과 상실
감을 희미하게 느꼈을 뿐이었다. 나중에는 또 엠마가 머
리에 떠올랐다. 그녀는 인사도 없이, 작별의 말도 없이 떠
나버렸다. 그가 마지막 날 밤에 찾아갔을 때, 언제 떠난다
는 것을 그녀는 확실하게 알고 있었다. 다정하게 몸을 맡
긴 것이라든지, 그녀의 웃음소리며 키스를 지금에야 새삼
스럽게 떠올려보았다. 그녀는 한스를 진심으로 좋아하지
않았던 것이다.

분노를 억누를 길 없어 이는 고통과 좀처럼 진정될 줄
모르는 사랑의 힘이 뒤엉켜 애달픈 번뇌로 변했다. 이 번
뇌의 채찍질에 못 이겨 그는 집에서 뜰로, 거리로, 숲으로,
다시 집으로 헤매고 다녔다.

훗날에 맛보게 될 사랑의 비밀을 너무 어린 나이에 일
찍 알아버린 것이었다. 그 사랑은 별로 달콤하지도 않았
고 그 대신 쓰디쓴 고배를 들게 했다. 매일매일 그 얼마나
부질없는 한탄과 실없이 그리워지는 추억과 하염없는 생
각에 잠겨 있었던가. 밤마다 그 엄청난 안타까움에 잠을

못 이루고 악몽에 시달리며 뛰는 가슴을 억누를 길이 없었다. 그리고 꿈! 꿈속에서는 피가 파도치듯이 괴상하게 끓어올라 괴물이 되기도 하고, 커다란 공포로 변하기도 했으며, 껴안아 죽일 듯한 팔이 되기도 했다. 또 시퍼런 빛을 내며 눈을 부릅뜬 요괴가 되기도 했다. 정신이 아득할 정도의 심연이 되기도 했으며, 이글이글 타오르는 커다란 눈이 되기도 했다. 그러나 눈을 뜨면 혼자서 쓸쓸히 가을밤의 고독을 안고 사랑하는 그녀를 그리워하며 눈물 젖은 베개에 머리를 파묻었다.

기계공의 일터로 돌아가야 할 금요일이 다가왔다. 아버지는 아마로 된 푸른 작업복과 푸른 반모직 모자를 사주었다. 한스는 옷을 입어보았다. 작업복을 입으니 딴사람이 된 것처럼 우스워 보였다. 학교와 교장의 자택과 플라이크 씨의 일터와 목사의 집을 지나칠 때는 비참한 생각이 들 것만 같았다. 그토록 고생하며 애썼던 공부와 그동안 흘린 땀, 수많은 기쁨, 대단했던 자만심과 공명심 그리고 희망에 부푼 몽상! 그 모든 것이 구름처럼 사라지고 말았다. 결국 그 모든 것이 다른 친구들보다 뒤늦게, 사람들의 조소를 받으며 가장 서투른 견습공이 되어 일터로 가기 위함이었던가.

하일러가 이 사실을 알면 뭐라고 할까?

그러나 모든 것을 체념하고 푸른색의 작업복을 입고 나설 금요일이 얼마간 기다려지기까지 했다. 그렇게 되면 적어도 또 무엇을 맛보게 될 기회가 생기는 것이다.

그러나 그런 생각도 시꺼먼 구름 속에서 순간적으로 번쩍이는 섬광에 지나지 않았다. 엠마가 떠나간 것을 그는 좀처럼 잊지 못했다. 더욱이 그의 피는 지난 며칠 동안의 자극을 잊을 수도, 억제할 수도 없었다. 그의 피는 더 많은 것을 원하며 울부짖었다. 아니, 이제야 눈뜬 그리움은 구원의 아우성을 치고 있었다. 숨 가쁘고 쓰디쓴 시간이 계속 흘러갔다.

온화한 햇살이 충만하여 어느 때보다 아름다운 가을이었다. 이른 새벽은 은빛으로, 한낮에는 화려한 웃음을 띠었고, 저녁은 맑았다. 먼 산은 우산을 펼친 듯 깊은 하늘색을 띠고, 밤나무는 황금색으로 빛났다. 담쟁이와 울타리 위는 보라색 야생 머루 잎들이 드리워져 있었다.

한스는 초조하게 사람들을 피해 다녔다. 그는 하루 종일 마을이며 들판이며 헤매고 다니면서 연정으로 인해 괴로워하는 제 모습을 눈치챌까 봐 지레 겁먹었다. 그러나 밤에는 한길에 나서서 아무 하녀에게나 눈길을 주고, 연인들이 오면 양심의 가책을 느끼면서 몰래 뒤를 밟았다. 엠마와 함께 온갖 욕망과 온갖 매력이 그에게 다가왔으나 그것이 또 가엾게도 엠마와 함께 도망친 것이었다. 다시 한번 그녀의 손을 잡을 수만 있다면 이번에는 결코 부끄러워 벌벌 떨지 않고, 온갖 비밀을 그녀에게서 빼앗아 요술에 걸린 사랑의 동산으로 끌고 들어갈 수 있을 것 같은데…… 지금은 그 동산 문도 그의 끝 앞에서 닫히고 말았다. 그의 갖가지 공상은 이 좁은 마경(魔境)의 바깥에 얼마든지 아름답고 넓은 세계가 밝게 자리하고 있다는 것을 외면하려고 들었다.

불안하게 기다리던 금요일이 되자 오히려 기쁜 마음이 앞섰다. 아침 일찍 푸른 작업복을 입고 모자를 쓰고 좀 머뭇거리다가 게르버 길 아래쪽 슐러 씨의 일터로 갔다. 아는 사람들 몇몇이 이상하다는 듯이 그를 쳐다보며 다그치

듯 물었다.

"어찌 된 일이냐? 대장장이라도 된 거냐?"

일터에서는 벌써 작업이 한창이었다. 주인은 막 쇠를 달구어 단련하려던 참이었다. 그는 빨갛게 달군 쇳덩어리를 모루 위에 얹었다. 직공이 무거운 모루째로 그것을 두들기기 시작했다. 주인은 가볍게 형(形)을 만들어 가면서 두들기고, 불집게를 위아래로 놀리며 사이사이에 꼭 알맞은 망치를 갖고 모루를 치면서 박자를 맞추었다. 그 소리는 활짝 열어젖힌 문을 통해 아침 공기 속으로 맑게 울려 퍼졌다.

기름과 줄밥으로 까맣게 된 기다란 작업대 앞에 나이든 직공과 아우구스트가 나란히 바이스에 매달려 일을 하고 있었다. 천장에서 선반이며 숫돌, 풀무, 천공기(穿孔機)를 돌리는 벨트가 빠른 속도로 돌아가고 있었다. 이곳에서는 수력을 이용했다. 일터에 들어선 친구를 향해 머리를 끄덕인 아우구스트는, 주인이 짬이 날 때까지 문간에서 기다리라고 했다.

한스는 풀무에서 일고 있는 불과 멈춰 선 선반, 요란하

303

게 돌아가는 벨트, 공전반(空轉盤) 등을 무서운 듯이 구경
했다. 주인이 하던 일을 마치고 한스가 있는 데로 와서 따
뜻하고 두터운 커다란 손을 내밀며 악수를 청했다.

"거기에 네 모자를 걸어라."

그가 벽에 박혀 있는 못을 가리켰다.

"그럼 이리 와. 여기 네 자리와 바이스가 있으니까."

그가 한스를 제일 뒤쪽에 있는 바이스 앞으로 데리고
가서 우선 그것을 사용하는 법과 도구며 작업대를 정돈하
는 법을 알려주었다.

"네가 장사가 아니라는 건 네 아버지에게서 벌써 들었
다. 보기에도 그렇구나. 좋아! 힘이 날 때까지 쇠를 다루
는 일은 미뤄두자."

주인은 작업대 밑에 손을 넣어 무쇠로 만들어진 조그
만 톱니바퀴를 끄집어냈다.

"자, 우선 이걸 가지고 해보자. 이 바퀴는 아직 달군 그
대로 완성되지 않은 거다. 그래서 사방이 울퉁불퉁하지.
그러니 이걸 갈아서 매끈매끈하게 해야 해. 그러지 않으
면 나중에 정밀한 부속품으로서의 가치도 없을 테니까."

주인은 바퀴를 바이스에 끼우고 낡은 줄을 갖고 와서는 미는 법 가르쳐주었다.

"그럼 일을 시작해보지. 다른 줄을 써서는 안 돼. 그걸로 점심때까지는 충분한 일감이 될 거야. 끝나면 내게로 갖고 와. 일을 할 때는 시키는 것 외의 다른 일에 관여해서는 안 돼. 견습공일 땐 사색은 금물이야."

한스는 줄을 밀기 시작했다.

"잠깐, 멈춰라! 그렇게 하는 게 아니야. 왼손을 이렇게 줄 위에다 놓아야지. 너 왼손잡이냐?"

"아니요."

"자, 그러면 해봐라. 이제 할 수 있을 테니까."

주인은 입구 옆에 있는 첫 번째 바이스 쪽으로 갔다. 한스는 어떻게 하면 잘할 수 있을까 생각하면서 정신을 똑바로 차렸다.

처음에 서너 번 밀어보았더니 톱니가 부드럽게 밀리는데 뭔가 이상한 생각이 들었다. 얼마간 그대로 밀어보다가 매끈하게 잘 벗겨지는 것은 부스러지기 쉬운 표면에 지나지 않고 정말 매끈매끈하게 해야 할 단단한 쇠붙이는 그 속에 숨어 있다는 것을 알게 되었다. 그는 마음을 단단히 먹고 열심히 일을 계속했다. 어릴 적 장난을 그만둔 뒤 처음으로 어떤 눈에 보이는 유익한 물건을 자신의 손으로 만들어 가는 기쁨을 제대로 맛보게 된 것이다.

"좀 천천히 해라!"

주인이 이쪽을 보며 소리를 질렀다.

"줄을 밀 때는 하나 둘, 하나 둘, 박자를 맞춰 가면서 밀고 당겨야지. 그러지 않고 마구 밀어대면 줄이 아주 못쓰게 되고 만다."

그곳에서 제일 나이 많은 직공이 선반 앞에서 무슨 일인가 하고 있었다. 한스는 그쪽으로 곁눈질을 하지 않을 수 없었다. 직공이 강철쐐기를 선반에 끼우고 벨트를 돌렸다. 그러자 쐐기가 빠르게 돌아가면서 불꽃을 일으키며 요란한 소리를 냈다. 그사이에 직공은 털같이 얇고 반짝이는 쇠 부스러기를 끄집어내고 있었다. 사방에 연장이며 쇠붙이, 강철, 놋쇠, 시작하다 만 일거리, 갖가지 송곳 등이 흩어져 있었다. 줄 옆에는 작은 망치와 큰 망치, 덮개와 불집게 인두 등이 걸려 있었다. 벽을 따라서는 줄과 절

삭기가 나란히 걸려 있었다. 선반에는 기름걸레, 조그만
비, 금강사 쇠줄, 톱, 압력 펌프, 산소통, 못 상자, 나사못
상자 등이 얹혀 있었다. 여기서는 숫돌이 쉴 새 없이 사용
되고 있었다.

한스는 자신의 손이 벌써 까매진 것을 보고 매우 유쾌
한 기분이 들었다. 다른 사람들의 까만 작업복에 비해서
우스꽝스러울 정도로 파란 자신의 새 작업복도 낡은 옷으
로 보이길 바랐다. 아침 나절의 시간이 흘러감에 따라 바
깥에서도 일터에 활기를 가져다주었다. 근처 편물 공장의
일꾼들 몇이 와서 부속품을 갈거나 고쳐 가기도 했다. 또
농부 한 사람이 와서 고치려고 맡겨둔 세탁기가 어떻게
되었느냐고 물었다. 수리가 아직 끝나지 않았다고 하자
그는 한바탕 욕을 하고 가버렸다. 그다음에는 점잖은 차
림의 공장 주인이 와서 주인과 옆방에서 상담을 했다.

그사이에도 사람들과 바퀴, 벨트 등은 잠시도 쉬지 않
고 움직였다. 그런 와중에 한스는 난생처음으로 노동의
찬가를 듣고 맛보았다. 그것에는 신출내기의 마음을 사로
잡는 그 무엇이 있었다. 그는 자기와 같은 보잘것없는 인

간과 보잘것없는 생활이 커다란 리듬에 조화를 이루 어가
고 있음을 알게 되었다.

9시가 되자 15분 동안 휴식 시간이 주어졌다.

빵 하나와 과실주 한 잔씩이 모두에게 돌아갔다. 아우
구스트는 그때 처음으로 이 신입 견습공에게 다가와서 그
를 격려해주었다. 그러고는 처음으로 받는 주급을 가지고
동료들과 함께 흥겹게 보낼 다음 일요일에 대해서 정신없
이 지껄여댔다. 한스는 자신이 지금 줄로 밀고 있는 바퀴
가 무엇에 쓰일 것인지 물어보았다. 그것은 탑시계의 부
속품이 될 거라고 했다. 아우구스트는 그것이 나중에 어
떤 모양으로 돌아갈 것인지 가르쳐주려고 했는데, 그때
마침 수석 직공이 다시 줄을 밀기 시작하는 바람에 모두
서둘러 각자의 위치로 돌아갔다.

10시와 11시 사이가 되자 한스는 지치기 시작했다. 무릎
과 오른쪽 팔이 약간 쑤셨다. 한쪽 다리에 쏠린 무게 중심
을 다른 쪽으로 옮기고 몰래 기지개를 켰으나 별 효과가 없
었다. 그래서 잠시 줄을 옆으로 놓고 바이스에 몸을 기댔다.
그를 유심히 보는 사람은 하나도 없었다. 그대로 조용히 서

서 머리 위에서 돌아가는 벨트의 노랫소리를 듣고 있으려
니 현기증이 살짝 날 것 같았다. 눈을 감고 한 1분쯤 지났을
까? 그때 마침 주인이 뒤에 와 있었다.

"아니, 어떻게 된 거야? 벌써 지쳤어?"

"네, 좀."

한스는 피로한 듯이 말했다. 직공들이 웃었다.

"곧 괜찮아질 거야."

주인은 조용히 말했다.

"이번에는 납땜질을 보여주마. 따라오너라!"

한스는 마른침을 삼키면서 납땜질을 구경했다. 처음에
인두를 불에 달구고 그다음에 땜질할 곳에 염산을 발랐
다. 그러자 불에 달궈진 인두에서 하얀 금속이 흐르며 칙
소리가 났다.

"헝겊을 가지고 와서 잘 훔쳐야 한다. 염산은 금속을 부
식시키니까 금속에 묻혀두면 안 돼."

한스는 다시 바이스 앞에 서서 줄로 바퀴를 밀었다. 팔
이 쑤시고 아팠다. 줄을 꼭 누르고 있어야 하는 왼손이 빨
갛게 되어 쓰라려 왔다.

정오쯤에 직공 감독이 줄을 놓고 손을 씻으러 갔을 때 한스는 자신이 작업한 것을 주인에게 가지고 갔다. 주인은 그것을 힐끔 보고 말했다.

"좋아, 됐어. 네 자리 밑 상자 안에 같은 톱니바퀴가 하나 더 있다. 오후에는 그걸 갖고 해봐!"

한스는 손을 씻고 집으로 갔다. 점심시간은 한 시간이었다.

옛날 학교 친구였던 상점의 점원 둘이 따라와서 그를 비웃었다.

"주 시험에 합격한 대장장이!"

한 녀석이 소리쳤다. 한스는 걸음을 빨리했다. 그가 지금 진정으로 마음에 흡족하게 여기고 있는가, 그렇지 않은가, 자신도 알 수 없었다. 일터는 마음에 들었지만 너무나 피곤했다. 정말 지쳐서 미칠 지경이었다.

집으로 돌아와 막 앉아 식사를 하게 되었다고 좋아하고 있을 때 별안간 머리에 떠오르는 것이 있었다. 엠마였다. 오전에는 엠마 생각을 전혀 하지 않았던 것이다. 그는 방으로 올라가서 침대에 몸을 던지고 깊은 고민에 빠져들

었다. 울고 싶었으나 눈물이 나오지 않았다. 살갗을 파고
드는 그리움에 몸을 맡기고 절망의 구렁텅이에 빠져 있는
자신을 의식했다. 머릿속은 미칠 듯이 쿡쿡 쑤시고 아팠
으며 흐느끼느라고 목이 막혔다.

점심시간이 고통스러웠다. 시종 싱글벙글 웃는 아버지
말에 대답도 해야 했고, 마음에도 없는 익살을 부려야 했
다. 점심을 먹고 뜰에 나가 햇볕 아래서 몽유병자처럼 15
분쯤 보내고 나자 또 일터로 가야 할 시간이 되었다.

오전 중에 벌써 두 손이 빨갛게 되어 조금씩 쑤시더니
저녁때는 부풀어 올라 무엇을 잡아도 아파서 견딜 수가
없었다. 일이 끝났을 때는 아우구스트의 지시를 받아 작
업장을 말끔히 치워놓아야 했다.

토요일은 더욱 나빴다. 두 손이 타는 듯이 아팠고 커다
란 물집이 잡혔다. 주인은 기분이 언짢은지 아주 사소한
일에도 트집을 잡아 욕을 퍼부었다. 물집 잡힌 것은 이삼
일만 지나면 굳은살이 되어 편안해진다며 아우구스트가
위로해주었다. 한스는 하루 종일 시계만 쳐다보다가 나중
에는 될 대로 되라는 식으로 톱니바퀴를 아무렇게나 갈아

버렸다.

저녁때 뒷정리를 하는데 아우구스트가 한스의 귀에다
대고 말했다. 몇몇 친구들과 함께 내일 뷔라하에 가서 기
분 좋게 한잔할 계획이니 너도 꼭 가야 한다며 2시에 자
기에게 와 달라고 했다. 한스는 일요일에 집에서 하루 종
일 드러누워 쉬고 싶었지만 거절하지 않았다. 그만큼 그
는 지치고 기분도 엉망인 상태였다. 집에 돌아가자 안나
할머니가 상처가 난 두 손에 고약을 발라주었다. 8시에 잠
자리에 들었는데 다음 날 아침 늦잠을 자는 바람에 아버
지와 함께 교회에 갈 준비를 서둘러야 했다.

점심때 한스는 아우구스트 이야기를 하며 오늘 그 친
구와 함께 바람을 쐬러 가고 싶다고 말했다. 아버지는 반
대하기는커녕 50페니히나 주며 저녁 식사 전까지는 꼭 돌
아와야 한다고 말했다.

한스는 고운 햇살을 받으며 거리를 걸었다. 몇 달 만에
처음으로 일요일이 주는 기쁨을 맛볼 수 있었다. 평소에
는 두 손을 까맣게 물들이며 피곤한 몸을 이끌고 일을 해
야 했으므로 일요일의 거리가 갑자기 새롭고 태양도 한결

빛나며 모든 것이 더 맑고 아름답게 보였다. 집 앞의 긴 의자에 앉아 햇볕을 쬐면서 밝은 얼굴을 하고 있는 고기 장수와 피혁공, 제빵사, 대장장이의 기분을 이제야 알 것 같았다. 그들을 결코 천한 직업을 가진 사람들로만 간주해버릴 수 없었다.

한스는 노동자나 직공, 견습공이 모자를 약간 삐딱하게 쓰고 흰 셔츠와 잘 손질한 나들이옷을 입고 줄을 지어 걷거나 술집에 드나드는 것을 구경했다. 꼭 그런 것은 아니었지만 대개 목수는 목수끼리, 미장이는 미장이끼리 어울리며 자기 직업에 긍지를 느끼고 있었다. 그중에서도 대장장이가 고상한 직업이었고, 가장 제일은 기계공이었다. 그런 모든 것이 정답게 느껴졌다. 다소 유치하고 웃기는 면도 없지 않았지만 그 손에는 동업자 간의 아름다움과 긍지가 있었다. 그것은 오늘도 여전히 일종의 기쁨과 쓸모 있는 무엇을 나타냈으며, 보잘것없는 신입 견습공까지도 아름다운 긍지를 지니고 있었다.

슐러 씨네 앞에는 젊은 기계공들이 조용히 뽐내고 서

서 지나가는 사람들에게 웃음으로 답하면서 농담을 주고 받고 있었다. 그 모습을 보니 그들은 확실히 그룹을 이루어 일요일을 즐길 때는 다른 사람들을 필요로 하지 않는다는 것을 알 수 있었다.

한스도 그것을 느끼고 그들의 일원이 된 것을 기뻐했다. 기계공들은 한번 시작했다 하면 호탕하게 놀고 이지간해서는 끝내지 않는다는 것을 한스는 전부터 알고 있었다. 그렇기 때문에 계획하고 있는 일요일의 파티에 대해서 희미하게 불안감을 느꼈다. 아마 댄스 타임도 있을 텐데 한스는 춤을 출 줄 몰랐다. 춤만 아니라면 되도록 동료들의 기분에 맞춰주고, 필요하다면 한 이틀 곯아떨어지는 것도 사양하지 않을 작정이었다. 그는 맥주를 많이 마시는 축엔 들지 못했다. 담배도 여송연 한 개를 조심스럽게 끝까지 피우는 것이 고작이었다. 아무래도 창피를 톡톡히 당할 것 같았다.

아우구스트는 잔칫날 손님을 대하듯 한스를 맞아주었다. 나이 많은 직공들은 오지 않았다. 그 대신 다른 일터에서 친구가 한 사람 오니까 적어도 네 사람은 되며, 마을 하나쯤 휩쓰는 데는 충분하다고 아우구스트는 장담했다. 그리고 자기가 알아서 할 테니 오늘은 돈 걱정 말고 맥주를 마시고 싶은 만큼 얼마든지 마시라고 했다. 그는 한스에게 여송연을 권했다. 네 사람은 어슬렁거리며 발길을 옮겨 어깨를 거들먹거리며 읍내를 걸었다. 아랫마을 보리수 광장에 이르러서야 뷔라하로 가는 걸음을 재촉했다.

강의 수면이 푸른색으로 비치기도 하고 어느 때는 황금색으로, 어느 때는 백색으로 번득거렸다. 잎들이 거의 다 떨어진 단풍나무와 아카시아 가로수 사이로 부드러운 10월의 태양이 따사로이 내리쬐고 있었다. 드높은 하늘은 구름 한 점 없이 맑았다. 조용하고 맑은 가을날이었다. 이런 날에는 지나간 여름날의 온갖 아름다움이 즐겁고 괴로움 없는 추억처럼 부드러운 공기를 가득 채웠다. 아이들은 으레 꽃을 찾으러 다녔고, 노인들은 그 해뿐만 아니라 지난 삶의 그리운 추억이 맑게 갠 하늘을 달리고 있는 듯 창가나 집 앞의 긴 의자에 앉아서 깊은 생각에 잠긴 눈으로 창공을 가만히 응시했다. 젊은이들은 즐거운 기분으로 각자 타고난 기질에 따라 배가 터지도록 먹고 마시거나,

노래를 부르거나, 춤을 추거나, 요란한 파티를 열거나, 큰 싸움판을 벌이거나 하며 아름다운 그날을 찬미했다. 어디를 가나 과일 넣은 과자를 새로 굽고, 어디를 가나 막 익어 가는 사과주와 포도주가 지하실에서 부글부글 거품을 일으켰다. 그리고 식당 앞이나 보리수 광장 같은 곳에서는 바이올린과 하모니카가 한 해의 마지막을 아름답게 장식하며 춤과 노래와 사랑의 유희로 그들을 불러들였다.

젊은이들은 걸음을 재촉했다. 한스는 억지로 아무렇지도 않다는 듯이 여송연을 피워 물었다 그것이 구미에 당긴다는 데 자신도 놀랐다. 직공들은 자신들이 객지에서 품팔이하던 시절에 대해서 이야기했다. 그가 얼마쯤 허풍을 떨어도 누구 하나 사리에 맞지 않는 조작이라고 지적하는 이는 없었다. 그런 것쯤이야 으레 따라다니는 법이니까. 아무리 겸손한 직공이라 하더라도 혼자서 돈벌이를 하는 사람이라면, 목격자가 없다는 것이 확인되면 자신이 객지에서 품팔이하던 때를 과장되고 재미나게, 아니 전설처럼 이야기했다. 젊은 직공의 인생이 담긴 훌륭한 시(詩)는 민족이 공유한 재산과 같은 것으로서 전통적인 모험담에 새로운 빛과 무늬를 넣어 재창조하는 것이었다. 떠돌이 직공이나 거지라도 이야기를 한번 시작하면 누구라도 불멸의 익살꾼 오일렌슈피겔(전설적인 장난꾸러기)이나 영원한 나그네 슈트라우빙거(전설적인 기능공 모험가) 같은 일면을 보여주었다.

"몇 해 전 내가 프랑크푸르트에 머물던 때는 그래도 사는 재미가 있었지. 나 원 더러워서! 아직 아무한테도 이야기를 안 했는데, 돈 많은 상인이 우리 주인의 딸과 결혼을 하겠다는 거야. 그런데 딸이 거절했어. 내게 마음이 좀 있었거든. 우리는 넉 달쯤 쭉 애인으로 지냈어. 내가 주인과 싸우지만 않았더라면 지금쯤 그의 사위가 되어 거기에 정착했을 텐데."

그리고 계속해서 지껄여댔다.

"그 썩은 개고기 같은 주인이 나를 혼내려고 하던 중에 실제로 내게 손찌검을 했지 뭔가. 그러나 나는 한마디도 하지 않고 손에 망치를 치켜든 채 그 늙은 놈을 노려보고 있었지. 그랬더니 그 늙은 놈은 내 손에 머리라도 얻어맞을 것 같아 겁이 났던지 아무 말도 없이 도망치고 말더군,

그 후 비겁한 그 바보가 내게 쪽지를 보내왔는데 해고시키겠다지 뭔가."

또 오펜부르크에서 한바탕 설친 큰 싸움판 이야기도 했다. 그때는 그를 포함한 세 사람의 대장장이가 공장 직공 일곱 사람을 반쯤 죽여 놓았다는 것이다. 오펜부르크에 가서 키다리 쇼르슈에게 물어보면 사실은 단박에 드러난다는 것이었다. 아직 거기 있는 그 사람은 그때 함께 싸운 친구였다고 덧붙였다.

이와 같은 이야기를 일일이 거칠고 냉정한 어조로, 그러나 아주 열심히 마음에 들게끔 이야기했다. 모두가 대단히 흡족해하면서 귀를 기울였다. 자기도 남몰래 이 이야기를 다른 친구들에게 들려주겠다고 생각하면서, 그래야만 주인 딸을 애인으로 한번 가져보았다는 우월감을 갖게 되고, 망치를 들고 나쁜 주인의 간담을 서늘하게 해준 명예를 얻을 수 있고, 직공들 일곱 명을 신나게 두들겨 패준 관록을 얻게 되기 때문이었다. 이 이야기는 나중에 바덴에서도, 헤센에서도 스위스에서도 되풀이되었다. 어느 때는 망치 대신 줄이 되기도 하고, 불에 달군 쇠붙이가 되기도 했다. 또 어느 때는 직공 대신에 빵 굽는 사람이 되기도 하고 재단사가 되기도 했다. 언제 들어도 진부한 이야기인데도 사람들은 그것을 몇 번이고 즐겨 들었다. 그이야기는 낡았지만 재미있고, 동업자들 간에는 명예가 되었다. 그렇다고 해서 실제로 경험을 하거나 꾸미는 데 있어서 천재가 젊은 직공들 간에 없어졌다는 것은 아니다. 이러한 부류는 근본적으로 같은 성격을 지니고 있었다.

특히 아우구스트는 이야기가 솔깃한지 기분이 아주 좋아 보였다. 그는 쉴 새 없이 웃음을 터뜨리고 머리를 끄덕이며 동의했다. 그리고 벌써 한몫을 하는 직공이라도 된 것처럼 건달 같은 표정으로 담배 연기를 한가하게 공중으로 내뿜었다. 이야기꾼은 계속해서 떠들어댔다. 그는 원래 직공으로서 체면상 일요일에는 견습공과 어울려 다니지 않고, 풋내기들이 코 묻은 돈을 쓰는 자리에 함께하는 것을 부끄럽게 여겼다. 그 때문에 오늘 함께 움직이는 것은 단순히 호의를 베푸는 일임을 알려줄 필요가 있었다.

한참을 걸어서 국도를 따라 강 하류 아래쪽으로 내려갔다. 완만하게 경사가 져서 활 모양으로 휘어져 올라가

319

는 국도를 택하느냐, 거리는 반밖에 안 되지만 가파른 오솔길을 택하느냐 하는 문제로 옥신각신했다. 결국 거리가 좀 멀고 먼지가 많기는 하지만 경사가 완만한 국도를 택하기로 의견을 모았다.

오솔길은 일하는 날에 산책하는 신사들을 위한 길이었다. 서민들은 특히 일요일 같은 때는 아직까지 시적(詩的) 매력을 잃지 않고 있는 국도를 좋아했다. 가파른 오솔길을 올라간다는 것은 농부들이나 도시의 자연 애호가들이 할 일이었다. 그들에게는 노동이며 스포츠로서 보통 사람들에게는 오히려 즐거움이 못 된다. 이와 반대로 국도에서는 편안하게 걸을 수 있고, 걸으면서 이야기도 주고받을 수 있었다. 신발과 나들이옷을 아낄 수도 있었다. 마차나 말도 볼 수 있고, 다른 사람과 부딪치기도 하고 따라잡기도 할 수 있었다. 멋을 부려 치장한 소녀며 노래 부르고 있는 청년도 만날 수 있었다. 누가 뒤에서 농담이라도 던지면 웃으며 대꾸하고 멈추어서 지껄일 수도 있다. 혼자라면 소녀들의 뒤를 쫓아가며 뒤에서 웃어댈 수도 있다. 그러지 않으면 친한 친구와의 개인적인 불화를 저녁때 주

먹으로 해결하고 화해할 수도 있다. 그래서 모두 국도로
갔다.

길은 커브를 그리며 땀 흘리기를 좋아하지 않는 사람
이 걷기 편하게 완만한 오르막길로 되어 있었다. 직공은
웃옷을 벗어서 어깨에 걸쳤다. 이번에는 이야기 대신 명
랑한 리듬으로 휘파람을 불며 한 시간 뒤 뷔라하에 도착
할 때까지 그치지 않았다. 한스에게도 서너 번 조롱 섞인
말을 던졌으나 그리 대수로운 것은 아니었다. 한스보다
아우구스트가 더 열심히 대꾸했다. 그러는 사이에 마침내
뷔라하 마을 앞에 이르렀다.

그 마을은 우뚝 솟은 검은 산림을 배경으로 하여 가을
빛 짙은 과일나무들 사이에 가로놓여 밝은 기와며 은회색
의 지붕들이 여기저기 늘어서 있었다.

젊은이들은 어느 술집으로 들어갈 것인지 의견이 일치
되어 있지 않았다. '닻의 집'에는 제일 좋은 맥주가 있었
지만, '백조의 집'에는 제일 좋은 과자가 있었다. 또 '모퉁
이 집'엔 아름다운 주인집 딸이 있었다. 결국 아우구스트
가 '닻의 집'으로 들어가자고 우겼다. '모퉁이 집'이 달아

나지 않는 한, 서너 군데를 순회하고 나서 나중에라도 갈 수 있다고 그들을 달래 모두의 합의를 보았다.

마구간 앞을 지나고 제라늄 화분들이 줄지어 있는 어느 농가의 창문 앞을 지나 '닻의 집'으로 돌진해 들어갔다. 그 집 앞에 걸린 황금색 간판이 두 그루 밤나무 너머로 햇빛에 반짝반짝 빛나며 손님을 부르는 것처럼 보였다. 꼭 홀에 앉아서 한잔 마시려고 했지만 섭섭하게도 홀이 만원이어서 정원에 자리를 잡을 수밖에 없었다. 손님들의 의견을 종합해보면 '닻의 집'은 낡아빠진 농사꾼들을 위한 선술집이 아니라 고급 주점이며, 창문이 여럿 있는 현대식 사각 벽돌집으로 긴 의자 대신 개인 의자를 갖추고 양철로 만든 색칠한 간판이 걸려 있었다. 게다가 종업원들은 도회풍으로 차려입고, 주인도 팔목을 걷어붙인 것이 아니라 단정한 갈색 옷을 입고 있었다. 그는 파산을 했는데 큰 맥주회사 경영자인 채권자 대표에게서 그 집을 전세로 얻은 것이었다. 그 후로 '닻의 집'은 한층 더 고급이 되었다.

뜰은 아카시아나무 한 그루와 커다란 철제 울타리에

둘러싸여 있었다. 울타리는 마루 덩굴이 거의 반쯤 뒤덮고 있었다.

"우리의 건강을 위하여!"

직공이 소리 높여 말했다. 그는 다른 세 사람과 잔을 부딪치며 실력을 보이기 위해 술을 단숨에 들이켰다.

"이봐, 멋쟁이 아가씨. 잔이 비었잖아. 얼른 한 잔 더 가져와!"

그는 종업원을 향해 소리치고는 탁자 건너로 술잔을 내밀었다. 맥주 맛이 고급이었다. 시원했고 그리 쓰지 않았다. 한스도 즐겁게 맛을 보았다. 아우구스트는 주당 같은 얼굴을 하고 입맛을 쩍쩍 다셨다. 그는 틈틈이 연통이 막힌 난로처럼 담배를 빠끔빠끔 피워댔다. 한스는 속으로 그에게 감탄했다.

젊음이 가득한 일요일을 누리며 당연히 그럴 자격이 있는 사람처럼 인생을 알고 즐겁게 놀 줄 아는 사람들과 함께 주점에 마주 앉아 있는 것이 그리 나쁘지 않았다. 같이 웃고 때로는 큰 모험이라도 하듯이 농담을 던지는데 참으로 통쾌한 기분이었다.

맥주를 쭉 들이켜고 나서 술잔으로 탁자를 꽝 내리치며 아무런 거리낌도 없이 "이봐 아가씨, 한 잔 더 가져와!"라고 소리를 지르면 3년 묵은 체증이 내려가듯이 후련했다. 다른 탁자에 앉아 있는 지인과 건배를 하거나 다른 사람과 같이 불 꺼진 담배를 왼손가락에 끼고 모자를 목덜미까지 젖히는 것도 사내다운 태도처럼 여겨져 기분이 그리 나쁘지 않았다.

같이 온 다른 직공도 흥에 겨워 이야기를 시작했다. 그가 아는 울름의 대장장이는 고급 울름 맥주를 스무 잔이나 마실 수 있으며, 그것을 거뜬히 먹어 치우자 입을 싹 훔치고는 "그럼 이번에는 고급 포도주를 작은 병으로 한 병 더."라고 했다는 것이었다. 또 예전에 알고 지낸 칸슈타트의 보일러공은 열두 개의 돼지 통조림을 한꺼번에 먹어 치울 수가 있어서 내기에 이겼다는 것이다. 그러나 두 번째 내기에서는 지고 말았다. 그것은 무모하게도 조그만 음식점의 메뉴를 있는 대로 먹어 치우자는 내용이었다. 실제로 거의 다 먹어 치웠으나 메뉴의 맨 마지막에 네 가지 종류의 치즈가 남아 세 번째 것이 나왔을 때 접시를 밀어붙이고 "이 이상 한술이라도 더 뜨는 것보다는 오히려 죽는 것이 낫다!"라고 말했다는 것이다.

이런 이야기도 큰 갈채를 받았다. 누구나 다 이런 호걸이나 기막힌 재주에 관한 이야깃거리를 가지고 있으니 세상에는 어디에든 지독한 술꾼과 대식가가 있구나 하는 생각마저 들었다.

한 사람이 이야기한 호걸은 '슈투트가르트에 사는 사나이'이며, 또 한 사람은 '루드비히스부르크의 용기병'이었다. 한 사람은 감자 열일곱 개를 먹어 치웠고 또 한 사람은 달걀과자 열한 개를 먹었다고 했다.

모두가 이런 사건들을 구체적으로 이야기하는 데 열을 올렸다. 여러 가지 특이한 재주를 가진 사람과 기묘한 인간, 그중에 얼토당토않은 괴팍한 사람도 있다는 것은 즐거운 일이었다. 이러한 즐거움과 현실성은 모든 주당들 사이에서 존경할 만한 유산이었다. 음주와 흡연, 결혼과 죽음이 그렇듯이 젊은이들이 끊임없이 모방해 가는 것이었다.

술을 석 잔째 마신 한스는 과자가 없냐고 물었다. 종업원이 "네, 과자는 없어요." 하는 바람에 모두가 흥분해서 화를 냈다. 아우구스트가 일어서며 말했다.

"과자가 없다면 한 집 더 건너가야지."

다른 일터의 직공이 형편없는 집이라고 욕을 퍼부었다. 프랑크푸르트에서 온 사나이만이 여기에 있겠다고 고집을 부렸다. 그는 종업원과 약간 친해져서 벌써 몇 번이나 격렬하게 몸을 만졌기 때문이었다. 한스는 한참 동안 그 모습을 보았다. 맥주와 함께 그 광경이 이상하게 그를 흥분시켰다. 그는 모두가 이 집에서 나가게 된 것을 기쁘게 생각했다.

계산을 하고 밖으로 나가자 한스는 석 잔의 맥주로 약간 반응이 오는 것을 느꼈다. 그 기분은 절반은 지쳐서 그런 것 같고, 절반은 무엇을 해보고 싶은 듯한 쾌감이었다. 얇은 천 같은 것이 눈앞에 어른거려 마치 꿈속을 헤매는 것처럼 모든 것이 아득하고 비현실적이었다. 그는 잠시도 웃지 않고는 못 배길 쾌감에 들떠 있었다. 모자를 삐딱하게 쓰니 진짜 건달이 된 것 같은 기분이 들었다. 프랑크푸르트에서 온 사나이가 또 용감하게 휘파람을 불었다. 한스는 거기에 박자를 맞춰 걸어가려고 애썼다.

'모퉁이 집'은 상당히 조용했다. 농부 두세 명이 새로 담근 포도주를 마시고 있었다. 생맥주는 없었고 병에 담긴 맥주뿐이었다. 그들 앞에 금세 병맥주가 한 병씩 놓였다. 다른 일터의 직공이 인심 좋다는 것을 보이기 위해 각자에게 큰 사과과자를 한 개씩 주문했다. 한스는 갑자기 극심한 시장기를 느끼고 그것을 여러 조각 먹어 치웠다. 낡은 갈색의 술집에서 너른 벽에 기대 딱딱한 긴 의자에 앉아 있으니 아늑한 기분이 들었다.

고풍스런 식기대며 큰 난로가 어둠 속에 사라지고, 나무 창살을 댄 큰 새장에서 곤줄박이 두 마리가 퍼덕이고 있었다. 창살 사이에 곤줄박이의 먹이인 빨간 열매가 잔뜩 달린 마가목이 꽂혀 있었다. 주인이 탁자 옆으로 와서 손님들을 환영했다. 그리고 잠시 후 다시 이야기가 시작되었다. 한스는 독한 병맥주를 두세 모금 마시자 병째로 마실 수 있는지 없는지 호기심이 발동했다.

프랑크푸르트에서 온 사나이가 라인 지방의 포도 축제며 객지 생활, 무허가 하숙집 생활에 대해서 끔찍스러울 정도로 허풍을 늘어놓았다. 모두 즐겁게 들었고 한스도 웃음을 침을 수가 없었다.

한스는 갑자기 몸이 이상해진 걸 느꼈다. 방이며 탁자, 술잔이며 친구들이 쉴 새 없이 부드러운 갈색 구름 속에 녹아내리고 있었다. 정신을 똑바로 차리고 긴장할 때만 다시 제 모습으로 돌아왔다. 때때로 말이나 목소리가 고조되면 그도 함께 소리 높여 웃고 뭐라고 떠들기도 했으나 무슨 말을 했는지 곧 잊어버리곤 했다. 잔을 서로 부딪칠 때는 그도 같이 부딪쳤다. 한 시간 후에 놀랍게도 그의 술병이 바닥을 드러냈다.

"잘 마시는데! 더 마실래?"

아우구스트가 말했다.

한스는 웃으면서 고개를 끄덕였다. 이렇게 많은 술을 마시는 것은 위험한 일이라고 생각했다. 그때 프랑크푸르트에서 온 사나이가 노래를 불렀다. 모두가 장단을 맞추자 한스도 목청을 돋워 노래를 불렀다.

술집에 손님이 점점 늘었다. 종업원을 돕기 위해 주인집 딸까지 나왔다. 그녀는 아름다운 몸매에 키가 큰 소녀였다.

혈색 좋은 얼굴에 시원한 갈색 눈매를 가지고 있었다.

그녀가 맥주병을 한스 앞에 갖다놓자 옆에 앉아 있던 직공이 놓치지 않고 능숙한 솜씨로 추파를 던졌다. 소녀는 눈도 깜박이지 않았다. 그 직공에게 아무런 관심도 없다는 것을 보여주기 위함인지, 아니면 곱상하게 생긴 소년의 작은 얼굴이 마음에 들었던지 그녀가 한스 쪽을 보면서 재빨리 머리를 매만졌다. 그런 다음에 스탠드가 있는 쪽으로 돌아갔다.

맥주를 벌써 세 병째 마시고 있던 직공이 소녀를 따라가서 그녀와 이야기꽃을 피우려고 무진 애를 썼으나 소용이 없었다. 키 큰 소녀는 그를 냉정하게 쳐다보고 대답도 하지 않은 채 등을 돌려버렸다. 그러자 직공은 탁자로 돌아와 빈 병을 탕탕 치면서 미친 듯이 소리를 질렀다.

"자, 힘을 내자고! 이 사람들아, 술잔을 마주 대!"

그러고는 음탕한 아낙네 이야기를 끄집어냈다.

한스의 귀에 들리는 것은 이야기가 뒤섞여서 흐리멍덩한 소리뿐이었다. 두 번째 병이 거의 바닥날 무렵 말이 헛나오고 웃는 것도 힘이 들었다. 그는 곤줄박이 새장이 있는 데로 가서 새를 좀 놀려볼까 하고 생각했다. 그러나 두 걸음도 못가서 눈앞이 핑 돌아 하마터면 바닥에 고꾸라질 뻔했다. 한스는 조심조심 자리로 되돌아왔다. 그때부터 잔뜩 들떠 있던 던 기분이 조금씩 가라앉았다. 술에 취했다는 것을 깨닫자 기분이 쓸쓸해졌다. 갖가지 불행이—집에 가는 길이라든가, 아버지와의 충돌, 내일아침에 또 일터에 나가야 한다는 것들이—멀리서 그를 기다리고 있는 것 같았다. 차츰 두통이 몰려왔다.

다른 사람들도 상당히 취한 듯했다. 약간 술이 깼을 때 아우구스트가 "계산해!"라고 소리를 질렀다.

1마르크를 주었는데도 거스름돈은 얼마 받지 못했다. 서로들 흥청거리며 거리로 나서자 밝은 저녁햇살에 눈이 부셔 똑바로 뜰 수가 없었다. 한스는 거의 똑바로 서 있지 못해 비틀거리며, 아우구스트에게 가서 몸을 기댔다. 아우구스트가 한스를 부축해 데리고 가주었다.

다른 곳에서 온 대장장이는 감상적인 기분에 사로잡혔다. "내일은 여기를 떠나야 한다."라고 노래를 부르며 두 눈 눈물을 글썽였다. 곧장 집으로 갈 예정이었으나 '백조

의 집' 앞에 이르자 그는 여기도 들어가자고 고집을 부렸
다. 한스는 문간에서 그를 뿌리쳤다.

"나는 가야 해."

"넌 혼자서 걸을 수도 없잖아."

직공이 웃었다.

"그래도, 나…… 난…… 꼭 가야 해."

"그럼, 브랜디라도 한잔해. 이 꼬마야! 한 잔만 마셔. 그
러면 설 수도 있고, 속도 가라앉을 거야. 정말이라니까."

한스의 손에 어느새 작은 잔 하나가 쥐어 있었다. 그는
그것을 절반이나 쏟아버리고 나머지를 마셨다 목구멍이
타는 것 같았다 심한 구역질이 나서 몸이 떨렸다. 혼자서
비틀거리며 계단을 내려왔지만 어디로 가야 마을을 빠져
나갈 수 있을지 갈피를 잡을 수가 없었다. 집이며 울타리
며 정원이 옆으로 빙빙 돌며 눈앞에서 소용돌이쳤다. 그
는 사과나무 아래 축축한 풀밭에 드러누웠다. 온갖 불쾌
한 감정과 불안감, 걷잡을 수 없는 생각 때문에 잠을 청할
수가 없었다. 더럽혀지고 모욕당한 기분이 들었다. 어떻

게 하면 집으로 돌아갈 수 있을까? 아버지에게 도대체 뭐라고 말해야 하나? 내일 어떻게 될까? 이제 영원한 품속에서 쉬어야 할 것 같았다. 아주 녹초가 되어 비참한 생각이 들었다. 머리와 두 눈이 쑤시고 아팠다. 일어서서 걸어갈 기운조차 없었다.

갑자기 뒤늦게 밀려온 물결과도 같이 조금 전 환락의 연분홍빛 물보라가 되살아났다. 그는 얼굴을 찡그리며 흥얼거렸다.

아, 사랑스러은 아우구스틴이여
아우구스틴이여, 아우구스틴이여
아, 너 내 사랑 아우그스틴이여
모든 것은 가고 말았구나

노래를 멈추자 가슴 저 깊은 곳에서 무엇인가 뭉클하게 올라와 몽롱한 생각과 기억, 부끄러움과 자책감이 물결처럼 밀려왔다.

그는 큰 소리로 부르짖고 흐느끼면서 풀밭에 쓰러졌다.

한 시간쯤 지나 날이 어두워지자 그는 일어서서 비틀거리며 간신히 고개를 내려갔다.

저녁 식사 때까지 아들이 돌아오지 않자 요제프는 쉴 새 없이 욕을 해댔다. 9시가 되어도 여전히 돌아오지 않으므로 그는 오랫동안 쓰지 않았던 단단한 등나무 지팡이를 꺼냈다.

"그놈은 이제 아비의 매를 맞지 않을 나이가 되었다고 생각하겠지만 돌아오기만 해봐라! 눈에서 번갯불이 일게 해줄 테니."

10시에 그는 현관문을 걸어 잠갔다.

"놈이 밤늦도록 놀겠다면 어디서 밤을 새야 하는지를 알려줘야지."

그는 잠을 자지 않고 화를 내면서도 한스가 손잡이를 돌려보고 잠겨 있는 걸 깨닫고 두려움에 싸여 초인종을 누르기만을 기다렸다. 그는 그 장면을 상상했다.

"할 일 없이 돌아다니는 녀석에게 본때를 보여줘야지! 아마도 술에 곯아떨어졌겠지. 그러나 곧 술이 깨겠지. 못난 녀석, 거지같은 녀석! 녀석의 뼈가 부러지도록 두들겨

패야지."

하지만 그의 분노도 잠을 이기지는 못했다.

바로 그 시각, 그처럼 위협을 받던 한스는 벌써 차가운 몸이 되어 아무 소리도 없이 천천히 어두운 강물을 따라 골짜기로 흘러가고 있었다. 구역질도, 부끄러움도, 괴로움도 없이 어둠 속에 떠내려가는 그의 몸을 차갑고 푸른 가을밤이 내려다보고 있었다. 까만 물결이 그의 양손이며 머리칼, 창백한 입술을 희롱했다. 날이 새기 전에 먹을 것을 찾아 나온 겁쟁이 수달이 교활한 옆눈을 뜨고, 소리도 없이 그의 몸이 그 옆을 떠내려가고 있었다.

어떻게 해서 그가 물에 빠졌는지 어느 누구도 알지 못했다. 어쩌면 길을 잃고 험한 곳에서 발을 헛디뎠는지 모른다. 아니면 물을 마시다가 몸의 균형을 잃었는지도 모른다. 혹은 아름다운 강물에 도취되어 스스로 물에 들어갔는지도 모른다. 그래서 평화와 깊은 휴식이 가득한 밤, 희미한 달빛이 그를 내려다보고 있으니 피로함과 불안감에 죽음의 그림자에 끌려갔는지도 모른다.

한낮이 되어서야 한스는 사람들에게 발견되어 들것에

실려 집으로 돌아갔다. 놀란 아버지는 지팡이를 옆으로 밀쳐놓은 채 쌓이고 쌓인 분노를 삭여야만 했다. 그는 울지도 않았고 통 얼굴도 내밀지 않았으나 이튿날 밤에도 뜬눈으로 밤을 새우며 간간이 문틈으로 말 한마디 못 하게 된 아들을 쳐다보았다. 깨끗한 침대에 누워 있는 아들은 여전히 고운 이마와 창백하고 영리한 얼굴로, 특별한 데가 있고 다른 사람과는 다른 운명을 지닐 권리를 태어나면서부터 가지고 있는 듯이 보였다. 이마와 두 손의 피부는 약간 보라색으로 변해 있었다. 고운 얼굴은 잠시 낮잠을 자고 있는 것 같았다. 두 눈에는 하얀 눈꺼풀이 덮여 있었다. 완전히 다물지 않은 입술은 불만이 없는 듯이 거의 명랑한 기분을 감추지 못하는 것처럼 보였다. 소년은 꽃다운 시절에 별안간 바람에 꺾여 즐거운 인생행로에서 억지로 밀려난 것 같은 얼굴을 하고 있었다. 아버지도 피로감과 슬픔 속에서 이와 같은 착각에 사로잡혔다.

장례식에는 조합원과 구경꾼이 많이 몰려들었다. 한스 기벤라트는 다시 유명한 인물이 되어 사람들의 관심을 끌었다. 선생들과 교장 그리고 목사도 또다시 한스의 운명에 관심을 갖게 되었다. 그들은 한결같이 프록코트를 입고 엄숙하게 실크해트를 쓰고 나타나 이야기를 주고받으며 장례 행렬을 뒤따랐다. 그들은 무덤가에 잠시 멈춰 섰다. 그중에서도 특히 라틴어 선생이 우울해 보였다. 교장은 그를 향해 나지막하게 말했다.

"선생님, 저 애는 정말로 장차 훌륭한 인물이 될 수 있었는데, 거의 예외 없이 가장 우수한 학생들에게 불행한 결과가 생기니 정말 안타까운 일이 아니오?"

아버지와 쉴 새 없이 통곡하는 안나 할머니 그리고 플라이크 씨가 무덤가에 남았다.

"이건 정말 못 할 짓이에요, 기벤라트 씨."

플라이크 씨가 동정심에서 우러난 말을 했다.

"저도 이 아이를 사랑했답니다."

"도무지 이유를 모르겠습니다."

요제프 기벤라트가 한숨을 쉬었다.

"그렇게도 재능이 뛰어나고 만사가 잘 풀려갔는데, 주 시험에도…… 그런데 별안간 불행이 닥친 겁니다."

구두장이는 프록코트를 입고 묘지 문을 나서는 이들을 손으로 가리켰다.

"저기 가는 사람들도 이 아이를 이 지경에 빠지게 하는 데 한몫을 했죠."

목소리를 낮추어 말했다.

"뭐라고요?"

요제프가 펄쩍 뛰었다. 그는 구둣방 주인을 이상하다는 듯이 바라보았다.

"도대체 그게 무슨 말씀인가요?"

"진정하십시오, 기벤라트 씨! 저는 단지 학교 선생들을 말했을 뿐이에요."

"왜요? 무엇 때문에요?"

"아뇨, 아무것도 말 안 하는 것이 낫겠소. 당신이 나도 이 아이에게 여러 가지 실수를 많이 했으니까요. 그렇게 생각하지 않나요?"

조그만 마을 위에는 푸른 하늘이 평화롭게 펼쳐졌고, 강물이 반짝이며 골짜기를 흘러갔다. 전나무 산들은 그리운 듯이 먼 데까지 푸른색을 부드럽게 던져주고 있었다.

구둣방 주인은 슬픔에 잠겨 쓴웃음을 지으며 돌아가야 할 요제프의 팔을 잡았다. 요제프는 이 한때의 정적과 괴로운 온갖 상념에서 벗어나 머뭇거리며 정든 일상의 골짜기를 향해 무거운 발걸음을 옮겼다.

작품 해설

독일의 시인이자 소설가인 헤르만 헤세(Hermann Hesse, 1877~1962)는 세 살 때 부모와 함께 출생지인 칼브를 떠나 바젤로 옮겨가서 아홉 살 때까지 살았다. 그의 부모는 아시아 지역에서 개신교 선교에 종사할 사람들을 양성하는 일을 하고 있었다.

그가 작품에 시종일관 아름다운 묘사로 그려내고 있는 구름과 강물, 들과 꽃과 나비와 새는, 바젤에 살던 시절과 아홉 살 때 다시 돌아간 칼브 시절에 이미 헤세의 마음속에 녹아들었던 것들이다.

헤세의 작품들은 거의 대부분 자전적인 성격을 띠고 있

으며, 특히 유소년 시절의 경험을 많이 묘사하고 있다. 그러나 자연 속에서 자라난 이 아이는 다루기가 여간 힘들지 않았다. 그의 부모, 특히 어머니는 그의 거친 행동을 제어할 수가 없었다. 고집통이고, 장난꾸러기고, 난폭한 아이여서 헤세라는 이름을 들을 때마다 무슨 나쁜 일이 생기지 않았나 해서 가슴이 철렁 내려앉았다고 한다. 하지만 이 고집이 그로 하여금 독특한 작가로 자라나게 했다.

《수레바퀴 아래서》는 헤르만 헤세의 초기 작품으로 1906년에 발표되었다. 작자의 마울브론 신학교 시절의 체험을 바탕으로 한 자전적 소설로, 풍부한 재능을 타고난 한 소년이 엘리트 코스를 밟도록 하자는 것이 그의 아버지를 비롯한 고장의 목사나 선생들의 바람이었다. 마을을 떠나 신학교에 진학한 소년은 그 바람과 달리, 몰이해한 어른들의 세계에서 상처를 입고 고민한다. 그 과정을 소년 한스의 시각을 중심으로 묘사한 작품이다.

마울브론의 신학교는 전원 기숙사 생활을 한다. 이 이야기의 주인공은 '헬라스'란 이름이 붙은 방에서 동기 아홉 명과 함께 기거하게 된다.

그런데 기묘하게도 수석을 노리는 모범생 한스 기벤라트와 시인 기질이 있는 열혈한이며 권위에 반항하는 헤르만 하일러가 친밀해지고 결국 우정을 나누는 사이가 된다. 그러나 하일러는 학교에서 도망치려고 하다가 결국 퇴학처분을 받는다. 그 뒤로 한스는 고립되고 학업 성적도 점점 떨어진다. 게다가 신경쇠약증에 걸려 고향으로 돌아오지 않을 수 없게 되고, 그러는 사이에 퇴학이 되고 만다.

집으로 돌아온 한스는 우연히 엠마라는 여인과 덧없는 사랑의 한때를 맛보지만, 결국은 그녀의 놀림감이 되고 깊은 상처만을 입게 된다.

그러다가 아버지의 권유로, 옛날 학교 친구인 아우구스트가 다니는 기계 공장에 취직한다. 어느 일요일, 아우구스트 등과 함께 근교로 놀러갔다가 술을 너무 많이 마신 나머지 강물에 빠져 죽게 된다. 이것이 자살인지, 아니면 타살인지는 아무도 알 수 없다.

헤세의 암담했던 사춘기의 경험을 그린 것 같은 이 소설은, 19세기 말의 사회나 비인간적인 교육제도에 신랄한 비판과 항의를 보내고 있지만, 한편으로는 아름답고 서러운 고향의 추억을 가슴 아프도록 그려 나가고 있다.

자연과 인간을 사랑하는 서정적인 문학으로 창작활동을 시작한 헤세는 평생 동안 이 길에 정진하여 신로맨티시즘 문학의 완성자로 평가받고 있다.

작가 연보

1877년 7월, 독일 남부 슈바벤 지방 뷔르템베르크의 소재 산간 도시 칼브에서 아버지 요하네스 헤세와 어머니 마리 군데르트 사이의 장남으로 태어났다.

1881년(4세) 부모와 함께 바젤로 이주했다.

1883년(6세) 아버지가 스위스 국적을 취득했다.

1886년(9세) 다시 칼프로 이주하여 1889년까지 실업학교를 다녔다.

1890년(13세) 신학교 시험 준비를 위해 괴팅겐의 라틴어 학교에 다니며, 슈바벤 주의 국가시험에 합격했다.

1891년(14세) 명문 개신교 신학교 수도원인 말브론 기숙

신학교에 입학했다.

1892년(15세) 말브론 수도원 학교에서 도망쳐 나왔다. 6월 자살 기도를 하고 정신 요양원 생활을 했다. 11월에는 칸슈타트 김나지움에 입학했다.

1893년(16세) 칸슈타트 고등학교에 입학했으나 10월에 학업을 중단했다.

1894년(17세) 시계 부품 공장에 수습공으로 들어갔다.

1896년(19세) 튀빙겐의 헤켄하우어 서점 점원으로 일하며 집필을 시작했다.

1899년(22세) 〈낭만적인 노래〉, 〈자정 후의 한 시간〉을 출간했다.

1901년(24세) 처음으로 이탈리아를 여행했다. 〈헤르만 라우서〉 간행.

1902년(25세) 어머니가 사망했다.

1903년(26세) 두 번째로 이탈리아 여행길에 올랐다.

1904년(27세) 〈페터 카멘친트〉를 출간했고, 마리아 베르누이와 결혼을 했다.

1906년(29세) 〈수레바퀴 아래서〉를 출간했다.

1907년(30세) 〈속세의 이야기들〉을 출간했다.

1908년(31세) 〈이웃 사람들〉을 출간했다.

1909년(32세) 취리히, 독일, 오스트리아로 강연 여행을 다녔으며, 빌헬름 라베를 방문했다.

1910년(33세) 〈게르트루트〉를 출간했다.

1911년(34세) 인도 여행을 했다.

1912년(35세) 〈우회로〉를 출간했으며, 독일을 떠나 스위스 베른으로 이주했다.

1913년(36세) 〈인도 여행의 기록〉을 출간했다.

1914년(37세) 〈로스할데〉를 출간했고, 1919년까지 베른에서 '독일 포로 구호' 기구에 복무하며 잡지를 발행했다. 1차 세계대전이 발발했다.

1915년(38세) 〈크눌프, 그 삶의 세 이야기〉를 간행했다. 로맹 롤랑과 교류.

1916년(39세) 아버지가 사망했다.

1919년(42세) 싱클레어라는 필명으로 〈데미안〉 간행. 〈동화〉, 〈차라투스트라의 귀환〉을 간행했으며, 잡지 〈새로운 독일적인 것을 위하여〉의 창간호를 발행했다.

1920년(43세) 〈방랑〉, 〈클링조어의 마지막 여름〉을 간행했다.

1922년(45세) 〈싯달타〉를 출간했다.

1923년(46세) 부인 마리아와 이혼하고 스위스 국적을 획득했다.

1924년(47세) 루트 벵어와 재혼했다.

1925년(48세) 〈요양객〉을 간행했다.

1926년(49세) 〈그림책〉을 간행했다.

1927년(50세) 〈뉘른베르크 여행〉, 〈황야의 이리〉를 간행했다.

1928년(51세) 〈관찰〉을 간행했다.

1930년(53세) 〈나르치스와 골드문트〉를 출간했다.

1931년(54세) 니논 돌핀과 재혼했다.

1932년(55세) 〈동방순례〉를 간행했다.

1937년(60세) 〈기념첩〉을 간행했다.

1939년(62세) 제2차 세계대전에서 시작해 1945년 종전까지 독일에서 헤르만 헤세의 작품에 출판 금지령이 걸렸다.

1942년(65세) 〈시집〉을 간행했다.

1943년(66세) 〈유리알 유희〉를 간행했다.

1945년(68세) 〈꿈의 여행〉을 간행했다.

1946년(69세) 〈유리알 유희〉로 노벨상을 수상했다.

1947년(70세) 고향 칼프 시에서 명예시민이 되었다.

1951년(74세) 〈후기 산문〉, 〈서간집〉을 출간했다.

1954년(77세) 〈픽토르의 변신〉, 〈헤르만 헤세 – 로망 롤랑:
서한집〉을 간행했다.

1955년(78세) 〈마법〉을 간행했다.

1956년(79세) 칼스루어 시(市) 헤르만 헤세 상이 제정되었다.

1962년(85세) 8월 9일, 몬타뇰라에서 뇌출혈로 사망했다. 이
틀 후 루가노 호반의 아본디오 교회 묘지에 안치되었다.